AMOR E LOUCURA

LOUISE LABÉ

AMOR E LOUCURA

2ª edição, revista

TRADUÇÃO, PREFÁCIO E NOTAS DE
Felipe Fortuna

Copyright © 2023 Felipe Fortuna

EDITOR
José Mario Pereira

EDITORA ASSISTENTE
Christine Ajuz

REVISÃO
Augusto de Belloy
Ferdinando de Grammont

PRODUÇÃO
Mariângela Felix
Davi Holanda

CAPA
Miriam Lerner | Equatorium Design

DIAGRAMAÇÃO
Arte das Letras

DADOS INTERNACIONAIS DE CATALOGAÇÃO NA PUBLICAÇÃO (CIP)
(CÂMARA BRASILEIRA DO LIVRO, SP, BRASIL)

Labé, Louise, 1524-1566
    Amor e loucura / Louise Labé; tradução, prefácio e notas de Felipe Fortuna. – 2. ed. rev. – Rio de Janeiro: Topbooks Editora, 2023.

    Título original: Amour et folie
    ISBN 978-65-5897-022-4

    1. Poesia francesa I. Título.

23-148614   CDD-841

TODOS OS DIREITOS RESERVADOS POR
Topbooks Editora e Distribuidora de Livros Ltda.
Rua Visconde de Inhaúma, 58 / gr. 203 – Centro
Rio de Janeiro – CEP: 20091-007
Telefax: (21) 2233-8718 e 2283-1039
topbooks@topbooks.com.br

Sumário

Louise Labé, Irredutível 9
Primeiras Palavras (1995) 23
Louise Labé Escreveu um Livro 25
A Renascença e a Mulher 33
Lyon e a Renascença 49
A Obra de Louise Labé 53

Épitre Dédicatoire (Epístola Dedicatória) 67
Débat de Folie et d'Amour (Debate de Loucura e de Amor) 74
Élégies (Elegias) 189
Sonnets (Sonetos) 215
Notas 264
Bibliografia 269

Louise Labé, Irredutível

*E*m 1555, o prestigiado gráfico Jean de Tournes publicou um livro que continha um "Débat de Folie et d'Amour" (diálogo alegórico em que a loucura e o amor entram em conflito e são julgados como em um tribunal), três elegias e 24 sonetos. Escrito por uma mulher, o pequeno volume ganhou o título geral de *Euvres de Louïze Labé Lionnoize*. Nos últimos séculos, o lirismo amoroso e a expressão literária de uma poeta que visivelmente inverteu o elogio do amado à amada vêm marcando a poesia e ganhando renovada recepção, não apenas na França. Recepção, saliente-se, que traz a marca do feminino: da experiência, da subjetividade e do desejo de uma mulher, que subverteram inesperadamente o discurso do amor.

Quase quinhentos anos depois da publicação das *Euvres*, Louise Labé parece ter alcançado uma reputação que faltaria até mesmo a poetas consagrados em seu tempo, como Maurice Scève, que teria sido um mentor literário, quando não um modelo a seguir. Os estudos produzidos em universidades sobre a sua obra não param de surgir. E a mensagem poética de Louise Labé está de tal modo reciclada aos novos tempos que o livro de 1555 foi escolhido, em 2005, para o programa de *agrégation de Lettres*, à sua maneira uma forma de canonização de

uma obra afinal pequena e durante algum tempo considerada à margem dos clássicos da Renascença. Na bibliografia indicada para aquele conscurso público constavam livros como o de Deborah Lesko Baker, *The subject of desire*. Petrarchan Poetics and the Female Voice in Louise Labé (1996); François Rigolot, *Louise Labé Lyonnaise ou la Renaissance au féminin* (1997); e ensaios como o de Gisèle Mathieu-Castellani, "Les Marques du Féminin dans la Parole Amoureuse de Louise Labé" (1990), em meio a centenas de outros trabalhos que exploram aspectos explícitos ou obscuros, inusitados e imprevistos da poeta, da obra e da sua sociedade.

Louise Labé, sobre cuja vida existe escassa informação, logo se viu romanceada. Houve, no entanto, uma espera de quase um século após a morte da poeta para que aspectos da sua vida voltassem a circular na forma escrita. Em 1750, Char les-Joseph de Ruolz-Montchal publicou um *Discours sur la personne et les ouvrages de Louise Labé Lyonnoise*, na qual ganhou destaque a sua vida ocupada de cortesã. Essa imagem da mulher livre e culta, ardente e confessional será transmitida ao longo do tempo: Marceline Desbordes-Valmore, por exemplo, em *Les pleurs* (1833), dedicará um longo poema a Louise Labé, transformada em ícone da poesia amorosa feminina.

Mais recentemente, o poeta Louis Aragon como que confirmou a imagem amorosa e feminina de Louise Labé no livro *Les yeux d'Elsa* (1941), ao escrever as oitavas do poema "Plainte pour le Quatrième Centenaire d'un Amour", entre as quais esta:

> *Ce coup du ciel à jamais les sépare*
> *Rien ne refleurira ces murs noircis*
> *Et dans nos cœurs percés de part en part*
> *Qui sarclera les fleurs de la merci*

> *Ces fleurs couleurs de Saône au cœur de l'homme*
> *Ce sont les fleurs qu'on appelle soucis*
> *Olivier de Magny se rend à Rome*
> *Et Loyse Labé demeure ici*[1]

Outros escritores preferiram elaborar romances, como foi o caso de Karine Berriot em *Parlez-moi de Louise* (1980); de François Pédron em *Louise Labé, la femme d'amour* (1984); e de Florence Weinberg em *Longs désirs, Louise Labé, Lyonnaise* (2002). Em 2020, Michel Peyramaure publicou *La Scandaleuse* – Le Roman de Louise Labé, romance escrito em primeira pessoa!

A vida e a obra de Louise Labé continuam, assim, a recolher análises e invenções, leituras e devaneios, sempre vinculadas, respectivamente, a uma biografia provável e a uma autoria precisa. Até que, em 2006, a professora Mireille Huchon, especialista em literatura renascentista, publicou *Louise Labé – Une Créature de Papier*.

Com notável erudição, Mireille Huchon compara as *Euvres* à produção dos poetas contemporâneos de Louise Labé, em especial os que viviam, debatiam e publicavam na mesma cidade de Lyon. Investigativa, a professora confirma que, após a publicação das *Euvres*, nada mais será publicado com o nome da poeta. Ainda mais estranho é o fato de que, para além da ausência de qualquer produção literária posterior ao livro, nenhum dos numerosos poetas da cidade mencionará o

---

[1] Traduzo literalmente os versos do poema "Lamento para o Quarto Centenário de um Amor": "Este golpe do céu os separa para sempre / Nada vai fazer reflorir esses muros enegrecidos / E em nossos corações perfurados de lado a lado / Quem vai arrancar as flores da misericórdia / Essas flores cor do Saona no coração do homem / São as flores que chamamos malmequer / Olivier de Magny está em Roma / E Loyse Labé fica aqui."

seu nome ou a sua obra a partir de então. Atitude tanto mais inexplicável quando se recorda que a edição de 1555 das *Euvres* estampava, à maneira de um anexo, outros 24 sonetos escritos por amigos e admiradores da poeta que haviam decidido "louvar Louise" (*louer Louise*). Embora seja possível atestar a existência de uma Louise Labé – filha de um cordoeiro, casada com um cordoeiro e nascida entre 1515 e 1524 –, não haveria qualquer segurança na afirmação da existência de uma escritora chamada Louise Labé. "Criatura de papel", cujo livro fora "uma quimera criada por obra de poetas", a poeta lionesa não teria sido jamais poeta, mas resultado de uma criação coletiva que se impôs ao longo do tempo.[2] As *Euvres* seriam, portanto, uma brilhante fraude literária, uma brincadeira erudita bem ao gosto da época, que não teria sido denunciada como tal. Na conclusão ao seu livro, Mireille Huchon relembra existir "uma grande tradição francesa das autoras supostas" (p. 274), entre as quais se incluem a Bilitis, do escritor Pierre Louÿs; e Clara Gazul, nascida da imaginação de Prosper Mérimée. Para a professora, Louise Labé seria uma "mulher de palha" (p. 275), tanto quanto aquelas outras.

Para chegar a tão surpreendente e fascinante hipótese sobre a inexistência de uma poeta chamada Louise Labé, a professora e ensaísta apresenta documentos, interpretações e conjecturas que, para a finalidade desta apresentação, caberia apenas resumir de modo esquemático:

(1) Inicialmente, comenta o retrato de Louise Labé executado, em 1555, pelo gravurista Pierre Woeiriot, que deveria ter sido inserido na edição das *Euvres*. Atualmente, são conhecidas duas provas desse retrato (p. 101). Uma dessas provas traz

---

[2] Mireille Huchon, *Louise Labé* – Une Créature de Papier (Genève: Droz, 2006), p. 14. As referências no texto a esse livro trarão sempre o número das páginas entre parênteses.

um dístico em latim que compara a poeta lionesa à cortesã Laís, o que representaria um estigma ou uma referência "degradante" (p. 102) para Louise Labé, que não teria permitido a impressão do retrato no livro (p. 108). O dístico em latim pode ser traduzido por "Tu vês aqui pintada a Laís lionesa. Então fuja, pois ela poderia, mesmo em pintura, ferir-te os olhos." A existência da figura de Medusa, em um ornamento presente em um dos retratos, seria também prova de que persistiria um projeto de desvalorizar a poeta, em vez de louvá-la (p. 113).

(2) Em seguida, apresenta-se uma querela de dois historiadores contemporâneos de Louise Labé, na qual o mais rigoroso deles – Claude de Rubys – classifica a mulher como "impudica" e afirma que exerceu a "profissão de cortesã pública até à morte" (p. 120). O historiador não demonstra qualquer apreço pela obra da poeta.

(3) Adicionalmente, Pierre de Sainct-Julien, historiador lionês, em livro de 1584, afirma não apenas que Louise Labé (falecida em 1566) era uma cortesã, mas, incidentalmente, que o "Débat de Folie et d'Amour" deve ser atribuído ao poeta Maurice Scève (p. 133).

(4) O conjunto de 24 sonetos escritos em homenagem a Louise Labé, e publicado no final do volume das *Euvres*, tem por título "Escriz de Divers Poëtes". Reúne-se ali a produção de um grupo de poetas liderados por Maurice Scève. O poeta já estivera envolvido em um episódio de fraude e mistificação,

o da descoberta do túmulo de Laura, musa de Francesco Petrarca, que também resultara no aparecimento de um soneto do poeta italiano, afinal atestado como falso (p. 153-154). O objetivo desse conjunto de sonetos seria o de "louvar Louise", assim como o do autor do *Canzoniere* era o de *laudare Laura* (p.208). No entanto, os poetas fazem loas à mulher Louise Labé, e não à poeta, até então uma escritora totalmente desconhecida, o que seria indicativo da fabricação de uma obra. Em outras palavras, celebram-se a beleza, o saber e as habilidades retóricas de Louise Labé, mas não há qualquer menção aos seus trabalhos escritos (p. 225).

(5) Os "poetas de Louise Labé" também teriam pretendido criar a imagem de uma "nova Safo" (p. 228) para os leitores da época. Alguns versos das *Euvres* - como o célebre *Tant de flambeaus pour ardre une femmelle!* (soneto II)[3] – teriam de fato sentido irônico, cujo objetivo seria o de zombar tanto de Labé quanto de Petrarca (p. 231). Assim, muitos dos sonetos da poeta francesa deveriam ser lidos como críticas a clichês e paródias a cacoetes do petrarquismo (p. 234 a 236).

Iconoclasta, a argumentação de Mireille Huchon ganhou apenas uma, mas importante adesão: a de Marc Fumaroli, também professor da Sorbonne e reconhecido pesquisador e historiador literário. Em artigo de jornal, o acadêmico faz comentários genéricos sobre o então recém-lançado livro da estudiosa, mas não hesita em afirmar, por duas vezes, que a professora e ensaísta "demonstra" a tese da fraude e da operação coletiva levada a termo por um grupo de poetas em Lyon; mais ainda, declara que "a demonstração [...] é irrefutável e satisfatória". A sua conclusão é, por isso, mesmo inequívoca:

---

[3] "Chamas demais para uma só mulher!".

"*exit* Labé".⁴ E, embora reconheça que nada muda com essa descoberta ou alteração dos fatos (o que já me parece muito discutível), agradece ao esforço detetivesco e enciclopédico de sua colega de faculdade.

Infelizmente para ambos, nenhum outro especialista em Renascença literária francesa endossou a tese da fabricação por outros poetas das *Euvres* de Louise Labé. Pelo contrário: em artigo publicado no *Bulletin d'humanisme et Renaissance*, o professor Jean Vignes, após reconhecer a "reconstituição minuciosa" do contexto cultural de Lyon e o bem-sucedido "golpe editorial", elaborado à época, que aproximou a poeta francesa à figura de Safo, denuncia que o cuidado de Mireille Huchon em enumerar "hipóteses" acabou sendo convertido, bruscamente, em "evidência" sobre o que seria uma das mais belas mistificações da história literária francesa. Ocorre que, para Jean Vignes, o conjunto de suspeitas e de indicações não conseguiria constituir uma "uma verdadeira prova" que exibisse o poder de levar a professora e ensaísta a declarar que as *Euvres* representam um livro fraudulento, uma impostura elaborada a partir de uma "pseudoescrita feminina".⁵

Um pouco antes, em ensaio mais alentado, o professor Daniel Martin já empreendera análise pormenorizada do livro de Mireille Huchon, tendo concluído que, apesar da "erudição impecável", o método empregado para demonstrar a inexistência de uma Louise Labé escritora era "bem menos convincente" e não teria produzido "os resultados esperados".⁶ Daniel Martin já havia publicado, em 1999, uma importante

---
⁴ "Louise Labé, Une Génial Imposture". *Le monde*, 11 de maio de 2006.
⁵ Jean Vignes, "Compte Rendu de l'Ouvrage de Mireille Huchon [...]", in *Bulletin d'humanisme et Renaissance*, 69, 2007-2, p. 540-548.
⁶ "Louise Labé est-Elle 'Une Créature de Papier'?", in *Réforme, humanisme, Renaissance*, 63, 2006, p.7.

contribuição sobre Louise Labé, interessando-se, justamente, em explicar a coerência e a unidade daquele único livro, que se apresentava, afinal, de modo tão heterogêneo, investigando-lhe uma suposta "arquitetura secreta".[7] Em momento algum, em seu estudo, levanta-se qualquer hipótese sobre impostura literária, mas é dada forte atenção aos "Escriz de Divers Poëtes", que dialogam com a obra de Louise Labé e costumam merecer pouca análise dos críticos.

No citado ensaio sobre o livro de Mireille Huchon, Daniel Martin é possivelmente pioneiro em apontar a sequência de hipóteses que, subitamente, se transformam em evidência segundo os critérios da autora, a começar pela análise do retrato de Louise Labé feita por Pierre Woeiriot. O crítico também discorda quanto à tese de que o diálogo dos poetas em relação à obra de Louise Labé teria, em muitos momentos, sentido irônico ou mesmo zombeteiro, e afirma que a própria reciclagem de algumas peças presentes naquela última parte das *Euvres* é "uma prática corrente do século XVI", que "não supõe necessariamente o escárnio."[8] A conclusão de Daniel Martin, após diversos comentários sobre afirmações que se apresentam inicialmente hesitantes e concessivas, mas, logo adiante, se transformam em cláusulas pétreas, é de que a tese de Mireille Huchon se escreve "no condicional", algumas vezes fundamentada em "leituras forçadas" dos textos citados. Mais importante, a professora e ensaísta, com diversas "hipóteses muito engenhosas", não teria considerado, na análise do ambiente cultural da Renascença, em especial em Lyon, "o fenômeno da emergência das mulheres". E é justamente esse conjunto

---

[7] Daniel Martin, *Signe(s) d'amante*. L'Agencement des Evvres de Louïze Labé Lionnoize (Paris: Champion, 1999). A propósito do livro, veja-se a crítica de François Rigolot, *Romanische Forschungen*, 113, 2001, p. 387-390
[8] "Louise Labé est-Elle 'Une Créature de Papier'?", in *Op. cit.*, p.20

de suposições, jamais convertidas em certezas ou apresentadas de forma comprobatória, que deveria ter impedido as decididas assertivas de Mireille Huchon, bem como o açodado "*exit* Labé" de Marc Fumaroli.[9]

Outro especialista que desaprovou as conclusões da professora e ensaísta foi Emmanuel Buron, ele mesmo estudioso de Pierre Ronsard e do petrarquismo, ao reclamar da "falta de argumento decisivo" nos casos das atribuições e também da ausência de documentos novos na pesquisa feita, por sua vez limitada "a uma releitura e uma reinterpretação" do que já era conhecido. Emmanuel Buron é especialmente crítico da leitura que a professora e ensaísta fez sobre a cabeça da Medusa em um dos retratos de Louise Labé, e esclarece que, no caso, não teria havido referência ao monstro mitológico, mas sim à beleza da mulher, que petrificaria os espectadores.

Hans Holbein. *Laís de Corinto*. 1526

O estudioso também empreende interpretações de um soneto de Claude de Taillemont, escrito em louvor a Louise Labé, e conclui que o sentido dos versos contraria qualquer interpretação acusatória, feita por Mireille Huchon, sobre eventual intenção difamatória ou injuriosa contra a poeta de Lyon.[10]

Não parece difícil, por outro lado, identificar pressupostos utilizados por Mireille Huchon que prejudicam, na origem, a

---
[9] *Op. cit.*, p. 36-37
[10] Emmanuel Buron, "Claude de Taillemont et les Escriz de Divers Poëtes à la Louenge de Louïze Labé Lionnoize", in: *Les belles lettres*, 58, 2006-2, p. 38-46.

interpretação de toda a obra de Louise Labé. Um desses pressupostos é o de que a poeta era uma mulher do povo e, portanto, sem qualquer contato com a cultura humanista sofisticada de sua época e, assim, incapaz de escrever o que escreveu. Mais ainda: Louise Labé seria uma cortesã que teria prestado serviço a diversos cavalheiros, em seguida escarnecida por meio de uma mistificação literária produzida por eles. Segundo essa tese, a má fama da mulher teria sido comunicada aos séculos vindouros, mas não a fraude elaborada nas *Euvres*, que se impôs como a obra autoral de uma mulher que viveu plenamente os seus desejos e o seu sofrimento amoroso... Não é por outra razão que, na capa de *Louise Labé – Une Créature de Papier*, comparece não o retrato da poeta, mas o de Laís de Corinto, reproduzido do quadro elaborado por Hans Holbein em 1526. A estigmatização de Louise Labé surge definitiva, sem qualquer possibilidade de recurso, a partir dessa identidade assimilada pela autora do livro.

Outro pressuposto indica pouca atenção, por parte de Mireille Huchon, a um aspecto documental das *Euvres* (tanto mais espantoso em uma estudiosa que se apoia em textos de natureza legal e não necessariamente literários): a existência de um Privilégio Real. Como bem demonstra Michèle Clément, o Privilégio Real é uma peça administrativa destinada a registrar uma obra, não cabendo mentir diante do rei. Não há registro, segundo os historiadores, de qualquer Privilégio Real falso.[11] Parece também irrefutável a informação especializada de Dominique Varry ao examinar o exemplar das *Euvres* de Louise Labé que se encontra na Biblioteca Municipal

---

[11] Michèle Clément, "Nom d'Auteur et Identité Littéraire: Louise Labé Lyonnaise. Sous Quel Nom Être Publié em France au XVIe Siècle?", in *Réforme, humanisme, Renaissance*, 70, 2010. p. 73-101. Em especial, ver p. 88s.

de Lyon. Esse mesmo exemplar está no centro de uma argumentação de Mireille Huchon, que aponta uma divergência com o exemplar existente na Biblioteca Nacional (p.109). A partir dessa divergência, que envolveria diferentes florões impressos em ambos os exemplares, a professora imaginar que "a publicação dessa obra [...] foi conflitiva" (p.111). Ocorre que Dominique Varry demonstra que o exemplar de Lyon traz três páginas em fac-símile e integradas ao volume muito posteriormente, talvez entre 1831 e 1840, a fim de ser vendido a um bibliófilo iludido com a sua autenticidade... A conclusão é impiedosa, pois aponta a ignorância da bibliografia material que redundou, de fato, em equivocada percepção sobre um acontecimento literário.

É preciso considerar, ainda, um elemento que teria dimensão imaterial (à falta de melhor adjetivo): o da *irredutibilidade* da obra de Louise Labé. Foi o que pretendi apontar, já em 2008, em texto para jornal, ao escrever que "o argumento mais forte contra a tese da 'criatura de papel' é, insisto, a existência da obra de Louise Labé: muito superior e mais coerente, na qualidade, na inovação e na sua unidade do que a obra daqueles que teriam elaborado a impostura – entre os quais, o poeta Maurice Scève, chefe literário da sua geração. A obra da poeta, marcante pelo estilo pessoal e por características de pensamento, dificilmente poderia ser produto de um grupo de falsificadores."[12] De fato, seria espantoso que, com o objetivo de escrever uma falsificação, um grupo de poetas criasse, enfim, a obra que fascina, por sua intensidade e pela implícita subversão de sua fala, muito mais do que o hermetismo, as rimas prováveis e a imitação do modelo petrarquista que a maioria seguiu.

---

[12] "Criatura de Papel?", in: *Jornal do Brasil*, caderno *Ideias & livros*, 12 de abril de 2008. Republicado em *Esta poesia e mais outra* (Rio de Janeiro: Topbooks, 2010).

Passada mais de uma década da publicação de *Louise Labé – Une Créature de Papier*, a tese de Mireille Huchon sobre a inexistência literária de Louise Labé permanece sem comprovação, e não atraiu, por conseguinte, a adesão dos especialistas. O que não impediu que a professora e ensaísta dobrasse a aposta quanto a mais uma tese surpreendente, dessa vez exposta no livro *Le labérynthe*.[13] Nele, não há qualquer tentativa de defender as numerosas críticas feitas às hipóteses jamais comprovadas que estão presentes no livro de 2006. Trata-se, sim, da proposta de uma leitura erotizada de alguns sonetos de Louise Labé (sempre considerada como uma invenção de poetas), na qual os falsários literários estariam tratando do amor homossexual entre homens e em que desponta a figura sedutora de Marc-Antoine Muret, ele mesmo, influenciado pelo poeta Catulo, praticante de licenciosidades na vida e na obra. Apresentando novas e ousadas propostas, mas continuando a ser desdobramento de outras propostas que não se mostraram convincentes no livro anterior, *Le labérynthe* acabou não provocando debate e ainda aguarda o exame dos especialistas.

As aventuras e desventuras de Louise Labé, à luz das considerações iconoclastas de Mireille Huchon, não ficaram limitadas, no entanto, aos seus dois livros eruditos. Por decisão editorial que ainda provoca reclamações, foi entregue à mesma professora e ensaísta a organização das *Oeuvres complètes* de Louise Labé na prestigiada Bibliothèque de la Pléiade, no último trimestre de 2021. Assim se completa uma raríssima ocorrência no âmbito dos estudos literários: a coleção mais canônica da literatura

---

[13] Mireille Huchon, *Le labérynthe* (Genève: Droz, 2019). O título do livro aponta um jogo de palavras entre a palavra francesa *labyrinthe* (labirinto) e o *Labé-rynthe*, a partir do sobrenome da poeta, o que teria sido praticado por um grupo de poetas de Lyon, o mesmo que forjara a existência literária Louise Labé.

francesa permitiu a entrada de uma poeta da Renascença que ganhou curadoria da especialista que nega a existência dessa mesma poeta. O paradoxo pode ser ampliado em movimento retrógrado: em 2000, o volume I da *Anthologie de la poésie française* (da Idade Média ao século XVII), editado por Jean-Pierre Chauveau, Gérard Gros e Daniel Ménager para a mesma Bibliothèque de la Pléiade, traz na capa o retrato de Louise Labé, de fato uma das maiores expressões literárias do seu tempo – em que pesem, agora, a inesperada revisão sobre a existência da autora e até mesmo a alegada dimensão pejorativa do seu retrato.

Como se já não fosse perturbador o fato de encomendar uma edição das obras completas de Louise Labé a quem não acredita na sua existência como escritora, é ainda necessário mencionar dois outros fatores: o de que nenhuma das hipóteses de Mireille Huchon que foram duramente contestadas pela crítica especializada é exposta e debatida no volume da Pléiade; e ainda o de que as 664 páginas do mesmo volume contêm "Florilégio", "Documentos e Comentários" e "Fac-símiles" que só se mostram úteis se o leitor já houver reconhecido que as hipóteses oferecidas constituem, de fato, comprovações.

Por isso mesmo, ao analisar a mencionada edição, Élise Rajchenbach considera que a atitude crítica de Mireille Huchon, para além do seu notável autoritarismo, está fundamentada em viés antifeminista, pois parte do axioma de que uma mulher "plebeia e cortesã não poderia escrever uma tal obra". Recusando-se ao debate sobre esse tópico específico, a professora e ensaísta estaria desprezando, às vezes de modo sarcástico, o conhecimento sociológico que atualmente se tem sobre a emergência das mulheres escritoras durante a Renascença.[14]

---

[14] Élise Rajchenbach, "Louise Labé, *Oeuvres complètes*, éd. Mireille Huchon, 2021", *Cahiers de recherches médiévales et humanistes*, février 2022, p. 4

Impressiona, enfim, a resistência do pequeno volume de 1555 que, ao longo de séculos, atraiu leitores pela força original de seus versos – e, entre esses leitores, Rainer Maria Rilke, que traduziu para o alemão todos os sonetos de Louise Labé e fez referências à escritora em seus *Cadernos de Malte Laurids Brigge* (1910). A *irredutibilidade* da obra de Louise Labé vem superando as ações de pura iconoclastia e mesmo as frequentes difamações, sem deixar de produzir interpretações que a todo instante reconhecem a sua singularidade. A tal ponto que, se um dia ocorrer a inesperada comprovação da inexistência literária de uma Louise Labé, a própria criação dessa escritora e da obra que assinou passará a ser um ponto culminante da literatura renascentista.

Primeiras Palavras
(1995)

Meu interesse pela obra de Louise Labé se deve a uma preocupação com a existência ou não da assim chamada literatura feminina. "Qual terá sido", eu me perguntava, "a primeira manifestação de uma poeta que escrevesse da condição de mulher?" O exemplo de Safo de Lesbos não me parecia suficiente, não só porque sua obra é bastante fragmentada, como também pela escassa informação biográfica. Encontrei em Louise Labé, portanto, parte substancial da resposta que buscava: uma mulher fortemente apaixonada, que inovou a tradição literária ao superar limites e preconceitos do seu meio.

O tratamento lírico que Louise Labé deu ao sentimento amoroso, aproximando-o da loucura, representa parte da inovação. A outra parte é, justamente, a expressão da sua condição de mulher – que permitiu à escritora uma rara atitude de catarse e confissão. Embora atualmente eu esteja convencido de que não existe literatura feminina, jamais abandonei o projeto de traduzir uma escritora tão intensamente afirmativa como Louise Labé.

De tempos em tempos, a partir de 1983, comecei a publicar alguns poemas da escritora na imprensa, ou fazia conferências sobre a sua obra, apenas para tornar ainda mais presente o seu amor eterno. Minha pretensão é a de transmitir ao leitor de língua portuguesa a mesma paixão que moveu a escritora, bem como a paixão que me fez traduzi-la.

Louise Labé Escreveu um Livro

*C*alvino chamou-a de *plebeia meretrix*. Alguns textos divulgados tanto à sua época quanto séculos depois não hesitavam em se referir a ela como cortesã. Ela mesma, no último de seus sonetos, pedia às *Dames* da cidade de Lyon que se preocupassem mais em amar do que em maldizer quem era amada. Sem dúvida, dois estigmas estão presentes na poesia de Louise Labé (1522?-1566): o amor e o lamento. A poeta francesa, exemplo de platonismo amoroso na Renascença francesa, sobretudo em seus sonetos, não permitiu que a moda literária traísse a sua vida de mulher apaixonada: é a expressão de sua vida amorosa, portanto, o que lemos em sua obra.

O matrimônio de Louise Labé, contudo, repetiu o ritual comum a muitas famílias abastadas, o que faz viver com um homem mais velho e mais rico. Seu pai era um *marchand cordier* (cordoeiro). Em 1544, ela se casou, por dote, com outro cordoeiro, Ennemond Perrin. Louise Labé era trinta e dois anos mais nova do que seu marido. A fortuna de seu pai, ainda que mantida pelo comércio, foi multiplicada pelos sucessivos casamentos das filhas. Rica, estudiosa e sabendo exercer alguma liberdade, a escritora transformou-se em um acontecimento na cidade de Lyon, recebendo em casa os humanistas e os poetas, tornando-se por isso suspeita e provocando difamação. A cidade de Lyon ficou gravada em seu nome: ela era *Louise Labé*

Lionnoize, tal como se lê na primeira edição de suas obras, publicadas em 1555. Pela tradição do pai e do esposo, herdara um apelido: *Belle Cordière*, a Bela Cordoeira.[1]

Valendo-se de sua privilegiada posição social, Louise Labé defendeu ideias feministas em seu tempo. Especialmente por possuir todas as qualidades básicas de um humanista: conhecia o latim, o grego e o italiano, e tocava admiravelmente bem alguns instrumentos musicais, principalmente o alaúde – que num de seus sonetos é chamado de *compagnon de ma calamité*. Possuía qualidades ainda mais raras: manejava com destreza arcos e flechas, e, segundo alguns relatos, teria participado do cerco de Perpignan, em 1542, disfarçada sob o nome de Capitain Loys.[2] Sua obra resume-se a três elegias, 24 sonetos e um "Débat de Folie et d'Amour", enredo de fundo mitológico que simula um julgamento jurídico em tribunal. Michel Foucault, na *Histoire de la foilie à l'âge classique* (1972), cita essa peça como representante de uma questão crucial surgida na Renascença: a da difícil distinção entre razão e loucura.[3]

Louise Labé teria assim superado os compromissos políticos e morais de uma Marguerite de Navarre, a frieza platônica de uma Pernette du Guillet, mais obediente às regras poéticas e ao hermetismo de Maurice Scève. Suspirou de amor, mas esses suspiros não pareciam tão idealizados.

---

[1] A referência difamatória de Calvino a Louise Labé consta do panfleto *Gratulatio ad venerabilem presbyterum, dominum Gabrielem de Saconay, praecentorem ecclesiae Lugdunensis*, de 1561. Por sua vez, Mireille Huchon lembra que a denominação *Belle Cordière* só passa a existir em 1584, quase vinte anos após a morte de Louise Labé (p. 11); e informa que de fato Louise Labé era conhecida como cortesã por seus contemporâneos.

[2] Para Mireille Huchon, essa participação é puramente ficcional. Teria começado a circular porque um dos poemas a ela dedicados em seu livro por outro poeta contém essa alusão. Cf. *Oeuvres complètes*, "Chronologie", p. L.

[3] Cf. Michel Foucault, *Histoire de la folie à l'âge classique*, p. 25 e 34.

Je n'avois vu encore seize Hivers,
Lors que j'entray en ces ennuis divers:
Et jà voici le treizième esté
Que mon coeur fut par amour arresté.[4]

(elegia III)

Seu amor fazia história – uma história tornada pública. Entre esses amores tão chamejantes estariam incluídos os de Henrique II e do poeta Olivier de Magny. Com o rei, contudo, não firmara dependência; jamais assistira às retumbantes "entradas reais" na cidade; e nunca lhe dedicou livro em agradecimento à obtenção de Privilégio Real. Magny, diplomata francês que servia na Itália, viajava constantemente e se tornou, por meio de sutis referências, uma presença constante nos sonetos mais apaixonados de Louise Labé. Diante da evidente determinação de alguém que tentava relacionar-se com outro fora do casamento, parece estranha a fria conclusão de uma feminista como Simone

Primeira página do Privilégio Real concedido ao livro *Euvres*, de Louise Labé. 1555.

---

[4] "Não tinha visto sequer dezesseis / Invernos quando o tédio me malfez. / Treze verões tive de ultrapassar / Desde que amor me conseguiu pegar."

de Beauvoir: "*Louise Labbé* [sic] *fut sans doute une courtisane: en tout cas, elle était d'une grande liberté des moeurs.*"⁵ Agrava o equívoco dessa avaliação o fato de já ter sido percebida, durante a Renascença, uma evolução da "condição concreta" das mulheres das classes privilegiadas. O julgamento da escritora feminista se mostra por demais severo, especialmente à luz da dedicatória das *Euvres* a Clémence de Bourges, a nobre amiga a quem Louise Labé escreveu se seguintes palavras:

> *Estant le tems venu, Madamoiselle, que les severes loix des hommes n'empeschent plus les femmes de s'apliquer aus sciences et disciplines: il me semble que celles qui ont la commodité, doivent employer cette honeste liberté que notre sexe a autrefois tant desirée, à icelles aprendre: et montrer aus hommes le tort qu'ils nous faisoient en nous privant du bien et de l'honneur qui nous en pouvait venir.*⁶

Ideias assim dificilmente poderiam estar associadas às aventuras compulsivas de alguma cortesã. Mas ainda persiste a imagem que ganhou foros de condenação a partir de Calvino, tornando-se capítulo obrigatório nas obras e nos estudos dedicados a Louise Labé: em geral, tenta-se compará-la à tradição das cortesãs, como Laís, Aspásia, Frineia.

Entre os contemporâneos da escritora de Lyon, o julgamento sobre seus costumes é contraditório. Guillaume Paradin, nas *Mémoires pour servir à l'histoire de Lyon* (1573) elogia a

---

[5] *Le deuxième sexe*, volume I, p. 174. "Louise Labé foi sem dúvida uma cortesã: em todo caso, ela era de uma grande liberdade de comportamento."
[6] "Tendo chegado o tempo, Senhorita, em que as severas leis dos homens não mais impedem as mulheres de se aplicarem às ciências e às disciplinas, parece-me que aquelas que têm facilidade devem empregar esta honesta liberdade que nosso sexo antigamente tanto desejou para cultivá-las; e mostrar aos homens o equívoco em relação a nós quando nos privavam do bem e da honra que delas podiam vir."

grande chasteté e as qualidades angelicais da poeta.[7] Louise Labé apossara-se de um espaço reservado aos homens, mas combinando ideais feministas fundamentados no amor. Mais tarde, seria alvo de elogios e calúnias: em um volume que Sainte-Beuve dedicou à poesia do século XVI, Louise Labé é a única escritora estudada, ao lado de autores bem mais consagrados, como Pierre de Ronsard e Joachim du Bellay. Mas o crítico francês, em ensaio útil sobretudo quanto à precisão dos dados históricos, refere-se à *aimable élégiaque* nesses termos: "*Il est toujours très-doux de pouvoir réparer envers un poète, surtout quand ce poète est une femme.*"[8] Ele também não deixa de repetir a alcunha de "Safo do século XVI" para designá-la. Designações elaboradas por outros autores, tais como "ninfa ardente do Ródano", também em nada ficam a dever a essas análises que se tomam por simpáticas, mas, em muitos casos, desvirtuam-se do exame literário e preferem tão somente declarar o espanto e rotular ambiguidades. Émile Henriot, ao examinar os poemas da escritora, não tem dúvidas: "*c'est sans doute que l'auteur avait quelque chose à dire, et que ce quelque chose était vrai.*"[9]

A verdade de Louise Labé era coroada pelo soneto petrarquista e por princípios da filosofia platônica. No entanto, é preciso referir-se, quanto a Petrarca, não apenas à construção formal do soneto, mas ao hábito do paradoxo e de algumas imagens comuns à sua poética e à retórica renascentista. As *impossibilia*, ou seja, o uso dos paradoxos mais extremos, como no soneto VIII, cujo primeiro verso é

---

[7] Cf. Gérard Guillot, *Louise Labé*, p.117.
[8] *Les grands écrivains français*, XVIe siècle, volume 1, p.162. "É sempre muito doce poder fazer reparos em relação a um poeta, sobretudo quando esse poeta é uma mulher."
[9] Citado por Gérard Guillot, *Op. cit.*, p.119. "Não há dúvidas de que o autor tinha alguma coisa a dizer, e que essa alguma coisa era verdade."

Je vis, je meurs: je me brule et me noye[10]

repete imagens do *arde et agghiaccia* (do soneto 178 dos *Canzoniere*) e, num outro trecho, do *piangendo rido* (do soneto 134), que Louise Labé escreve como

Tout à un coup je ris et larmoye.[11]

Além dos livros de Virgílio e de Horácio, à biblioteca dos afluentes e dos aristocratas da Renascença jamais faltava um exemplar de Petrarca. A poesia de Louise Labé, contudo, fez mudar o endereço do amado. A Dama louvava, não era mais louvada; a Dama amava, não era só amada. Essa inversão provocou outras inversões: imagens bem acabadas, como a do "*Amant Soleil*", agora masculino, em vez das usuais auroras femininas, explicitarão o aspecto confessional de sua poesia. Por isso mesmo, como anota Claire Laffay em pequeno ensaio sobre o tema, o idealismo de Petrarca não encontra eco na obra de Louise Labé[12], já que a sensualidade da poeta não parecia longínqua. De fato, os seus versos mostram até exasperação:

Jouissons nous l'un de l'autre à notre aise.[13]
(soneto XVIII, 8)

Louise Labé escapou ao hermetismo e aos jogos lúdicos e de sapiência tão comuns à poesia, e assim também à banalização do petrarquismo. Sua originalidade, ferindo as regras de

---

[10] "Eu vivo, eu morro; no fogo eu me afogo."
[11] "Jorrando as lágrimas, o riso eu jogo."
[12] "Pétrarque et Louise Labé", in: *Les pharaons* – La voix des poètes, n. 44, Hiver 1972, p. 27.
[13] "Os dois gozemos o que em nós chameja."

Petrarca, provocou outras rupturas: Louise Labé também não foi exatamente platônica.

O platonismo literário, na França, tem fundamento italiano, e seu maior representante é Marsílio Ficino, a quem se deve praticamente todos os ideais estéticos e filosóficos que conformaram o grupo de poetas de Lyon. Na poesia de Louise Labé estão muito presentes tanto a referência à Antiguidade (seja a Ulisses, já no primeiro soneto, seja aos deuses romanos que movem o julgamento de Loucura e de Amor, entre tantos outros) quanto a referência constante à astrologia. O reduto do amor, tal como concebe Platão, é a alma, onde se encontram igualmente presentes o bem e a honra. Um ilustre representante do platonismo, Joachim du Bellay, parece encapsular essa nova teoria no seu livro *L'Olive* (1549), especialmente no soneto 113, cujo terceto final afirma:

> *Là, ô mon âme au plus hault ciel guidée!*
> *Tu y pouras recongnoistre l'Idée*
> *De la beauté, qu'en ce monde j'adore.*[14]

Os poetas platônicos aprenderam que a alma se desprende gradualmente e vai convergir para a unidade do mundo. O amor conduz ao Absoluto e, igualmente, ao Bem: é um meio de liberação do corpo-túmulo. Esses tópicos também são constantes na lírica de Louise Labé, assim como o do andrógino primitivo, como se lê no seu soneto VII: "Junta-lhe a parte e metade estimada." Platônica também é a percepção de que a vista é um sentido mais nobre do que a escuta, e por isso

---

[14] Tradução livre: "Lá, ó minha alma, ao mais alto céu guiada, / Tu poderás reconhecer a Ideia / Da beleza que neste mundo eu adoro!" Joachim du Bellay, *L'Olive* (1550). Paris: Centre d'Etudes Supérieures de la Renaissance, 2009, p. 37.

parecerá de novo chocante que Loucura tenha tornado Amor cego no "Débat de Folie et d'Amour". No platonismo, o amor não tem por objetivo a verdade, mas a felicidade. Confundida entre o cristianismo e o paganismo, o amor tomou as mais diversas formas e interpretações na Renascença literária, e alcançou franca preeminência: era prestigioso amar o amor.[15]

Inferior à alma, contudo, o corpo sofria, com resultados inesperados: e, em Louise Labé, em vez de uma alma que, ao se elevar, estivesse à procura da pureza, surgiu uma alma que estava plena de desejos:

> *Mon triste esprit hors de moy retiré*
> *S'en va vers toy incontinent se rendre.*[16]
>
> (soneto IX)

O amor é o princípio de uma verdade – ou de toda a verdade. A procura do belo, se penosa, tem no amor um ponto final. Só uma mulher interessada não apenas na procura, mas na consumação do belo – e, acrescente-se, do múltiplo – amor inscreveria seus lamentos e seus êxtases numa obra tão pequena e densa. O seu desejo conheceu uma rara oportunidade: escapou ao silêncio.

---

[15] "*Le Platonisme est une impression, une essence de libre pensée, purement esthétique, chrétienne dans son principe et quelquesfois païenne par ses résultats, certifiée platonicienne d'étiquette et d'origine, quoiqu'un peu éclétique de composition: mystique encens de la liturgie de Vénus, arome un peu vague, qui flotte dans l'air des églises en même temps que dans celui des théatres.*" "O platonismo é uma impressão, uma essência do livre pensamento, puramente estético, cristão em seu princípio e por vezes pagão por seus resultados, certificado platônico na etiqueta e na origem, ainda que um pouco eclético na composição: místico incenso da liturgia de Vênus, aroma um pouco vago, que flutua no ar das igrejas ao mesmo tempo que no dos teatros." Maulde La Clavière, *Les femmes de la Renaissance*, p. 216.

[16] "Meu triste espírito, de mim largado, / Sem se deter, a ti vai se entregar."

A Renascença e a Mulher

É verdade que, durante a Renascença, houve mulheres que escreveram livros e puderam exercer alguma influência em seu meio. Mas em livros fundamentais como *Elogio da loucura* (1509), *Utopia* (1516) e *Pantagruel* (1532) não se vislumbra qualquer nova atitude em relação ao sexo feminino. A relativa liberdade das mulheres muitas vezes se associava à figura da cortesã – e Simone de Beauvoir, que estabelece essa relação, cita apenas a escritora Ninon de Lenclos (1620-1705) como detentora de "qualidades viris".[17] Um exame dos textos renascentistas permite concluir que a mulher permaneceu condenada a um tempo histórico diferente, sem mudar de condição, ainda que o humanismo mais vibrante estivesse em voga.[18] Alicerçada tanto no *rinascimento dell'Antichittà* quanto nos princípios do progresso material e nas aventuras das expansões territoriais, o período renascentista é comumente associado ao ideal humanista em que se equilibram harmoniosamente as noções de *ratio* e de liberdade. Mas, já em 1883, um historiador como Rousselot não se enganava diante dos feitos grandiosos do ensino da Renascença, e escrevia: "*La Renaissance n'a rien fait pour l'éducation populaire, en ce qui con-*

---
[17] *Le deuxième sexe*, volume I, p. 175.
[18] Cf. Ruth Kelso, *Doctrine for the lady of the Renaissance*, p. 3

cerne la grande masse des femmes, petites bourgeoises, artisanes, paysannes."[19]

As hostilidades contra as mulheres ultrapassaram as lutas de ideias e os impedimentos morais: intensificaram-se na caça às feiticeiras. Esse procedimento, em geral concebido apenas como sinal de tempos mais obscuros, é também a marca visível de uma Renascença pouco lembrada. Pois foi durante todo o século XVI que os processos acerca da feitiçaria – uma atividade associada constantemente à mulher – se mostraram mais numerosos.[20] O que não impediu, ao lado da prática das perseguições religiosas, a aparição de manuais que prescreviam a mais elevada cortesia e etiqueta, a exemplo de *Il libro del corteggiano* (1528), de Baldassare Castiglione. O retrato do gentil-homem, da correção e do aprimoramento das maneiras denuncia o destino do homem aristocrata: para o escritor e diplomata italiano, ele estaria sempre se aprimorando, seguro de si, senhor de um comportamento digno e sem ostentações. Ser cavalheiro, percebe-se, exigiria muitas qualidades físicas e intelectuais. Essas qualidades se opunham, no livro, aos *animaux imparfaits* representados pelas mulheres.[21]

Quase toda a literatura platônica – em especial, a *Délie* (1544), de Maurice Scève, e os sonetos de Joachim du Bellay – idealizava a mulher como um "objeto da mais alta virtude". A condição feminina, segundo as interpretações dominantes, proclamava os "dons naturais" da mulher, que a impediam de

---

[19] "A Renascença nada fez pela educação popular, com respeito à grande massa das mulheres, pequenas burguesas, artesãs, camponesas." *Histoire de l'éducation des femmes en France*, volume I, p. 142.
[20] Cf. Maïté Albistur e Daniel Armogathe, *Histoire du féminisme français*, volume I, p.102.
[21] Cf. Baldassare Castiglione, *L'Idéal courtisan*, seção XI, p. 20.

Maurice Scève, um dos poetas mais influentes da Escola de Lyon. Estampa do século XVI. Autor anônimo.

ser outra coisa senão isso: uma beleza divinal a ser adorada. Em sua versão mais exagerada, o culto à forma da mulher foi detalhadamente cantado por meio dos *blasons du corps féminin,* poemas descritivos sobre as partes do corpo da mulher e, sobretudo, da reação que essas partes provocavam nos homens, ou nos homens poetas. Clément Marot praticou bem essa moda literária, primeiramente com o "Blason du Beau Tétin". Mais tarde, talvez alarmado com aquela forma um tanto realista de cantar o corpo feminino, descendo a partes quase sempre ausentes nos demais poemas, ele mesmo passou a exigir decência aos poetas. Entretanto, e durante um bom tempo, as mulheres viram seus corpos despidos por poetas como Bonaventure des Périers, Gilles Corrozet e Eustorg de Beaulieu, hoje conhecidos apenas por essas, vale insistir, investigações anatômicas. Pois as atividades cotidianas de uma mulher eram reduzidas e de pouca importância: antes mesmo do casamento, por volta dos treze anos, educadores como Maffeo Vegio aconselhavam poucas "tensões de espírito", a simplicidade absoluta e a vida isolada, bem como a ausência de exercícios físicos. Acerca do desenvolvimento intelectual, realçava o valor artístico dos trabalhos de agulha: tapeçaria, tricô e outros. A educação deveria ser a mais sumária possível, e em grande parte voltada para as noções da cristandade. Se tivesse saúde, nada mais mereceria atenção em uma mulher.

Maulde La Clavière, que tanto estudou a condição feminina nesse período, é sucinto: *"Le mari fera le reste"*[22].

Se esse quadro é invariável nas classes populares, por outro lado não se pode negar, na forte produção intelectual do período, um desenvolvimento da literatura escrita por mulheres. Tanto a aristocracia quanto alguns setores afluentes divulgavam textos que, se não refletiam tão fielmente a condição das mulheres, eram ao menos escritos por elas. Foram justamente os textos pouco atrelados aos suspiros do platonismo e às ordens rigorosas do petrarquismo que sobreviveram como melhores exemplos dessa literatura, ao lado dos tratados de educação, a exemplo dos *Enseignements* (1503), de Anne de France. Dirigido em especial às meninas, esse tratado representou a primeira grande contribuição na reforma de hábitos oriundos da Idade Média: ao sugerir uma educação espontânea, com base nos princípios mais "essencialistas" de Platão e de Boécio, Anne de France propunha um método extremamente refinado que, no comentário de algumas "premissas evidentes", como a da certeza da morte, assumia um ceticismo crítico próximo ao do melhor Montaigne. O seu objetivo se concentra na glorificação do real e na formação das *femmes énergiques*, com decidido desdém pelo diletantismo. Sua vigorosa defesa da educação transformará, em larga medida, o papel do preceptor. Um preceptor, Bouchot, afirmava solene: *"D'une mule qui brait et d'une fille qui parle latin, délivrez-nous, Seigneur."* Mais pragmático, em seus *Epistolarum* (1582), o cardeal Pietro Bembo escreveu que as meninas deveriam aprender o latim para terem ainda mais charme.[23]

---

[22] "O marido fará o resto." *Op. cit.*, pp. 124-125. O Tratado de Maffeo Vegio, *De educatione liberorum*, data de 1511.
[23] Cf. R. de Maulde la Clavière, *Op. cit.*, p. 131 e p. 135.

Contra ou a favor do ensino às mulheres, essas querelas sobre educação (embutidas nas intermináveis *querelles des femmes*, que ganharam força no século XVI), patéticas e inconsequentes, refletiram com precisão a atitude de vários intelectuais. Na defesa do sexo feminino, as teses do humanista e místico Cornelius Agrippa denunciavam evidências da superioridade da mulher com base em argumentos filológicos extraídos dos textos bíblicos, ou ainda nos princípios da cabala e em confusas ordens evolutivas.[24] Dois dos axiomas dão bem a mostra da fragilidade das teses: Eva foi criada depois de Adão e, por isso, seria mais perfeita; o fato de a mulher falar muito seria um dom de Deus para diferenciá-la do homem, a favor da educação... Nessa mesma linha, outros defensores ambíguos surgiram, como Guillaume Postel e François de Billon. Suas análises salientavam cada vez mais o aspecto místico e, sempre de modo erudito, alcançavam um resultado puramente surpreendente ou alegórico. Tinha razão Anne de France contra esses desvios da realidade: em geral, os humanistas, em seus comentários, sempre foram reticentes em relação às capacidades intelectuais da mulher. Assumindo cargos de grande importância, em substituição às funções exercidas pelo clero, muitos dos humanistas foram por vezes elogiosos às damas da nobreza e às cortesãs, em nome da sobrevivência material.

Também era preocupação de alguns humanistas zelosos o problema da castidade feminina. Vários textos satíricos e fesceninos, as novelas de Giovanni Boccaccio, e mesmo as passagens adulterinas do texto bíblico representariam uma ameaça sem precedentes. Esse mundo intelectual dúbio, de posições conflitantes, é a marca de uma Renascença que combate resistências internas e inerentes às novas e primeiras concepções

---

[24] *De la noblesse et préexcellence du sexe féminin* [1537], p. 118-145.

do mundo moderno.²⁵ De maneira bastante evidente, essa oscilação também faz parte das preocupações dos homens: não é sem razão que, em meados do século XVI, assiste-se à já mencionada *querelle des femmes*, alimentada pelos melhores humanistas da época.

A discussão em torno da condição feminina esteve especialmente centrada nas vantagens e desvantagens do casamento: a mulher foi objeto de um longo exame que avaliava os benefícios e os prejuízos do matrimônio para o homem. As fontes dessa *quaestio* encontram-se no esforço erudito de descobrir a evidência da superioridade ou da inferioridade das mulheres, por meio de argumentos ora científicos, ora místicos, a exemplo do que fez o já citado Cornelius Agrippa. No *Tiers livre* (1546), François Rabelais registra essas disputas e satiriza vários humanistas no diálogo entre Panurge e Pantagruel, quando o primeiro lhe pede conselhos para saber se deve ou não se casar (III, capítulo IX). Todo o *Tiers livre*, aliás, tem um papel independente e foi escrito, pode-se dizer, com base na *querelle des femmes*. Sob o nome de Her Trippa, Agrippa, o autor do *De occulta philosophia* (1529) é aqui satirizado na imagem de um mago que prediz o futuro.²⁶ Para responder corretamente a Panurge sobre o valor do casamento, sugere dezenas de métodos de adivinhação, incluídos o de contar o número de buracos de um queijo (*tyromantie*) e a adivinhação pelos porcos (*chaeromantie*)... Em toda a sua brilhante sátira, contudo, Rabelais, se não deixa tão clara a sua posição diante do casamento, não hesita diante da situação das mulheres: é antifeminista. Assim como cada personagem oculta um hu-

---

²⁵ Cf. Monique Piettre, *La condition féminine à travers les âges*, p. 198.
²⁶ "Vous sçavez comment, par art de astrologie, géomantie, chiromantie, métapomantie et aultres de pareille farine, il proedict toutes choses futures." *Oeuvres complètes*, capítulo XXV, p. 438.

manista real, Rabelais encarrega-se de criar Rondibilis, porta-voz de suas teses de médico (capítulos XXXI a XXXV), em que a condição da mulher está relacionada à fragilidade, à mutabilidade, à imperfeição e ao mistério, e cria um imaginário mais do que antifeminista – pantagruelista.

As posições de Rabelais, tanto por sua força corrosiva quanto pela proposital semelhança com os homens e as ideias de seu tempo, foram atacadas pelo não menos sábio François de Billon, que em 1555 publicou *Le fort inexpugnable de l'honneur du sexe féminin*.[27] Por meio de argumentos e raciocínios muitas vezes confusos, Billon prega a igualdade dos sexos. Apaixonado por sua causa, ele mesmo se deixa enganar em trechos nos quais as qualidades inerentes de uma mulher-feiticeira são consideradas a seu favor... Como um outro humanista da mesma linhagem, Guillaume Postel, autor de *Les très merveilleuses victoires des femmes du Nouveau Monde* (1553), Billon não se furta a registrar – como num documento histórico – o nome das várias mulheres que alcançaram as honras de uma existência às coisas do espírito, como Pernette du Guillet, Louise Labé, Marguerite de Navarre, ou ainda Jeanne d'Aragon, Vittoria Colenna e Olympia Morata.

A discussão sobre a mulher não foi nem acidental nem fútil. Ao contrário, as transformações econômicas e políticas ocorridas durante a Renascença deram relevo inusitado à participação da mulher nas atividades sociais. Em muitos casos, as discussões platônicas e neoplatônicas, o exame dos aspectos matrimoniais e teológicos e os processos educativos não tiveram outro interesse senão o de revelar, com rigor, que as

---

[27] Um estudo detalhado sobre a *querelle des femmes*, em muitos aspectos definitivo, com análises sobre o movimento das ideias acerca do amor e acerca de Rabelais foi escrito por Abel Lefranc, *Grands écrivains français de la Renaissance*, p. 260-274.

novas atividades não podiam ser entregues às mãos de um ser mutável e instável.[28]

As *querelles des femmes*, tivessem elas acusadores ou defensores das mulheres, mostraram resultados insidiosos para a condição feminina. Os escritos polêmicos e os escritos didáticos tentavam indicar um lugar ideal para a mulher, atribuindo à sua nova condição histórica um velho papel a desempenhar. A participação reduzidíssima de mulheres nesses embates é um fato melancólico e evidente.

Uma das vertentes das mais polêmicas das *querelles* pretendia definir a configuração da mulher ideal: a *querelle des amyes*. A origem dessa questão se encontra no terceiro capítulo de *Il libro del corteggiano*, no qual Castiglione também descreve as características que compõem uma perfeita dama. Que fique bem claro: a concepção de uma *amye* é semelhante à de uma cortesã. Tratando-se de sátira ou não, o capítulo terceiro expõe como nenhum outro uma fissura extremamente desagradável para a ideologia humanista. Nos versos de Bertrand La Borderie, cristaliza-se a imagem da *L'Amye de court* (1541), que apenas repete as concepções de Castiglione, convertidas em tema literário. A reação foi imediata, no mesmo ano, Charles Fontaine publica *La contr'amye de court*, que é, ponto por ponto, uma antítese perfeita da primeira *amye*. A crítica principal, nesse caso, relaciona-se com os hábitos econômicos. Pois a *contr'amye* vivencia como nenhuma outra o mito do amor, uma vez que nele que está fundado o sentido da vida. Os valores materiais, assim, não são valiosos nem a fariam mais

---

[28] Recorde-se do célebre verso de Virgílio, "*Varium et mutabile semper feminina*" (*Eneida*, Livro IV, 569-70), reescrito por Petrarca: "*Feminina cosa mobil per natura*" (*Il canzoniere*, CLXXXIII). Também em Camões: "Nunca ponha ninguém sua esperança / Em peito feminil, que, de natura, / Somente em ser mutável tem firmeza" (soneto XIV).

virtuosa: o amor vale por si mesmo. Inserida no espaço familiar, foi este certamente o tipo de mulher ideal da Renascença que mais encontrou defensores.[29]

Um modelo intermediário foi proposto pelo platônico Antoine Héroët em *La parfaite amye* (1542). Para ele, as questões conjugais são mais preocupantes. A mulher vive conforme os desejos do marido, e procura um ponto médio e natural para conformar as suas qualidades. As teses de Platão acerca do amor são definidas por Héroët como fundamentais para o casamento: a virtude dessa conjugação é honrosa e leva à contemplação do bem e a um conceito brando de beleza. O maior dos filósofos platônicos, Ficino, pensava assim; o maior dos poetas platônicos, Marot, também. *La parfaite amye* conheceu mais de vinte edições em todo o século XVI, consagrado como definição básica da mulher ideal e de uma face proclamada do humanismo: a fidelidade de uma esposa dedicada e atenciosa e a do cavalheiro sedutor proclamando amor pelas damas por quem se encontrava "perdido"... Esse formidável "sistema de pressão" produziu ainda obras que, transcendendo a polêmica circunstancial, são lidas e reconhecidas como os melhores exemplos dos intensos debates renascentistas. Seus autores são Jean Bouchot, Jean Boudin e seu *De la démonomanie des sorciers* (1580), Antoine de La Salle e o delicioso *Quinze joyes de mariage* (c. 1550), Pierre Michaut, Guillaume Alexis, que escreviam por vezes sobre temas mais ou menos patéticos como Almaque Papillon em seu *La victoire et triomphe d'argent contre Cupido* (1537) – que mereceu, no mesmo ano, resposta de Charles Fontaine – ou ainda Claude Baduel ao publicar um *Traité très utile et fructueux de la dignité de mariage* (1544).

---

[29] Cf. Maïté Albistur, *Op. cit.*, p. 140.

Ao final, e apenas no século XVI, teriam surgido cerca de novecentos opúsculos, tratados, manifestos, apologias e discursos acerca da mulher. Nomes proeminentes da Renascença não escaparam dessas questões e assumiram atitudes por vezes constrangedoras. É o caso de Thomas Morus, que proclamou em *Utopia* (1516): "Os maridos castigam as mulheres e os pais os filhos, a menos que o delito tenha sido tão grave que se torne útil o castigo público, para exemplo e reparação dos costumes. (...) As mulheres servem aos maridos, as crianças os pais, e, em suma, os mais novos servem os mais velhos."[30] Erasmo também não faz por menos. No *Elogio da loucura* (1509), ele escreve: "Quando Platão pareceu hesitar se devia incluir a mulher no gênero dos animais racionais ou no dos brutos, não quis com isso significar que a mulher fosse um verdadeiro bicho, mas pretendeu, ao contrário, exprimir com essa dúvida a imensa dose de loucura do querido animal. Se, por ventura, alguma mulher meter na cabeça a ideia de passar por sábia, só fará mostrar-se duplamente louca, procedendo mais ou menos como quem tentasse untar um boi, malgrado seu, com o mesmo óleo com que costumam ungir-se os atletas. (...) Além disso, que outra preocupação têm as mulheres, a não ser a de proporcionar aos homens o maior prazer possível?"[31] À feroz invectiva erasmiana, pode-se acrescentar algo bem mais prosaico como, entre os *blasonneurs*, o poema "Le Nombril" ("O Umbigo"), de Bonaventure Des Périers. Esta parte do corpo feminino

> *Où se peult trouver justement*
> *L'heureux poinct de Contentement*[32]

---

[30] Thomas Morus, *Utopia*, p. 77 e p.108.
[31] Erasmo de Roterdam, *Elogio da loucura*, p.43-44.
[32] "Onde se pode encontrar justamente / O feliz ponto do Contentamento." *Poètes du XVIᵉ siècle*, p.337.

é conquistada por um homem que a louva de modo mais ou menos patético. Mulheres pertencentes à nobreza e a setores mais enriquecidos da burguesia transitavam pelo mundo das artes e das ciências sem qualquer constrangimento, chegando mesmo, em alguns casos, à formação de grupos e ao mecenato. Fossem ensinamentos de ordem pedagógica, como os das damas Madeleine e Catherine des Roches, fossem confissões as mais realistas possíveis, como as de Nicole Estienne em *Les misères de la femme mariée* (1595) – protesto claro contra os homens que "se fazem donos do corpo e da vontade" –, a Renascença não foi muito pródiga em textos escritos por mulheres, menos ainda em textos escritos por estas acerca da condição das mulheres. Dentre todas deste grupo reduzidíssimo, Marguerite d'Angoulême, duquesa d'Alençon e, finalmente, rainha de Navarra, tornou-se a mais célebre das moralistas do século XVI.

Marguerite de Navarre escreveu uma obra em que podem ser anotadas todas as grandes tendências do pensamento moral da Renascença. Ela foi muito mais uma incentivadora, uma humanista generosa dedicada às questões filosóficas do que uma grande escritora. Suas ideias refletem uma angústia com pelo menos dois aspectos distintos: o de uma formação confusa, oscilando entre a tradição cristã e os princípios místicos; e o de uma rígida definição moral que, passando pelo platonismo, busca uma definição absoluta na afirmação da presença de Deus. Todas as críticas dirigidas à Igreja – sendo ela favorável à reforma e amiga protetora de Calvino – não visavam mais que modificações localizadas, certos hábitos de algum modo envelhecidos pelo uso: à teologia quase nada propôs. Mas não se pode desprezar a sua importância filosófica: Marguerite de Navarre representa a síntese de todos os caminhos por vezes obscuros que formavam o pensamento humanista, vale dizer: a tendência

racionalista e a tendência platônica. Essa "mãe da Renascença" (Michelet), conhecedora das teses de Hermes Trimegisto, dos textos latinos e gregos e do Evangelho e das ideias de Platão, especulava sobre a morte em versos langorosos e meditações por vezes herméticas. A influência italiana é evidente desde as primeiras obras, como no *Dialogue en forme de vision nocturne* (1525), todo escrito em *terza rima*, bem como a preocupação essencialmente teológica em *Le miroir de l'âme pécheresse* (1531), onde discute o problema do pecado diante da caridade divina. Foram decisivos os contatos com os humanistas platônicos Nicolas de Cuse e Marsílio Ficino. Apaixonada pelos temas religiosos do platonismo, o sentimento dominante em seus escritos é o amor; até mesmo os problemas morais passam a derivar da experiência amorosa, cujo sentido fundamental é, na definição de Lefranc, "*l'aspiration vers le divin*"[33]. Dessa maneira, o ciclo se fecha: o amor da criatura conduz ao Criador.

> *Parfaict amour, c'est le Dieu éternel,*
> *Qui dans les coeurs sa charité respand,*
> *Rendant du tout l'homme spirituel...*
>
> *Car Dieu seul est raison, poix et mésure,*
> *Qui fait trouver la science très seure.*[34]
> (*Les dernières poésies*)

No *Miroir*, Marguerite se definiu como uma mulher "*Qui n'a en soy science ny sçavoir*", mas a modéstia jamais deixou despercebido que se tratava, simplesmente, de uma grande influ-

---

[33] *Grands écrivains français de la Renaissance*, p.164.
[34] Tradução livre: "Perfeito amor, é o Deus eterno, / Que nos corações sua caridade espalha, / Tornando todo homem espiritual... // Pois só Deus é razão, peso e medida, / Que torna a ciência coisa segura."

ência intelectual e religiosa de seu tempo. Dedicada ao tema do amor, sua poesia atinge momentos de extrema maturidade. Com alguma influência do *De consolatione*, de Boécio, Marguerite escreveu esses dois longos poemas que representam, a um só tempo, a suma de seu pensamento, a confissão espiritual e a autobiografia intelectual: "Les Prisons" et "La Navire":

> *O petit grand! ô Rien en tout fondu!*
> *O Tout gagné par Rien en toy perdu!*
>
> ("Les Prisons")
>
> *Qui sent d'amour l'aneantissement,*
> *Il s'esjouyt, pendant ce qui n'est rien*
> *Pour recevoir son tout entierement.*[35]
>
> ("La Navire")

A breve referência à formação intelectual de Marguerite de Navarre é necessária na compreensão de sua obra moral e mesmo nas teses feministas por ela defendidas. Impulsionada pela literatura satírico-profana do *Decamerone* (1353) e pelas ousadias de Poggio Bracciolini, ela escreveu as 72 novelas do *Heptaméron* (1559). A influência de Boccaccio não era acidental.[36] Seus personagens, narrando histórias *plaisantes*, discorrem sobre problemas morais e, ao mesmo tempo, fustigam o

---

[35] "Ó pequeno grande! Ó Nada em tudo fundido! / Ó Tudo ganho por Nada em ti perdido!" (...) "Quem sente do amor a anulação / Se extasia, enquanto nada é / Para receber seu tudo inteiramente."

[36] "*Marguerite de France n'avait jamais lu Platon, et, vers la fin de sa vie, lorsqu'elle le découvrit, elle crut trouver son chemin de Damas: en revanche, elle n'admettait pas qu'on ignorât Boccacce.*" "Margarida de França não tinha jamais lido Platão, e, por volta do fim de sua vida, quando ela o descobriu, acreditou encontrar o seu caminho de Damasco: entretanto, ela não admitia que se ignorasse Boccaccio." Maulde La Clavière, *Op. cit.*, p.236.

comportamento dos clérigos. Embora a eroticidade do *Heptaméron* não passe de simples transposição da de Boccaccio, é proveitosa a síntese das diversas correntes de pensamento sob a forma de aventura, de diálogos e de enredos bem tramados.

Michel de Montaigne, por exemplo, considerava o *Heptaméron "un gentil livre pour son estoffe"*.[37] A prosa meditativa do autor dos *Essais* (1580;1588) é, contudo, em muitos pontos, e sobre vários temas, contraditória. Com certeza, foi um leitor atento das novelas de Marguerite de Navarre, citando-a algumas poucas vezes no decorrer de seus livros. A importância que atribuía a elas é revelada não apenas na economia da apreciação já citada, mas no fato de classificar o *Decamerone*, entre outros livros, como simplesmente agradável.[38] A segurança dessas opiniões não é a mesma quando seu autor aborda o tema da mulher. Montaigne oscila algumas vezes, mas a lição desse vigoroso humanista, equilibrado e contemplador, é clara: Montaigne não recomenda a educação às mulheres, e ironiza com grande estilo aquelas que são sábias e ainda as que não tendo conhecimento na alma, o tem na língua.[39] Com a agilidade de sua prosa, Montaigne elabora, sem evidenciar, uma moral das cortesãs, comentando pequenas passagens de suas vidas, às vezes surpreso pela estima e consideração que desfrutavam não só de pessoas do povo, mas de filósofos e reis. Igualmente, no comentário acerca de outras culturas, faz elo-

---

[37] *Essais*, volume II, 11, p.108.
[38] *"Entre les livres simplement plaisants, je trouve, des modernes le Décaméron, de Boccace, Rabelais et les* Baisers *de Jean Second, s'il les faut loger sous ce titre, dignes qu'on s'y amuse."* Essais, II, 10, p.86.
[39] Cf. *Essais*, volume III, 3, p.38. Ainda neste capítulo, Montaigne enaltece as graças femininas como grande virtude das mulheres, recusando o direito ao estudo da retórica, da astrologia e da lógica. O único conhecimento próprio às mulheres, segundo ele, seria o da poesia, pois *"C'est un art follatre et subtil, desquisé, parlier, tout en plaisir, tout en montre, comme elles"*, p.39

gios às mulheres que se mataram ao verem seus maridos mortos. Nessa passagem, o escritor está essencialmente ligado ao ideal cavaleiresco, de origem medieval, baseado num conceito de fraternidade viril. Quanto à educação feminina, seguia as trilhas do platonismo, afirmando que tudo deveria inspirar na mulher o sentimento amoroso. À esposa, reservava uma função essencialmente doméstica: "*La plus utile et honnorable science et occupation à une femme, c'est la science du mesnage*".[40] Essa característica da mulher parece ser, em grandes linhas, a principal virtude para Montaigne, uma virtude econômica. Porém, uma questão pessoal transforma-o num apaixonado pela sabedoria feminina. No primeiro caso, Montaigne reconhece que "*les femmes n'ont pas tort du tout quand elles refusent les reigles de vie qui sont introduites au monde, d'autant que ce sont les hommes qui les ont faictes sans elles.*"[41] Essa observação é rara entre os escritores da Renascença. No segundo caso, Montaigne é surpreendido pela inteligência e pelo dinamismo de uma mulher que, aproximando-se dele, publicará o texto definitivo do terceiro volume dos *Essais*. Essa mulher, considerada por ele como sua *fille d'alliance*, será mais tarde a grande feminista do século XVII: Marie de Gournay le Jars. No elogio dedicado a ela, é fácil reconhecer a súbita paixão que invadiu Montaigne, quando este já se encontrava a poucos anos da morte. "*Je ne regarde plus qu'elle au monde*", parece ser o suspiro enamorado de alguém que se encontrava não apenas - nesse momento - consciente do valor de uma mulher que o defenderia com veemência dos ataques de alguns

---

[40] *Essais*, volume III, 9, p.211. "A mais útil e honrosa ciência e ocupação para uma mulher é a ciência doméstica."
[41] *Essais,* volume III, 5, p.74. "As mulheres não estão erradas quando recusam as regras da vida introduzidas no mundo, uma vez que foram os homens que as fizeram sem ela."

críticos.[42] O maior escritor da Renascença rendera-se à maior feminista do século seguinte, num desfecho irônico que jamais previu.

Essas ambiguidades, como se percebe, parecem ter sido o traço comum da Renascença. No esforço de conciliar um imaginário que não se afastou da herança medieval com a ação fulminante de novas relações econômicas, o papel desempenhado pela mulher sofreu transformações, sendo defendido e (bem mais) atacado por diversas correntes, numa verdadeira batalha de ideias . O feminismo dessa época avançou mais coesamente pelo século XVII, seus tratados morais mais precisos, embora ainda sujeitos a evidentes injustiças.

---

[42] *Essais*, volume II, 17, p.383. "Eu nada olho a não ser ela no mundo".

Lyon e a Renascença

Na Renascença, a cidade de Lyon é sobretudo uma feliz coincidência geográfica: próxima à Itália e à Suíça, não muito longe da Alemanha, Lyon conheceu o trânsito do comércio e das ideias dos maiores centros daquela época. Na confluência exata dos rios Ródano e Saona, desenvolveu-se um intenso movimento econômico que a transformou, à época, na mais próspera cidade de toda a França, mais importante do que Paris, e onde a corte vinha frequentemente se instalar. A maciça circulação do dinheiro produziu desigualdades e, ao mesmo tempo, gerou uma literatura em meio à grande atividade comercial e à existência de gráficos e artesãos. Ao longo do século XVI, Lyon contava com 60 a 80 mil habitantes, a maioria sem poder usufruir da pujança. A pequena aristocracia local, alheia a essa faceta da cidade tão próspera, só teria tomado consciência das desigualdades em abril de 1529, quando eclodiu a *Grande Rebeyne*, liderada por todos aqueles que viviam em meio a enorme miséria e sujeitos às altas taxas cobradas sobre o pão e o vinho. A severa repressão ao movimento não impediu novas manifestações e revoltas nos anos seguintes. Esse quadro de extrema desordem está vinculado à instalação das grandes fortunas italianas – o surgimento do Banco dos Médicis, por exemplo, data de 1466 –, segundo uma tradição bancária que se mantém até os nossos dias.

Vista de Lyon e da colina de Fourvière, século XVI. Estampa de Jacques Androuet du Cerceau.

Os reflexos da presença mercantilista e financeira são notáveis na cidade. A população assistia à expansão comercial, em boa parte facilitada pelos dois rios, e à organização, pelo menos quatro vezes por ano, de grandes *foires* (feiras) em datas religiosas. Essas feiras favoreciam as trocas de moedas e atraíam novas fortunas. Ao mesmo tempo, floresciam as atividades nos campos das letras e das artes. Lyon exibia, em seu auge, cerca de quatrocentos *ateliers d'imprimerie* que editavam, com o Privilégio Real, os livros escritos pelos mais diversos humanistas. Três edições do *Roman de la rose* foram publicados em Lyon antes da primeira edição parisiense. Os operários tipógrafos e os pequenos artesãos, que contribuíam para a forte atividade cultural, assistiam às magníficas entradas reais na cidade, que duravam por vezes uma semana – como em 1548, com Henrique II. Lyon era o centro da vida intelectual, sempre vinculado à aristocracia e continuando o hábito iniciado por Symphorien Champier, que de joelhos ofereceu um livro para Anne de France. Uma vertente bastante particular, formada justamente do grande fausto lionês, cristalizou-se naquele momento: poetas como o místico e platônico Maurice Scève, Pontus du Tyard e Louise Labé, entre outros, pertenciam a um significativo grupo de escritores que fizeram moda literária.

Na obra desses autores, traços singulares da cidade de Lyon podem ser encontrados. Pois Lyon foi, como escreveu

Otto Maria Carpeaux, "a porta de entrada do petrarquismo na França."[43] Na décima XVII de *Délie – Object de plus haulte vertu* (1544), Maurice Scève eterniza a imagem dos dois rios de sua cidade numa simbólica união espiritual e carnal:

> *Plus tost seront Rhosne, et Saone desjoinctz,*
> *Que d'avec toy mon coeur se desassemble:*
> *Plus tost seront l'un et l'aultre Mont joinctz,*
> *Qu'avecques nous aulcun discord s'assamble:*
> *Plus tost verrons et toy, et moy ensemble*
> *Le Rhosne aller contremont lentement,*
> *Saone monter tresviolentement,*
> *Que ce mieu feu, tant soi peu, diminue,*
> *Ny que ma foy descroisse aulcunement.*
> *Car ferme amour sans eulx est plus, que nue.*[44]

Sem dúvida, uma "escola lionesa" fora forjada pela vertiginosa Renascença, consciente de sua importância e de suas possibilidades. Vertiginosa foi, também, a dissolução desse expansionismo: não mais que cinquenta anos. No hospital Pont-du-Rhône, conhecido também como Hôtel-Dieu, trabalhava um médico cujo nome, François Rabelais, não ficou propriamente ligado à medicina. Contudo, foi ele, conhecedor dos sofrimentos do povo daquela cidade quem viu a chegada da epidemia de 1564, a maior de todas as que já tinham

---

[43] *História da literatura ocidental*, volume 2, p. 337.
[44] *Poètes du XVI siècle*, p. 80. Tradução literal: "Mais cedo serão o Ródano e o Saona desunidos, / Do que de ti meu coração se separe: / Mais cedo serão um e outro Monte unidos, / Do que entre nós qualquer desacordo surja. / Mais cedo tu e eu veremos juntos / O Ródano ir contra a corrente lentamente, / Saona subir violentamente / Do que este meu fogo, por pouco que seja, diminua, / Ou mesmo a minha fé não cresça. / Pois firme amor sem eles não é mais do que nuvem."

passado pela cidade. Dessa vez, o número de mortos se mostrou assustador: cerca de dois terços de toda a população não resistiram à peste.[45] O esplendor de Lyon terminaria com um ponto doloroso e com a consciência de ter produzido uma literatura importante na formação moderna.

---

[45] Cf. Gérard Chauvy et Serge-Alex Blanchon, *Histoire des Lyonnais*, p. 104.

A Obra de Louise Labé

Debate de Loucura e de Amor

Única obra em prosa conhecida dde Louise Labé, o "Debate de Loucura e de Amor" é também o seu texto mais extenso. Está estruturada em cinco discursos que, por sua vez, combinam, na forma de diálogos, alegoria, escrito moral, sátira e fábula mitológica. A origem do debate (entendido como argumentação acerca de um conflito) é medieval, mas dela Louise Labé se aproveita para transmitir observações sobre o seu tempo: por exemplo, no Discurso V, Apolo faz declarações sobre a moda e declara que "tudo o que existe de belo no vestuário dos homens e das mulheres é da autoria do Amor." Por outro lado, a forte oposição entre Loucura e Amor, que tem caráter genérico na prosa, prenuncia o dilacerado tom confessional que estará presente nas elegias e, sobretudo, em seus sonetos.

Durante muito tempo, a crítica reconheceu a influência de *O banquete*, de Platão, e do *Elogio da loucura*, de Erasmo de Roterdã, na concepção do "Debate de Loucura e de Amor". Em "Eros e Zeus", dos *Diálogos dos deuses*, Luciano de Samósata escreve uma severa acusação contra Eros feita por Zeus, prejudicado em suas aventuras galantes, que ao final inocenta a autoproclamada "criança insensata". Mas esse

diálogo, além de brevíssimo, sequer conta com a presença de Loucura. Havia, assim, convicção de que o texto de Louise Labé era muito original, o que levou Sainte-Bueve a elogiar a sua "graça e fineza", embora sempre a estimular que estudiosos continuassem a buscar a obra que teria influenciado um debate de tão expressiva maturidade.[46]

Apenas recentemente, em *Louise Labé – Une Créture de Papier*, Mireille Huchon pôde atestar pioneiramente que o "Debate de Loucura e de Amor" "foi inspirado pela obra italiana *La pazzia*, publicada em 1540 (...), fortemente marcada pelo *Elogio da loucura* de Erasmo".[47] Essa descoberta, de fato importante para o melhor conhecimento até mesmo do contexto cultural lionês, aguarda interpretações que, por meio do estudo de influências, possa trazer novos aspectos sobre o texto da poeta.

François Rigolot define o "Debate de Loucura e de Amor" como um "*conte mythologique dialogué en prose*".[48] O diálogo se dá entre seis personagens: Loucura, Amor, Vênus, Apolo, Mercúrio e Júpiter. O argumento é prontamente definido por Louise Labé:

> *Júpiter promovia um grande banquete, para o qual ordenou a presença de todos os Deuses. Amor e Loucura chegam no mesmo instante à porta do Palácio: a qual já estava fechada, apenas com o postigo aberto. Loucura, vendo Amor já prestes a colocar um pé lá dentro, avança e o ultrapassa. Ao ver-se empurrado, Amor se enfurece: Loucura insiste que lhe cabe chegar na frente. Elas*

---

[46] Sainte-Beuve, *Portraits contemporains et divers* (Paris: Didier, 1855), volume III, p. 170. *Apud* Louise Labé, *Oeuvres complètes* (2021), p. 457.
[47] Michelle Huchon, *Op. cit.*, p. 136.
[48] "Préface" às obras completas de Louise Labé. Paris: Flammarion, 1986, p. 10.

brigam sobre seus poderes, dignidades e precedências. Amor, não podendo vencê-la com palavras, leva a mão ao seu arco, e lhe dispara uma flecha, mas em vão: pois Loucura logo se faz invisível e, querendo vingar-se, cega os olhos de Amor. E, para cobrir o lugar onde eles estavam, lhe cola de tal modo uma bandagem que se torna impossível retirá-la. Vênus se queixa da Loucura, e Júpiter quer compreender o litígio entre ambas. Apolo e Mercúrio debatem o direito de uma e de outra parte. Júpiter, após tê-los escutado longamente, pede a opinião dos Deuses. Depois pronuncia a sua sentença.

A sentença de Júpiter poderia ser aqui revelada, sem qualquer prejuízo, uma vez que o interesse maior do "Debate de Loucura e de Amor" está na defesa apaixonada que Apolo faz sobre a importância do Amor no mundo, bem como na réplica não menos flamejante de Mercúrio, ao explicar à audiência de deuses que Loucura é o fundamento da vida.

Amor, como o concebiam os neoplatônicos, é um sistema totalizante do mundo, "a verdadeira alma de todo o Universo", como o defende Apolo no Discurso V, o que será logo contestado por Loucura. Pois, como explicava Michel Foucault, haveria uma "força viva e secreta" na loucura, que pode estar presente no bem e no mal, e agir como componente estimulante do próprio trabalho da razão.[49]

---

[49] Traduzo: *"No polo oposto a esta natureza de trevas, a loucura fascina porque é um saber. (...) ela reina sobre tudo o que há de mau no homem. Mas não reina também, indiretamente, sobre todo o bem que ele possa fazer? (...) [A loucura] é um sutil relacionamento que o homem mantém consigo mesmo. (...) A loucura é um momento difícil, porém essencial, na obra da razão; através dela, e mesmo em suas aparentes vitórias, a razão se manifesta e triunfa. A loucura é, para a razão, sua força viva e secreta."* Histoire de la folie à l'âge classique (Paris: Gallimard, 1972), p.31, 34, 35 e 46.

Já no Discurso I, a Loucura reage à presença de Amor ao afirmar: "*Tu as offensé celle qui t'a fait avoir le bruit que tu as*".[50] Loucura, no "Debate", é mulher e mais velha; Amor, por sua vez, é muito jovem. A diferença de idades e a consequente maior experiência da Loucura fazem pensar que esta é anterior a Amor no mundo. Mas não é assim a opinião inicial da maior parte dos deuses, que concordam com as teses apresentadas por Apolo: foi Amor que provocou a diversidade das flores e os vários tipos de instrumentos musicais com que se tocam tantos ritmos. Como já mencionado, em uma passagem de grande vivacidade, Amor inventou a moda, pois, por meio desse artifício, fazia o outro se apaixonar: "*L'homme a toujours même corps, même tête, même bras, jambes et pieds; mais il les diversifie de tant de sortes, qu'il semble tous les jours être renouvelé.*"[51] Os homens que não amam são descritos com implacável realismo no argumento de Louise Labé, tipificados como grotescos e miseráveis.

A defesa de Mercúrio, contudo, é vibrante: insurge-se contra o consenso dos deuses que, ao fim da fala de Apolo, pareciam dar razão ao Amor. Loucura, no entanto, foi o que primeiro se fez no mundo – é a tese de Mercúrio, aplicada não apenas aos primeiros homens no planeta, designados chefes por loucura de seus companheiros, mas também aos imperadores, que tantas vezes levaram os seus povos ou comandados ao desastre. A mais memorável passagem, aqui, consiste na comparação estabelecida entre o sábio e o louco: o primeiro está condenado à solidão e à incompreensão, e terá uma existência amesquinhada; o segundo encontrará admiradores e popularidade: "*Et trouverez*

---

[50] "Tu ofendeste aquela que te deu o renome que tens."
[51] "O homem tem sempre o mesmo corpo, mesma cabeça, mesmos braços, pernas e pés; mas ele os modifica de tantas maneiras que parecem estar renovados todos os dias."

vrai, en somme, que pour un homme sage, dont on parlera au monde, y en aura dix mille fols qui seront à la vogue du peuple".[52]

Louise Labé se permite uma crítica lúcida ao comportamento masculino de sedução, em especial quando, no Discurso V, faz Amor ensinar a Júpiter que as mulheres não se apaixonam pelos que somente dão demonstrações de poder. Esclarece que os próprios homens obteriam maior prazer se permitissem que o amor comandasse as suas relações, excluído qualquer desejo de conquista.

Pois o "Debate de Loucura e de Amor" é também um "documento social"[53], que a todo instante trará informações preciosas sobre costumes e hábitos. Nas descrições da corte que o homem fazia à mulher e no processo de sedução, Louise Labé descreve com humor e ironia as tentativas dos homens de se aproximarem do objeto amado, com fascinante realismo. Em uma passagem, zombando dos esforços desesperados de alguém que finalmente recebeu o aceno de uma amada, escreve que, ao voltar para casa, parecia "mais contente do que Ulisses quando viu a fumaça de Ítaca..." Essa aproximação entre o erudito e a experiência também fascina, e é uma das virtudes de um texto que ainda perdura.

Elegias

Elegia é "canto de lamento' – garantem os etimologistas. Na obra de Louise Labé, a elegia representa, justamente, o as-

---

[52] "Em suma, sabereis que para cada homem sábio do qual se falará no mundo, haverá dez mil loucos estimados pelo povo."
[53] Ch. L. Woods, "The Three Faces of Louise Labé", *Dissertation abstracts*, vol. 38, 5, 1977 [thèse, Syracuse University, 1976], 2836-2837 A. Citado por François Rigolot, *Op. cit.*, p. 14.

pecto sombrio e desesperado do amor, o mal de amar e os sofrimentos do corpo e da alma. As três elegias que a poeta francesa compôs são intensamente confessionais, a tal ponto que alguns comentaristas as consideraram obras de circunstância. Classificação possivelmente equivocada quando se leem versos como esses, da elegia III:

> *Ne permets point que de Mort face espreuve,*
> *Et plus que toy pitoyable la treuve:*[54]

Na França, a elegia foi praticada com excelência por Clément Marot, que em 1532 publicou *L'Adolescence clémentine*. O livro inaugurava na poesia, ainda que talvez inspirado no exemplo de François Villon, uma ênfase na experiência autobiográfica, capaz de conformar a unidade dos poemas. Para a época, o poeta era um praticante modelar da elegia, tanto assim que Thomas Sébillet, na sua influente *Art poétique française* (1548), explicava, tendo Clément Marot por exemplo, que a elegia é "triste e lacrimosa" e "trata singularmente as paixões amorosas". A leitura das três elegias de Louise Labé permite supor que a escritora também conhecia a obra de Ovídio, em especial *Heróidas*, modelo de literatura epistolar em que as elegias, tal como fará a poeta francesa, se apresentam na forma de dísticos rimados.

O amor confessado por Louise Labé nas elegias tende à aniquilação, à loucura e à morte. Os versos desvendam a desrazão amorosa de alguém que encontrou no amor sua única razão. O expressivo realismo das três elegias não condiz com qualquer idealização do ser amado: há clamor e

---

[54] "E nunca deixes que eu aviste a Morte, / E que ela, mais do que tu, me conforte:"

súplica pela presença do homem que ama, e os suspiros são erotizados:

> *Tu es tout seul, tout mon mal et mon bien:*
> *Avec toy tout, et sans toy je n'ay rien:*
> *Et n'ayant rien qui plaise à ma pensee,*
> *De tout plaisir me treuve delaissee.*[55]
>
> (elegia II)

Dado o caráter confessional das elegias, parte da crítica se dedicou ao estudo das entrelinhas de seus versos, à procura da identidade da pessoa por quem Louise Labé tanto ansiava. Nunca ficou totalmente esclarecido o destinatário que provocara tanto sofrimento amoroso, nem mesmo se se tratava de mais de uma pessoa ou de uma fabricação. É corriqueiro, entre especialistas, indicar que o amado tenha sido o poeta Olivier de Magny, secretário de um embaixador francês, que chegou a Lyon em 1554, e logo se viu obrigado a partir para a Itália, em missão diplomática. As referências ao rio Pó e à inconstância de alguém que poderia estar adoecido em uma estrada qualquer, como ocorre na elegia II, corroborariam a hipótese.

Na elegia I, Louise Labé se dirige às Damas de Lyon, e certamente às mulheres em geral. Quase todas as suas confissões amorosas, nas elegias, exibem um aspecto didático ao ensinar que o amor, em especial o amor das mulheres, pode ser o mais terrível dos sentimentos: cruel, doloroso, furioso, desalmado. Paradoxal, o amor também não respeita o tempo: pode surgir logo na juventude, como aconteceu com a autora, quanto na

---

[55] "És todo o mal que tenho e todo o bem: / Contigo tudo, e sem ti fico sem: / E nada tendo que me apraze tanto, / Nenhum prazer encontro em nenhum canto."

velhice, como aconteceu à rainha Semíramis, cuja vida serviu para um apólogo com o qual Louise Labé prova que mesmo as pessoas mais valentes e guerreiras são facilmente vencidas pela força do amor. Os esforços que Semíramis enfrentou teriam sido terríveis, ao demonstrar o desespero com que tentou livrar-se do destino de não mais ser amada:

> *Alors de fard et eau continuelle*
> *Elle essayoit se faire venir belle,*
> *Voulant chasser le rid, labourage,*
> *Que l'aage avoit gravé sur son visage.*[56]
>
> (elegia I)

O mesmo amor desesperado aparece na elegia II, que Louise Labé dedica a um Amigo que partiu para uma viagem e não havia retornado até aquele momento. Essa elegia é um primor do realismo poético, no qual a escritora consegue descrever os sentimentos contraditórios que surgem quando o ser amado está ausente – sem que se saiba se sua ausência é uma evidência do esquecimento ou simplesmente alguma desventura de sua viagem. Dividida, conflitada, Louise Labé prageja contra a possível existência de uma nova mulher na vida de seu Amigo, ao mesmo tempo em que clama aos deuses para que o tragam de volta com saúde. E mostra-lhe o seu valor, como mulher e como humanista admirada tanto na França quanto na Itália, terra onde estaria o seu amado, ao confessar que age como uma espécie de Penélope, indiferente às cortes que lhe fazem enquanto Ulisses se encontra em alto mar ou em lugares desconhecidos:

---

[56] "Com maquiagem, perfume abundante / Quis avivar a beleza minguante, / Como a caçar a ruga que em seu rosto / A idade, feito arado, havia posto."

> *Maints grans Signeurs à mon amour pretendent,*
> *Et à me plaire et servir prets se rendent,*
> *Joutes et jeus, maintes belles devises*
> *En ma faveur sont par eus entreprises:*[57]

A ausência do Amigo é tão dolorosa que Louise Labé teme até mesmo morrer por sua causa, ou morrer muito antes do retorno daquele que a deixou em tal situação: restaria ao Amigo, então, apenas ler quatro versos inscritos numa lápide, com os quais a poeta deixaria gravada para sempre a memória de seu amor.

As mulheres, na elegia III, voltam a ser as destinatárias privilegiadas de Louise Labé; dessa vez, contudo, ela se dirige às *dames lionnoises*, às mulheres lionesas que, pelos testemunhos de época, tanto contribuíram para alargar a má fama da escritora. Com uma humildade que apenas prepara uma incursão histórica sobre os mitos e personagens trágicos encarnados pelas mulheres, Louise Labé desvenda os poderosos efeitos do amor, que agem sobre sua frágil *persona* como uma manifestação ainda mais forte do que a do destino. A poeta confessa fazer parte de um seleto grupo de mulheres que foram impiedosamente tocadas tanto pelo talento incomum nas armas quanto pela intensidade do amor: compara-se à Bradamante e à Marfisa, as heroínas guerreiras de *Orlando Furioso* (1516-1532); e também à Enona e à Medeia, que foram tragicamente abandonadas por Páris e por Jasão. O amor, assim, resiste a todas as forças – até mesmo ao tempo, que consegue erodir pirâmides monumentais, mas que só faz intensificar o amor, em vez de atenuá-lo. Os sutis paradoxos do amor tornam a pessoa

---

[57] "Muitos Senhores meu amor esperam, / E em me agradar e em me servir se esmeram. / No entanto, tudo é tão pouco importante / Que nem sou grata com quem foi galante."

que ama um ser desconhecido até de si mesmo, que reclama ao ter sido atingida por esse sentimento na sua juventude:

> *Sur mon verd aage en ses laqs il me prit,*
> *Lors qu'exerçoi mon corps et mon esprit*
> *En mille et mille euvres ingenieuses,*
> *Qu'en peu de tems me rendit ennuieuses.*[58]

Nessa última elegia, as imagens poéticas do Amor são invariavelmente relacionadas a um ser vigoroso e incansável, que traz o tormento tanto para aqueles que o repelem quanto para os que o aceitam. Louise Labé foi, a bem dizer, vitimada pelo Amor; e, ao reclamar contra os seus rigores, parecia pedir que seu Amor não deixasse jamais de ser intenso.

Sonetos

Os 24 sonetos de Louise Labé expõem e agravam os paradoxos do sentimento amoroso. O amor é o "mal terrível"; porém, a falta de desejo é a morte. A ausência de amor talvez seja muito pior do que a espera pelo amado. Quem busca o amor encontra veneno, e neste mesmo veneno encontra a cura. O amor faz errar – por ser equivocado e por ser errante. E esses 24 sonetos são bem mais intensos e confessionais do que os escritos no molde do petrarquismo: Louise Labé deu-lhe a originalidade da sua *persona*, deixando entrever a autobiografia de uma mulher.

O primeiro dos seus sonetos, composto em italiano, é tanto

---

[58] "Eu muito jovem, ele me enlaçava, / Enquanto o corpo e a mente eu praticava / Em mil e um trabalhos engenhosos, / Que se tornavam logo tediosos."

uma homenagem ao poeta do *Canzoniere* como demonstração do domínio do prestigioso idioma literário. A leitura dos sonetos revela um ordenamento intencional de natureza crescente, em que Louise Labé evoca e descreve o seu amor, para mais adiante revelar como foi atingida e o quanto sofre do mal de amar, até que finalmente se dirige às mulheres e lhes pede que não seja censurada por haver amado tanto. Nesse percurso, dirige-se aos astros, que são ao mesmo tempo a metáfora da pessoa amada e os sinais cabalísticos que predizem a sua vida. Dirige-se também aos mitos gregos e latinos, segundo um jogo inteligente de alusões pelo qual consegue tornar universal o seu sentimento particular. Por fim, usa o seu alaúde, "companheiro de minha calamidade", para comunicar todas as notas do seu sofrimento.

O desejo de Louise Labé é o desejo carnal de uma mulher que não oculta as imagens violentas que a perseguem sobretudo à noite:

> *O ris, ô front, cheveus, bras, mains et doits:*
> *O lut pleintif, viole, archet et vois:*
> *Tants de flambeaus pour ardre une femmelle!*
>
> (SONETO II)

> *Et quand je suis quasi toute casee,*
> *Et que me suis mie en mon lit lassee,*
> *Crier me faut mon mal toute la nuit.*
>
> (SONETO V)[59]

---

[59] "Ó riso, ó fronte, dedos, mãos e braços! / Ó alaúde, viola, arco e compassos: / Chamas demais para uma só mulher!". "E quando estou quase toda desfeita, / E em mole leito o meu corpo se deita, / A noite toda eu grito a minha dor."

Muitos poetas já confessaram que suspiram de amor. Quantos tiveram a coragem de escrever que gritam? E quantos desses poetas audazes eram mulheres? As confissões de Louise Labé, sobretudo em seus sonetos, são tão intensas que toda a reputação da poeta, para o bem ou para o mal, foi praticamente decidida pela existência daquelas 24 peças. Nelas, encontram-se não apenas os sentimentos contraditórios do amor, mas, furtivamente, as suas repercussões sociais. Daí que seja quase obrigatório, nas elegias e nos sonetos, um apelo às concidadãs de Lyon em nome da dignidade do amor, em nome da solidariedade entre pessoas do mesmo sexo. O último dos seus sonetos começa, justamente, com uma súplica contra as críticas e as censuras que a poeta vinha recebendo porque amava; e termina, com ironia sutil, desejando às mulheres de sua cidade que consigam o mesmo amor que ela experimenta.

Para Louise Labé, o amor também é uma incessante manifestação dos astros, que vão urdindo permanentemente o destino das pessoas. A todo momento, ela faz comentários sobre o destino e a sorte, e se esforça em dialogar com as estrelas e os planetas, na esperança de atenuar o seu sofrimento. Ao longo de sua obra lírica, a crença no poder dos astros sobre a vida humana constituirá um dos mais belos aspectos dos versos de Louise Labé. No soneto V, ela pede à estrela Vênus, que é ainda a Deusa do amor:

> *Clere Venus, qui erres par les Cieus,*
> *Entens ma voix qui en pleins chantera,*
> *Tant que ta face au haut du Ciel luira,*
> *Son long travail et souci ennuieus.*[60]

---

[60] "Vênus tão clara, pelo firmamento, / Escuta a voz que em queixas cantará, / Enquanto o rosto teu cintilará, / O seu cansaço e custoso tormento."

Já no soneto VI, louva o retorno do "Astro claro", que é a um só tempo o sol e o amante – amante que trouxe consigo a luz do dia. Porém, como no amor, os astros não anunciam somente os prazeres. Muitas vezes, como a poeta relata no soneto XX, as previsões mais terríveis sobre o sofrimento amoroso se confirmam impiedosamente:

> *Qui n'ust pensé qu'en faveur devoit croitre*
> *Ce que le Ciel et destins firent naitre?*
> *Mais quand je voy si nubileus aprets,*
>
> *Vents si cruels et tant horrible orage:*
> *Je croy qu'estoient les infernaus arrets,*
> *Que de si loin m'ourdissoient ce naufrage.*[61]

Os astros e os deuses, assim, têm uma "possante harmonia" movida e sustentada pelo amor, ainda que este represente um sentimento tantas vezes terrível ou próximo da loucura, como Louise Labé o demonstrou no "Debate de Loucura e de Amor".

Na tentativa de se defender contra o mal do amor, Louise Labé procurará uma fuga não apenas das cidades ou dos templos, mas sobretudo de si mesma, em busca de melhor aventura, como confessa nos sonetos XVII e XVIII. Ou então, em meio a um delírio amoroso provocado pela saudade, o seu corpo se deita só no leito, porém o seu espírito sai para se entregar ao amante, como se lê no soneto IX. Mais uma metáfora que redobrou o conflito de quem foi mulher, conheceu a paixão e escreveu.

---

[61] "Quem pensaria que iria crescer / O que o destino e os céus fazem nascer? / Mas, vendo tão nebulosos sinais, // Ventos cruéis, tempestades no espaço, / Eu creio que eram as leis infernais / Que prepararam longe o meu fracasso."

Epístola Dedicatória

A M. C. D. B. L.

ESTANT le tems venu, Madamoifelle, que les feueres loix des hommes n'empefchent plus les femmes de s'apliquer aus fciences & difciplines : il me femble que celles qui ont la commodité, doiuent employer cette honnefte liberté que notre fexe ha autre fois tant defiree, à icelles apren dre:& montrer aus hõmes le tort qu'ils nous faifoient en nous priuant du bien & de l'hon neur qui nous en pouuoit venir : Et fi quelcune paruient en tel degré, que de pouuoir mettre fes concepcions par efcrit, le faire fongneufement & non dédaigner la gloire, & s'en parer pluftot que de chaines,anneaus, & fomptueus habits : lefquels ne pouuons vrayement eftimer notres, que par ufage. Mais l'honneur que la fcience nous procu-
                          a 2   rera,

Primeira página da epístola dedicatória – Edição de 1556

À M. C. D. B. L.

Estant le tems venu, Madamoiselle, que les severes loix des hommes n'empeschent plus les femmes de s'apliquer aus sciences et disciplines: il me semble que celles qui ont la commodité, doivent employer cette honneste liberté que notre sexe ha autre fois tant desirée, à icelles aprendre: et montrer aus hommes le tort qu'ils nous faisoient en nous privant du bien et de l'honneur qui nous en pouvoit venir: Et si quelcune parvient en tel degré, que de pouvoir mettre ses concepcions par escrit, le faire songneusement et non dédaigner la gloire, et s'en parer plustot que de chaines, anneaus, et somptueus habits: lesquels ne pouvons vrayement estimer notres, que par usage. Mais l'honneur que la science nous procurera, sera entierement notre: et ne nous pourra estre oté, ne par finesse de larron, ne force d'ennemis, ne longueur du tems.

Si j'eusse esté tant favorisée des Cieus, que d'avoir l'esprit grand assez pour comprendre ce dont il ha ù envie, je servirois en cet endroit plus d'exemple que d'amonicion. Mais ayant passé partie de ma jeunesse à l'exercice de la Musique, et ce qui m'a resté de tems l'ayant trouvé court pour la rudesse de mon entendement, et ne pouvant de moymesme satisfaire au bon vouloir que je porte à notre sexe, de le voir non en beauté seulement, mais en science et vertu passer ou egaler les hommes: je ne puis faire autre chose que prier les vertueuses Dames d'eslever un peu leurs esprits par dessus leurs quenoilles et fuseaus, et s'employer à faire entendre au monde que si nous ne sommes faites pour commander, si ne devons nous estre desdaignées pour compagnes tant es afaires domestiques que publiques, de ceus qui gouvernent et se font obeïr. Et outre la reputacion que notre sexe en recevra, nous aurons valù au publiq, que les hommes

À M. C. D. B. L.[1]

Tendo chegado o tempo, Senhorita, em que as severas leis dos homens não mais impedem as mulheres de se aplicarem às ciências e às disciplinas, parece-me que aquelas que têm facilidade devem empregar essa honesta liberdade que nosso sexo antigamente tanto desejou para cultivá-las: e mostrar aos homens o equívoco em relação a nós quando nos privavam do bem e da honra que delas podiam vir. Se alguma de nós logra colocar por escrito as suas ideias, que o faça com aplicação e não desdenhe a glória, e se adorne com ela, mais do que com colares, anéis e suntuosos vestidos que não podemos considerar verdadeiramente nossos senão quando o usamos. A honra que a ciência nos dará será inteiramente nossa, e não nos poderá ser retirada nem pela astúcia do ladrão, nem pela força do inimigo, nem pelo passar do tempo.

Se eu tivesse sido favorecida pelos Céus com um espírito grande o suficiente para compreender tudo o que eu desejasse, eu serviria mais de exemplo do que de aconselhamento. Mas tendo consumido parte de minha juventude no exercício da Música, e tendo sido curto o tempo que me restou, por causa da rudez de minha inteligência, e sem poder eu mesma satisfazer ao desejo que outorgo ao nosso sexo, de vê-lo ultrapassar ou igualar os homens não somente em beleza, mas também em ciência ou virtude, não posso fazer outra coisa senão suplicar às virtuosas Damas que elevem um pouco os seus espíritos por cima de suas rocas e fusos, e se dediquem a mostrar ao mundo que, se nós não somos feitas para combater, não devemos contudo ser desdenhadas como companheiras tanto nos negócios domésticos como nos públicos por aqueles que governam e se fazem obedecer. Além da reputação que nosso sexo alcançará, nós prestaremos um serviço à sociedade, já que os homens

mettront plus de peine et d'estude aux sciences vertueuses, de peur qu'ils n'ayent honte de voir preceder celles, desquelles ils ont pretendu estre tousjours superieurs quasi en tout.

Pource, nous faut il animer l'une l'autre à si louable entreprise: De laquelle ne devez eslongner ny esparner votre esprit, jà de plusieurs et diverses graces acompagné: ny votre jeunesse, et autres faveurs de fortune, pour aquerir cet honneur que les lettres et sciences ont acoutumé porter aus personnes qui les suyvent. S'il y ha quelque chose recommandable apres la gloire et l'honneur, le plaisir que l'estude des lettres ha acoutumé donner nous y doit chacune inciter: qui est autre que les autres recreations: desquelles quand on en ha pris tant que lon veut, on ne se peut vanter d'autre chose, que d'avoir passé le tems. Mais celle de l'estude laisse un contentement de soy, qui nous demeure plus longuement. Car le passé nous resjouit, et sert plus que le present: mais les plaisirs des sentimens se perdent incontinent, et ne reviennent jamais, et en est quelquefois la memoire autant facheuse, comme les actes ont esté delectables. Davantage les autres voluptez sont telles, que quelque souvenir qui en vienne, si ne nous peut il remettre en telle disposicion que nous estions: et quelque imaginacion forte que nous imprimions en la teste, si connoissons nous bien que ce n'est qu'une ombre du passé qui nous abuse et trompe. Mais quand il avient que mettons par escrit nos concepcions, combien que puis apres notre cerveau coure par une infinité d'afaires et incessamment remue, si est ce que long tems apres, reprenans nos escrits, nous revenons au mesme point, et à la mesme disposicion ou nous estions. Lors nous redouble notre aise: car nous retrouvons le plaisir passé qu'avons ù ou en la matiere dont escrivions, ou en l'intelligence des sciences ou lors estions adonnez. Et outre ce, le jugement que font nos fecondes concepcions des premieres, nous rend un singulier contentement.

dedicarão mais esforço e estudo às ciências meritórias, por temor à vergonha de se virem ultrapassados por aquelas sobre as quais eles sempre pretenderam ser superiores em quase tudo.

Por isso, precisamos encorajarmo-nos umas às outras nesse louvável empreendimento, do qual não deveis nem afastar nem despender vosso espírito, já de muitas e diversas graças acompanhado: nem mesmo vossa juventude, e outros favores da sorte, para adquirir essa honra que as letras e ciências costumaram trazer às pessoas que as cultivam. Se há alguma coisa que posso recomendar, além da honra e da glória, é o prazer que o estudo das letras nos dá, estimulando-nos a cada uma, bem diferente de outras distrações que, quando repetidas à exaustão, não nos podemos vangloriar de outra coisa senão de termos tido um passatempo. Mas o estudo deixa um autocontentamento bem mais duradouro, pois o passado nos alegra e ajuda mais do que o presente, enquanto que os prazeres dos sentidos se perdem rapidamente e não voltam jamais, e recordá-los é tão aborrecido quanto foi deleitoso senti-los. Além disso, as demais volúpias são tais que, embora as recordemos, não são suficientes para que as sintamos novamente: e por mais impressão que nos cause na cabeça, percebemos logo que não passam de uma sombra do passado que nos engana e ilude. Mas quando colocamos por escrito as nossas ideias, ainda que nosso cérebro percorra uma infinidade de assuntos e incessantemente se agite, quando retomamos nossos escritos, mais tarde, voltamos ao mesmo ponto e mesmo estado de espírito em que nos encontrávamos. Então é dupla a nossa satisfação, pois nós reencontramos o prazer passado que sentimos ou na matéria sobre a qual escrevíamos ou no entendimento das ciências às quais nos dedicávamos. Além disso, o julgamento que nossas ideias atuais fazem das antigas nos causa um singular contentamento.

Ces deus biens qui proviennent d'escrire vous y doivent inciter, estant asseurée que le premier ne faudra d'acompagner vos escrits, comme il fait tous vos autres actes et façons de vivre. Le second sera en vous de le prendre, ou ne l'avoir point: ainsi que ce dont vous escrirez vous contentera.

Quant à moy tant en escrivant premierement ces jeunesses que en les revoyant depuis, je n'y cherchois autre chose qu'un honneste passetems et moyen de fuir oisiveté: et n'avoy point intencion que personne que moy les dust jamais voir. Mais depuis que quelcuns de mes amis ont trouvé moyen de les lire sans que j'en susse rien, et que (ainsi comme aisément nous croyons ceus qui nous louent) ils m'ont fait à croire que les devois mettre en lumiere: je ne les ay osé esconduire, les menassant cependant de leur faire boire la moitié de la honte qui en proviendroit. Et pource que les femmes ne se montrent volontiers en publiq seules, je vous ay choisie pour me servir de guide, vous dediant ce petit euvre, que ne vous envoye à autre fin que pour vous acertener du bon vouloir lequel de long tems je vous porte, et vous inciter et faire venir envie en voyant ce mien euvre rude et malbati, d'en mettre en lumiere un autre qui soit mieu limé et de meilleure grace.

Dieu vous maintienne en santé.

De Lion ce 24 Juillet

1555.

Votre humble amie Louïze Labé.

Esses dois benefícios da escrita vos deveriam estimular, assegurada que o primeiro não deixará de acompanhar vossos escritos, como a todos os vossos atos e maneiras de viver. O segundo depende de vós obtê-los ou não: se bem que o que escreveis vos satisfará.

Quanto a mim, tanto ao escrever a minha juvenília quanto ao revê-la, eu não procurava outra coisa senão um passatempo e um modo de fugir à ociosidade: e nunca tive a intenção de que alguém, além de mim, devesse vê-la. Mas desde que alguns de meus amigos encontraram um modo de lê-los, sem que eu soubesse, e (assim como nós acreditamos com facilidade naqueles que nos louvam) me fizeram acreditar que eu deveria publicá-los, não me atrevi a escondê-los, mas os ameacei contudo de lhes fazer beber a metade da vergonha que provocariam. E como as mulheres não se mostram sozinhas em público, eu vos escolhi para me servir de guia, vos dedicando esta pequena obra que não vos envio com outra finalidade que a de vos assegurar do afeto que há muito eu vos tenho, e de vos estimular e provocar o desejo, ao ver esta minha obra rude e mal alinhavada, de dar à luz a uma outra que
seja melhor polida e de melhor graça.
Deus vos mantenha com saúde.
De Lyon, neste 24 de julho
de 1555.
Vossa humilde amiga, Louise Labé.

Debate de Loucura e de Amor

DEBAT DE FOLIE
ET D'AMOVR,
PAR
LOVÏZE LABE'
LIONNOIZE.

ARGVMENT.

IVPITER faisoit vn grand festin, ou estoit cōmandé à tous les Dieus se trouuer. Amour & Folie arriuent en mesme instant sur la porte du Palais : laquelle estant jà fermee, & n'ayant que le guichet ouuert, Folie voyant Amour jà prest à mettre vn pied dedens, s'auance & passe la premiere. Amour se voyant poussé, entre en colere : Folie soutient lui apartenir de passer deuant. Ils entrent en dispute sur leurs puissances, dinitez & préseances. Amour ne la pouuant veincre de paroles, met la main à son arc, & lui lasche vne flesche, mais en vain: pource que Folie soudein se rend inuisible: & se voulant venger, ôte les yeus à Amour. Et pour couurir le lieu ou ils estoient, lui mit vn bandeau, fait de tel artifice, qu'impossible est lui ôter. Venus se pleint de Folie, Iupiter veut entendre leur diferent. Apolon & Mercure debatēt le droit de l'une & l'autre partie. Iupiter les ayant longuement ouiz, en demande l'opinion aus Dieus : puis prononce sa sentence.

a 5

Primeira página do Argumento do "Débat de Folie et d'Amour". Edição de 1556.

DEBAT

Les personnes { FOLIE, AMOVR,
VENVS, IVPITER,
APOLON, MERCVRE.

DISCOVRS I.

FOLIE.

Ce que ie voy, ie seray la derniere au festin de Iupiter, ou ie croy que lon m'atent. Mais ie voy, ce me semble, le fils de Venus, qui y va aussi tart que moy. Il faut que ie le passe : à fin que lon ne m'apelle tardiue & paresseuse.

AMOVR. Qui est cette fole qui me pousse si rudement ? quelle grande háte la presse ? si ie t'usse aperçue, ie t'usse bien gardé de passer.

FOLIE. Tu ne m'usses pù empescher, estant si ieune & foible. Mais à Dieu te command', ie vois deuant dire que tu viens tout à loisir.

AM. Il n'en ira pas ainsi : car auant que tu
m'escha

Primeira página do Discurso I do "Débat de Folie et d'Amour". Edição de 1556.

DEBAT DE FOLIE ET D'AMOUR, PAR LOUÏZE LABÉ LIONNOIZE

ARGUMENT

 Jupiter faisoit un grand festin, où estoit commandé à tous les Dieus se trouver. Amour et Folie arrivent en mesme instant sur la porte du Palais: laquelle estant jà fermée, et n'ayant que le guichet ouvert, Folie voyant Amour jà prest à mettre un pied dedens, s'avance et passe la premiere. Amour se voyant poussé, entre en colere: Folie soutient lui apartenir de passer devant. Ils entrent en dispute sur leurs puissances, dinitez et préseances. Amour ne la pouvant veincre de paroles, met la main à son arc, et lui lasche une flesche, mais en vain: pource que Folie soudein se rend invisible: et se voulant venger, ôte les yeus à Amour. Et pour couvrir le lieu où ils estoient, lui mit un bandeau, fait de tel artifice, qu'impossible est lui ôter. Venus se pleint de Folie, Jupiter veut entendre leur diferent. Apolon et Mercure debatent le droit de l'une et l'autre partie. Jupiter les ayant longuement ouiz, en demande l'opinion aus Dieus: puis prononce sa sentence.

Les personnes: FOLIE,   AMOUR,
       VENUS,   JUPITER,
       APOLON,   MERCURE.

DEBATE DE LOUCURA E DE AMOR, POR LOUISE LABÉ LIONESA

ARGUMENTO

 Júpiter promovia um grande banquete, para o qual ordenou a presença de todos os Deuses. Amor e Loucura chegam no mesmo instante à porta do Palácio: a qual já estava fechada, apenas com o postigo aberto. Loucura, vendo Amor já prestes a colocar um pé lá dentro, avança e o ultrapassa. Ao se ver empurrado, Amor se enfurece: Loucura insiste que lhe cabe chegar na frente. Elas brigam sobre seus poderes, dignidades e precedências. Amor, não podendo vencê-la com palavras, leva a mão ao seu arco, e lhe dispara uma flecha, mas em vão: pois Loucura logo se faz invisível e, querendo vingar-se, cega os olhos de Amor. E, para cobrir o lugar onde eles estavam, lhe cola de tal modo uma bandagem que se torna impossível retirá-la. Vênus se queixa da Loucura, e Júpiter quer entender o litígio entre ambas. Apolo e Mercúrio debatem o direito de uma e de outra parte. Júpiter, após tê-los escutado longamente, pede a opinião dos Deuses: depois pronuncia a sua sentença.

Os personagens: LOUCURA,   AMOR,
        VÊNUS   JÚPITER,
        APOLO,   MERCÚRIO.

DISCOURS I

FOLIE: À ce que je voy, je seray la derniere au festin de Jupiter, où je croy que l'on m'atent. Mais je voy, ce me semble, le fils de Venus, qui y va aussi tart que moy. Il faut que je le passe: à fin que l'on ne m'apelle tardive et paresseuse.

AMOUR: Qui est cette fole qui me pousse si rudement? quelle grande háte la presse? si je t'usse aperçue, je t'usse bien gardé de passer.

FOLIE: Tu ne m'usses pù empescher, estant si jeune et foible. Mais à Dieu te command', je vois devant dire que tu viens tout à loisir.

AMOUR: Il n'en ira pas ainsi: car avant que tu m'eschapes, je te donneray à connoitre que tu ne te dois atacher à moy.

FOLIE: Laisse moy aller, ne m'arreste point: car ce te sera honte de quereler avec une femme. Et si tu m'eschaufes une fois, tu n'auras du meilleur.

AMOUR: Quelles menasses sont ce cy? je n'ay trouvé encore personne qui m'ait menassé que cette fole.

FOLIE: Tu montres bien ton indiscrecion, de prendre en mal ce que je t'ay fait par jeu: et te mesconnois bien toymesme, trouvant mauvais que je pense avoir du meilleur si tu t'adresses à moy. Ne vois tu pas que tu n'es qu'un jeune garsonneau? de si foible taille que quand j'aurois un bras lié, si ne te creindrois je gueres.

AMOUR: Me connois tu bien?

FOLIE: Tu es Amour, fils de Venus.

AMOUR: Comment donques fais tu tant la brave auprès de moy, qui, quelque petit que tu me voyes, suis le plus creint et redouté entre les Dieus et les hommes? et toy femme inconnue, oses tu te faire plus grande que moy? ta jeunesse, ton sexe, ta façon de faire te dementent assez: mais plus ton ignorance, qui ne te permet connoitre le grand degré que je tiens.

DISCURSO I

LOUCURA: Pelo que vejo, serei a última no banquete de Júpiter, onde creio que me esperam. Mas vejo, ao que parece, a filha de Vênus, que chega tão tarde quanto eu. É preciso que eu a ultrapasse, a fim de que não me chamem de atrasada e preguiçosa.

AMOR: Quem é esta louca que me empurra tão rudemente? que grande pressa a atormenta? se eu te tivesse percebido, teria te impedido de passar.

LOUCURA: Tu não poderias ter-me impedido, sendo tão jovem e fraco. Mas fica com Deus, eu irei dizer que estás chegando.

AMOR: Isso não. Pois, antes que tu me escapes, eu te farei saber que não deves atacar-me.

LOUCURA: Deixa-me ir, não me segures: pois é vergonhoso brigar com uma mulher. E se me enraiveces só uma vez, vás arrepender-te.

AMOR: Que ameaças são essas? nunca encontrei alguém que me tivesse ameaçado como esta louca.

LOUCURA: Bem se vê a tua imprudência ao tomar por mal o que eu te fiz de brincadeira. E te desconheces a ti mesmo, se não achas que não poderei contigo bem mais do que tu contra mim. Não vês que tu não passas de um rapazinho? Tão pequeno que mesmo se eu tivesse um braço atado não teria medo de ti?

AMOR: Tu me conheces bem?

LOUCURA: Tu és Amor, filho de Vênus.

AMOR: Então como te fazes de brava diante de mim, que, por pequeno que seja, sou o mais temido e assustador entre os Deuses e os homens? e tu, mulher desconhecida, ousas fazer-te maior do que eu? tua juventude, teu sexo, tua maneira de agir te contradizem bastante: e mais ainda a tua ignorância, que não te permite conhecer a elevada posição em que estou.

FOLIE: Tu trionfes de dire. Ce n'est à moy à qui tu dois vendre tes coquilles. Mais di moy, quel est ce grand pouvoir dont tu te vantes?

AMOUR: Le ciel et la terre en rendent témoignage. Il n'y ha lieu où n'aye laissé quelque trofée. Regarde au ciel tous les sieges des Dieus, et t'interrogue si quelcun d'entre eus s'est pù eschaper de mes mains. Commence au vieil Saturne, Jupiter, Mars, Apolon, et finiz aus Demidieus, Satires, Faunes et Silvains. Et n'auront honte les Deesses d'en confesser quelque chose. Et ne m'a Pallas espouventé de son bouclier: mais ne l'ay voulu interrompre de ses sutils ouvrages, ou jour et nuit elle s'employe. Baisse toy en terre, et di si tu trouveras gens de marque, qui ne soient ou ayent esté des miens. Voy en la furieuse mer, Neptune et ses Tritons, me prestans obeïssance. Penses tu que les infernaus s'en exemptent? ne les áy je fait sortir de leurs abimes, et venir espouventer les humains, et ravir les filles à leurs mères: quelques juges qu'ils soient de telz forfaits et transgressions faites contre les loix? Et à fin que tu ne doutes avec quelles armes je fay tant de prouesses, voilà mon Arc seul et mes flesches, qui m'ont fait toutes ces conquestes. Je n'ay besoin de Vulcan qui me forge de foudres, armet, escu et glaive. Je ne suis acompagné de Furies, Harpies et tourmenteurs de monde, pour me faire creindre avant le combat. Je n'ay que faire de chariots, soudars, hommes d'armes et grandes troupes de gens: sans lesquelles les hommes ne trionferoient là bas, estant d'eus si peu de chose, qu'un seul (quelque fort qu'il soit et puissant) est bien empesché alencontre de deus. Mais je n'ay autres armes, conseil, municion, ayde, que moy-mesme. Quand je voy les ennemis en campagne, je me presente avec mon Arc: et laschant une flesche les mets incontinent en route: et est aussi tot la victoire gaignée, que la bataille donnée.

LOUCURA: Tu estás gracejando. Não é a mim a quem tu deves vender o teu peixe. Mas, diga-me, qual é este grande poder de que te orgulhas?

AMOR: O céu e a terra são testemunhas. Não há lugar onde eu não tenha deixado algum troféu. Olha no céu todas as moradas dos Deuses, e pergunta a ti mesmo se algum dentre eles pôde escapar de minhas mãos. Começa pelo velho Saturno, Júpiter, Marte, Apolo, e acaba pelos Semideuses, Sátiros, Faunos e Silvanos. E nem as Deusas terão vergonha de confessar alguma coisa. Nem mesmo Palas me espantou com seu escudo: mas eu não quis interromper as suas obras sutis, às quais se aplica dia e noite. Baixa à terra, e diga se tu não encontrarás gente de valor que não seja ou tenha sido minha. No furioso mar, Netuno e seus Tritões me prestam obediência. Pensas que os deuses dos Infernos se livram? Não os fiz sair de seus abismos, para vir espantar os humanos, e arrebatar as filhas às suas mães[1], ainda que sejam eles mesmos os juízes de tais crimes e transgressões contra as leis? E a fim de que não duvides com quais armas eu realizo tais proezas, olha meu Arco e minhas flechas, que fizeram todas essas conquistas. Eu não preciso que Vulcano me forje raios, elmo, escudo e gládio. Eu não necessito de Fúrias, Harpias e atormentadoras do mundo para me fazer temido ante o combate. Não preciso de carroças, soldados, homens armados e grandes tropas, sem as quais os homens não triunfariam lá embaixo, sendo eles tão pouca coisa que um só (por mais forte e poderoso que seja) fica em apuros quando encontra dois. Eu não tenho outras armas, conselho, munição, ajuda senão eu mesmo. Quando vejo os inimigos preparando a guerra, eu me apresento com meu Arco: a batalha que surge é minha vitória certa.

FOLIE: J'excuse un peu ta jeunesse, autrement je te pourrois à bon droit nommer le plus presomptueus fol du monde. Il sembleroit à t'ouir que chacun tienne sa vie de ta merci: et que tu sois le vray Signeur et seul souverein tant en ciel qu'en terre. Tu t'es mal adressé pour me faire croire le contraire de ce que je say.

AMOUR: C'est une estrange façon de me nier tout ce que chacun confesse.

FOLIE: Je n'ay afaire du jugement des autres: mais quant à moy, je ne suis si aisée à tromper. Me penses tu de si peu d'entendement, que je ne connoisse à ton port, et à tes contenances, quel sens tu peus avoir? Et me feras tu passer devant les yeus, qu'un esprit leger comme le tien, et ton corps jeune et flouet, soit dine de telle signeurie, puissance et autorité, que tu t'atribues? Et si quelques aventures estranges, qui te sont avenues, te deçoivent, n'estime pas que je tombe en semblable erreur, sachant tresbien que ce n'est par ta force et vertu, que tant de miracles soient avenuz au monde: mais par mon industrie, par mon moyen et diligence: combien que tu ne me connoisses. Mais si tu veus un peu tenir moyen en ton courrous, je te feray connoitre en peu d'heure ton arc, et tes flesches, ou tant tu te glorifies, estre plus molz que paste, si je n'ay bandé l'arc, et trempé le fer de tes flesches.

AMOUR: Je croy que tu veus me faire perdre pacience. Je ne sache jamais que personne ait manié mon arc, que moy: et tu me veus faire à croire, que sans toy je n'en pourrois faire aucun effort. Mais puis qu'ainsi est que tu l'estimes si peu, tu en feras tout à cette heure la preuve.

*Folie se fai invisible, tellement qu'Amour
ne la peut assener.*

LOUCURA: Eu perdoo um pouco a tua juventude, de outro modo eu bem poderia te chamar de o louco mais presunçoso do mundo. Tem-se a impressão de que cada um deve a própria vida a ti: e de que tu és o verdadeiro Senhor e único soberano tanto no céu como na terra. Não me convenceste a acreditar no contrário do que eu já sei.

AMOR: É uma estranha maneira de negar tudo o que qualquer um reconhece.

LOUCURA: Pouco me importa o julgamento dos outros: quanto a mim, não sou tão fácil de enganar. Pensas que possuo tão pouco discernimento que não perceba na tua atitude e nos teus modos que sentido tu podes ter? E me farás crer que um espírito leviano como o teu e teu corpo jovem e delicado sejam dignos de tal senhoria, potência e autoridade que te atribuis? E se algumas aventuras extraordinárias que te ocorreram conseguiram iludir-te, não penses que eu caio em erro semelhante. Eu sei muito bem que não é por tua força e virtude que tantos milagres ocorrem no mundo, mas sim por minha engenhosidade, por minha mediação e cuidado, o que mostra que tu não me conheces. Mas se queres moderar um pouco a tua cólera, eu te farei ver em poucas horas que teu arco e tuas flechas, que tanto glorificas, são mais moles do que pastas, a menos que eu entese o arco e tempere o ferro de tuas flechas.

AMOR: Creio que tu queres me fazer perder a paciência. Jamais soube de alguém que pudesse manejar meu arco, além de mim: e queres fazer-me crer que sem ti eu não poderia atirar. Mas já que o estimas tão pouco assim, tu mesma terás a prova.

Loucura se torna invisível, de tal modo que Amor não consegue atingi-la.

AMOUR: Mais qu'es tu devenue? comment m'es tu eschapée? Ou je n'ay sù t'ofenser, pour ne te voir, ou contre toy seule ha rebouché ma flesche: qui est bien le plus estrange cas qui jamais m'avint. Je pensoy estre seul d'entre les Dieus, qui me rendisse invisible à eus mesmes quand bon me sembloit: Et maintenant ay trouvé qui m'a esbloui les yeus. Aumoins di moy, quinconque sois, si à l'aventure ma flesche t'a frapée, et si elle t'a blessée.

FOLIE: Ne t'avoy je bien dit, que ton arc et tes flesches n'ont effort, que quand je suis de la partie. Et pourautant qu'il ne m'a plu d'estre navrée, ton coup ha esté sans effort. Et ne t'esbahis si tu m'as perdue de vuë, car quand bon me semble, il n'y ha oeil d'Aigle ou de serpent Epidaurien, qui me sache apercevoir. Et ne plus ne moins que le Cameleon, je pren quelquefois la semblance de ceus aupres desquelz je suis.

AMOUR: A ce que je voy, tu dois estre quelque sorciere ou enchanteresse. Es tu point quelque Circe, ou Medée, ou quelque Fée?

FOLIE: Tu m'outrages tousjours de paroles: et n'a tenu à toy que ne l'aye esté de fait. Je suis Deesse, comme tu es Dieu: mon nom est Folie. Je suis celle qui te fay grand, et abaisse à mon plaisir. Tu lasches l'arc, et gettes les flesches en l'air: mais je les assois aus coeurs que je veus. Quand tu te penses plus grand qu'il est possible d'estre, lors par quelque petit despit je te renge et remets avec le vulgaire. Tu t'adresses contre Jupiter: mais il est si puissant, et grand, que si je ne dressois ta main, si je n'avoy bien trempé ta flesche, tu n'aurois aucun pouvoir sur lui. Et quand toy seul ferois aymer, quelle seroi ta gloire si je ne faisois paroitre cet amour par mille invencions? Tu as fait aymer Jupiter: mais je l'ay fait transmuer en Cigne, en Taureau, en Or, en Aigle: en danger des plumassiers, des loups, des larrons, et chasseurs. Qui fit prendre Mars au piege

AMOR: Mas em que te transformaste? como me escapaste? Ou eu não soube ferir-te, por não te ver, ou contra ti se enfraqueceu a minha flecha, a coisa mais estranha que já me aconteceu. Eu pensava ser o único dentre os Deuses que me tornava invisível quando bem quisesse, e agora encontrei alguém que me ofuscou os olhos. Ao menos me diga, quem quer que sejas, se acaso minha flecha te tocou, e se ela te feriu.

LOUCURA: Não disse que teu arco e tuas flechas não têm força quando estou presente? E como não me agradaria ser ferida, o teu disparo não teve efeito. E não te admires se me perdeste de vista, pois quando quero não há olho de Águia ou da serpente de Epidauro[2] que possa perceber-me. E assim como o Camaleão, eu tomo por vezes o aspecto daqueles de quem estou próximo.

AMOR: Pelo que vejo, tu deves ser alguma feiticeira ou encantadora. Nunca foste alguma Circe, ou Medeia, ou alguma Fada?

LOUCURA: Tu me ultrajas sempre com palavras: e assim tens sempre agido. Eu sou Deusa, como tu és Deus: meu nome é Loucura. Eu sou aquela que te faz grande, e te rebaixa quando tem vontade. Tu entesas o arco, e lanças as flechas no ar: mas eu as planto nos corações que quero. Quando tu te imaginas maior do que é possível ser, então pela menor decepção eu te alinho e devolvo aos comuns. Tu atacas Júpiter: mas ele é tão poderoso, e grande, que se eu não dirigisse a tua mão, se eu não tivesse temperado bem a tua flecha, tu não terias qualquer poder sobre ele. E quando fazes amar, qual seria a tua glória se eu não fizesse surgir este amor por mil artifícios? Tu fizeste Júpiter amar: mas eu o fiz transmutar-se em Cisne, em Touro, em Ouro, em Águia: à mercê de vendedores de plumas, dos lobos, dos ladrões e caçadores. Quem fez Marte cair na armadilha com tua mãe, senão eu,

avec ta mere, si non moy, qui l'avois rendu si mal avisé, que venir faire un povre mari cocu dedens son lit mesme? Qu'ust ce esté, si Paris n'ust fait autre chose qu'aymer Heleine? Il estoit à Troye, l'autre à Sparte: ils n'avoient garde d'eus assembler. Ne lui fis je dresser une armée de mer, aller chez Menelas, faire la court à sa femme, l'emmener parforce, et puis defendre sa querele injuste contre toute la Grece? Qui ust parlé des Amours de Dido, si elle n'ust fait semblant d'aller à la chasse pour avoir la commodité de parler à Enée seule à seul, et lui montrer telle privauté, qu'il ne devoit avoir honte de prendre ce que volontiers elle ust donné, si à la fin n'ust couronné son amour d'une misérable mort? On n'ust non plus parlé d'elle, que de mile autres hotesses, qui font plaisir aus passans. Je croy qu'aucune mencion ne seroit d'Artemise, si je ne lui usse fait boire les cendres de son mari. Car qui ust sù si son affeccion ust passé celle des autres femmes, qui ont aymé, et regretté leurs maris et leurs amis? Les effets et issues des choses les font louer ou mespriser. Si tu fais aymer, j'en suis cause le plus souvent. Mais si quelque estrange aventure, ou grand effet en sort, en celà tu n'y as rien: mais en est à moy seule l'honneur. Tu n'as rien que le coeur: le demeurant est gouverné par moy. Tu ne scez quel moyen faut tenir. Et pour te declarer qu'il faut fait pour complaire, je te meine et condui: et ne te servent tes yeus non plus que la lumiere à un aveugle. Et à fin que tu me reconnoisses d'orenavant, et que me saches gré quand je te meneray ou conduiray: regarde si tu vois quelque chose de toymesme?

Folie tire les yeus à Amour.

que o deixei tão desinformado a ponto de tornar corno um pobre marido em seu próprio leito[3]? O que teria ocorrido se Páris não tivesse feito outra coisa senão amar Helena? Ele estava em Tróia, a outra em Esparta: não poderiam ter-se juntado. Não lhe deixei enviar uma esquadra aonde estava Menelau, fazer corte à sua mulher, trazê-la à força, e depois defender sua causa injusta contra toda a Grécia? Quem teria falado dos Amores de Dido, se ela não tivesse fingido ir à caça para ter uma oportunidade de falar a sós com Enéas, e lhe mostrar tal intimidade que ele não deveria ter vergonha de haver tomado o que ela de boa vontade lhe daria, se no fim eu não houvesse coroado seu amor com uma morte miserável? Não se teria mais falado dela, nem de mil outras que, hospitaleiras, agradam aos viajantes. Eu creio que nenhuma menção seria feita a Ártemis, se eu não a tivesse feito beber as cinzas de seu marido. Pois quem saberia se sua afeição havia ultrapassado a das outras mulheres, que amaram e choraram seus maridos e seus amigos? Os efeitos e consequências das coisas são o que as fazem louvadas ou desprezadas. Se tu fazes amar, eu sou a causa desse amor quase sempre. Mas se alguma extraordinária aventura ou grande efeito surge, dele não tomas parte: toda a honra cabe a mim. Tu só possuis o coração: o resto é governado por mim. Tu não sabes que meios devem ser empregados. E para te ensinar o que é preciso fazer para agradar, eu te levo e te conduzo: e teus olhos não servem mais do que a luz para um cego. E a fim de que tu me reconheças daqui por diante, e fiques contente quando eu te levar ou conduzir, repara se tu vês qualquer coisa de ti mesmo.

Loucura arranca os olhos do Amor.

AMOUR: Ô Jupiter! ô ma mere Venus! Jupiter, Jupiter, que m'a servi d'estre Dieu, fils de Venus tant bien voulu jusques ici, tant au ciel qu'en terre, si je suis suget à estre injurié et outragé, comme le plus vil esclave ou forsaire, qui soit au monde? Et qu'une femme inconnue m'ait pù crever les yeus? Qu'à la malheure fut ce banquet solennel institué pour moy. Me trouveráy je en haut avecques les autres Dieus en tel ordre? Ils se resjouiront, et ne feray que me pleindre. Ô femme cruelle! comment m'as tu ainsi acoutré.

FOLIE: Ainsi se chatient les jeunes et presomptueus, comme toy. Quelle temerité ha un enfant de s'adresser à une femme, et l'injurier et outrager de paroles: puis de voye de fait tacher à la tuer. Une autre fois estime ceus que tu ne connois estre, possible, plus grans que toy. Tu as ofensé la Royne des hommes, celle qui leur gouverne le cerveau, coeur, et esprit: à l'ombre de laquelle tous se retirent une fois en leur vie, et y demeurent les uns plus, les autres moins, selon leur merite. Tu as ofensé celle qui t'a fait avoir le bruit que tu as: et ne s'est souciée de faire entendre au Monde, que la meilleure partie du loz qu'il te donnoit, lui estoit due. Si tu usses esté plus modeste, encore que je te fusse inconnue: cette faute ne te fust avenue.

AMOUR: Comment est il possible porter honneur à une personne, que l'on n'a jamais vuë? Je ne t'ay point fait tant d'injure que tu dis, vù que ne te connoissois. Car si j'usse sù qui tu es, et combien tu as de pouvoir, je t'usse fait l'honneur que merite une grand' Dame. Mais est il possible, s'ainsi est que tant m'ayes aymé, et aydé en toutes mes entreprises, que m'ayant pardonné, me rendisses mes yeus?

FOLIE: Que tes yeus te soient renduz, ou non, il n'est en mon pouvoir. Mais je t'acoutreray bien le lieu ou ils estoient, en sorte que l'on n'y verra point de diformité.

Folie bande Amour, et lui met des esles.

AMOR: Ó Júpiter! ó minha mãe Vênus! Júpiter, Júpiter, por que me permitiste ser Deus, filho de Vênus tão bem amado até agora, tanto no céu quanto na terra, se estou sujeito a ser injuriado e ultrajado como o mais vil e miserável escravo que poderá existir no mundo? Como pôde uma mulher desconhecida ter arrancado meus olhos? Em má hora para mim se oferece este banquete solene. Poderei encontrar-me no alto com os Deuses nesse estado? Eles me gozarão, e só poderei lamentar-me. Ó mulher cruel! Como me fizeste tanto mal assim?

LOUCURA: Assim se castigam os jovens e presunçosos, como tu. Que temeridade uma criança se dirigir a uma mulher, e injuriá-la e ultrajá-la com palavras: e depois tentar matá-la. Mais uma vez, reflete que aqueles que tu não conheces são maiores do que ti. Tu ofendeste a Rainha dos homens, aquela que governa o cérebro, o coração e o espírito, à sombra de quem todos se deitam uma vez na vida, e na qual alguns permanecem mais, outros menos, conforme seu valor. Tu ofendeste aquela que te deu o renome que tens, e que cuidou de anunciar ao Mundo que a maior parte dos elogios que te fazem se deve a ela. Se tu fosses mais modesto, ainda que me desconhecesses, não terias cometido esse erro.

AMOR: Como é possível ter respeito por uma pessoa que jamais vimos? Nunca te fiz tantas injúrias assim como dizes, já que nem te conhecia. Pois se eu soubesse quem tu és, e quanto poder possuis, eu teria feito as honras que merece uma grande Dama. Mas será possível, se é verdade que tanto me tens amado, e ajudado em todas as minhas empreitadas, perdoar-me e devolver-me os meus olhos?

LOUCURA: Que teus olhos te sejam devolvidos, ou não, não está mais em meu poder. Mas eu cobrirei o lugar onde eles estavam, de forma que ninguém jamais verá a tua deformidade.

Loucura venda Amor, e lhe põe asas.

Et ce pendant que tu chercheras tes yeus, voici des esles que je te prestes, qui te conduiront aussi bien comme moy.

AMOUR: Mais où avois tu pris ce bandeau si à propos pour me lier mes plaies?

FOLIE: En venant j'ay trouvé une des Parques, qui me l'a baillé, et m'a dit estre de telle nature, que jamais ne te pourra estre oté.

AMOUR: Comment oté! je suis donq aveugle à jamais? Ô meschante et traytresse! il ne te sufit pas de m'avoir crevé les yeus, mais tu as oté aus Dieus la puissance de me les pouvoir jamais rendre. Ô qu'il n'est pas dit sans cause, qu'il ne faut point recevoir present de la main de ses ennemis. La malheureuse m'a blessé, et me suis mis entre ses mains pour estre pensé. Ô cruelles Destinées! Ô noire journée! Ô moy trop credule! Ciel, Terre, Mer, n'aurez vous compassion de voir Amour aveugle? Ô infame et detestable, tu te vanteras que ne t'ay pù fraper, que tu m'as oté les yeus, et trompé en me fiant en toy. Mais que me sert de plorer ici? Il vaut mieus que me retire en quelque lieu apart, et laisse passer ce festin. Puis, s'il est ainsi que j'aye tant de faveur au Ciel ou en Terre, je trouveray moyen de me venger de la fausse Sorciere, qui tant m'a fait d'outrage.

E enquanto procurares teus olhos, aqui estão asas que te dou, que te conduzirão tão bem quanto a mim.

AMOR: Mas onde tu pegaste esta venda tão perfeita para atenuar as minhas chagas?

LOUCURA: Vindo para cá eu encontrei uma das Parcas, que me deu, e me disse ser de tal espécie que ela não poderá jamais ser retirada.

AMOR: Jamais retirada! então eu estou cego para sempre. Ó maligna e tratante! não te basta ter-me arrancado os olhos, mas tu roubas aos Deuses a possibilidade de que me sejam devolvidos. Ó que não foi sem motivo que se disse que não se deve jamais receber presente da mão de seus inimigos. A infeliz me feriu, e eu estou nas suas mãos por estar vendado. Ó cruéis destinos! Ó negras jornadas! Ó minha credulidade! Céu, Terra e Mar, não tereis compaixão de ver Amor cego? Ó infame e detestável, tu te vangloriarás porque não pude ferir-te, porque tu me vendaste os olhos e eu me enganei ao confiar em ti. Mas de que me serve chorar aqui? É melhor que eu me retire para qualquer lugar, e deixe esse banquete acabar. Depois, se é verdade que tenho tanto favor no Céu ou na Terra, eu encontrarei um meio de me vingar da falsa Feiticeira, que tanto me ultrajou.

DISCOURS II

*Amour sort du Palais de Jupiter, et va resvant
à son infortune.*

AMOUR: Ores suis je las de toute chose. Il vaut mieus par despit descharger mon carquois, et getter toutes mes flesches, puis rendre arc et trousse à Venus ma mere. Or aillent, ou elles pourront, ou en Ciel, ou en Terre, il ne m'en chaut: Aussi bien ne m'est plus loisible faire aymer qui bon me semblera. Ô que ces belles Destinées ont aujourdhui fait un beau trait, de m'avoir ordonné estre aveugle, à fin qu'indiferemment, et sans accepcion de personne, chacun soit au hazard de mes traits et de mes flesches. Je faisois aymer les jeunes pucelles, les jeunes hommes: j'acompagnois les plus jolies des plus beaus et plus adroits. Je pardonnois aus laides, aus viles et basses personnes: je laissois la vieillesse en paix: Maintenant, pensant fraper un jeune, j'asseneray sus un vieillart: au lieu de quelque beau galand, quelque petit laideron à la bouche torse: et aviendra qu'ils seront les plus amoureus, et qui plus voudront avoir de faveur en amours: et possible par importunité, presens, ou richesses, ou disgrace de quelques Dames, viendront au dessus de leur intencion: et viendra mon regne en mespris entre les hommes, quand ils y verront tel desordre et mauvais gouvernement. Baste: en aille comme il pourra. Voilà toutes mes flesches . Tel en soufrira, qui n'en pourra mais.

VENUS: Il estoit bien tems que je te trouvasse, mon cher fils, tant tu m'as donné de peine. À quoy tient il, que tu n'es venu au banquet de Jupiter? Tu as mis toute la compagnie en peine. Et en parlant de ton absence, Jupiter ha ouy dix mile pleintes de toy d'une infinité d'artisans, gens de labeur, esclaves, chambrieres, vieillars, vieilles edentées, crians tous à Jupiter qu'ils ayment: et en sont les plus aparens fachez, trouvant

DISCURSO II

Amor sai do Palácio de Júpiter, e vai pensando em seu infortúnio.

AMOR: Agora estou farto de tudo. Seria melhor livrar-me de meu carcás e jogar fora todas as minhas flechas e depois devolver meu arco e minha aljava a Vênus, minha mãe. Que vão para onde quiserem, no Céu ou na Terra, pouco importa, já que também não me é possível fazer amar a quem eu queira. Ó que esse belo Destino hoje me aplicou um belo golpe ao me ordenar ficar cego, a fim de que indiferentemente, e sem exceção de ninguém, cada um fique à mercê de meus disparos e de minhas flechas. Eu fazia amar as jovens donzelas, os homens jovens: eu combinava as mais belas aos mais belos e mais sagazes. Eu poupava as feias, as vis e baixas pessoas: eu deixava a velhice em paz: Agora, pensando que atinjo um jovem, eu me lançarei contra um velho. No lugar de algum belo namorado, alguma mulher feia de boca torta: e acontecerá que eles serão os mais amorosos, e os que vão querer gozar dos prazeres do amor. E talvez por insistência, presentes ou riquezas, ou desgraça de algumas Damas, conseguirão algo além do que mereciam: e ficará meu reino desprezado entre os homens, quando eles virem tamanha desordem e mau governo. Pouco importa, seja como quiser. Eis todas as minhas flechas. Quem merecê-las que sofra.

VÊNUS: Já era hora de te encontrar, meu querido filho, pelo tanto que me preocupaste. A que se deve que não tenhas vindo ao banquete de Júpiter? Tu deixaste todo mundo preocupado. E falando de tua ausência, Júpiter escutou dez mil lamentações sobre ti de uma infinidade de artesãos, trabalhadores, escravos, velhos, velhas desdentadas, gritando todos a Júpiter que adoram: e estes são os mais contrariados, achando

mauvais, que tu les ayes en cet endroit egalez à ce vil populaire: et que la passion propre aus bons esprits soit aujourdhui familiere et commune aus plus lourds et grossiers.

AMOUR: Ne fust l'infortune, qui m'est avenue, j'usse assisté au banquet, comme les autres, et ne fussent les pleintes, qu'avez ouyes, esté faites.

VENUS: Es tu blessé, mon fils? Qui t'a ainsi bandé les yeus?

AMOUR: Folie m'a tiré les yeus: et de peur qu'ils ne me fussent renduz, elle m'a mis ce bandeau qui jamais ne me peut estre oté.

VENUS: Ô quelle infortune! he moy miserable! Donq tu ne me verras plus, cher enfant? Au moins si te pouvois arroser la plaie de mes larmes.

Venus tache à desnouer la bande.

AMOUR: Tu pers ton tems: les neuz sont indissolubles.

VENUS: Ô maudite ennemie de toute sapience, ô femme abandonnée, ô à tort nommée Deesse, et à plus grand tort immortelle. Qui vid onq telle injure? Si Jupiter, et les Dieus me croient. À tout le moins que jamais cette meschante n'ait pouvoir sur toy, mon fils.

AMOUR: À tard se feront ces defenses, il les failloit faire avant que fusse aveugle: maintenant ne me serviront gueres.

VENUS: Et donques Folie, la plus miserable chose du monde, ha le pouvoir d'oter à Venus le plus grand plaisir qu'elle ust en ce monde: qui estoit quand son fils Amour la voyoit. En ce estoit son contentement, son desir, sa felicité. Helas fils infortuné! Ô desastre d'Amour! Ô mere desolée! Ô Venus sans fruit belle! Tout ce que nous aquerons, nous le laissons à nos enfans: mon tresor n'est que beauté, de laquelle que chaut il à un aveugle? Amour

ruim que tu os tenha igualado à gente vil do povo: e que a paixão própria aos bons espíritos seja hoje familiar e comum aos mais estúpidos e grosseiros.

AMOR: Não fosse o infortúnio que me aconteceu, eu teria ido ao banquete, como os outros, e não teria escutado as lamentações que foram feitas.

VÊNUS: Estás ferido, meu filho? Quem assim vedou teus olhos?

AMOR: Loucura me arrancou os olhos: e com medo de que eles me fossem devolvidos, ela me pôs esta venda que nunca poderá ser retirada.

VÊNUS: Ó que infortúnio! Como sou infeliz! Então tu não me verás mais, querido filho? Se ao menos pudesse refrescar a chaga com minhas lágrimas.

Vênus procura desamarrar a venda.

AMOR: Perdes teu tempo: os nós são indissolúveis.

VÊNUS: Ó maldita inimiga de toda sabedoria, ó mulher perdida, por erro chamada Deusa, e por maior erro imortal. Quem já viu tamanha injúria? Se Júpiter e os Deuses me considerarem, que ao menos esta maligna jamais tenha poder sobre ti, meu filho.

AMOR: Muito tarde rogas essas pragas. Seria preciso fazê-las antes que eu estivesse cego. Agora não me servirão mais.

VÊNUS: Então Loucura, a coisa mais miserável do mundo, tem o poder de impedir o maior prazer que Vênus tinha neste mundo, que era quando seu filho Amor a via. Nisso consistia o seu contentamento, o seu desejo, a sua felicidade. Ai filho malfadado! Ó desastre de Amor! Ó mãe desolada! Ó Vênus bela em vão! Tudo o que adquirimos, nós deixamos aos nossos filhos: meu tesouro é só beleza, e que importa isso a um cego? Amor

tant cheri de tout le monde, comme as tu trouvé beste si furieuse, qui t'ait fait outrage! Qu'ainsi soit dit, que tous ceus qui aymeront (quelque faveur qu'ils ayent) ne soient sans mal, et infortune, à ce qu'ils ne se dient plus heureus, que le cher fils de Venus.

AMOUR: Cesse tes pleintes douce mere: et ne me redouble mon mal te voyant ennuiée. Laisse moy porter seul mon infortune: et ne desire point mal à ceus qui me suivront.

VENUS: Allons mon fils, vers Jupiter, et lui demandons vengeance de cette malheureuse.

tão querido de todo mundo, como encontraste fera tão furiosa que te ultrajou? Que assim seja: que todos os que amarão (por favorecidos que sejam) não se livrem do mal e do infortúnio, para que não se digam mais felizes do que o querido filho de Vênus.

AMOR: Cessa as tuas lamentações, doce mãe: e não redobres a minha dor mostrando-te aflita. Deixa-me carregar sozinho o meu infortúnio: e nunca desejes mal àqueles que me sucederão.

VÊNUS: Vamos, meu filho, a Júpiter, e lhe pediremos vingança contra essa infeliz.

DISCOURS III

VENUS: Si onques tu uz pitié de moy, Jupiter, quand le fier Diomede me navra, lors que tu me voyois travailler pour sauver mon fils Enée de l'impetuosité des vents, vagues, et autres dangers, esquels il fut tant au siege de Troye, que depuis: si mes pleurs pour la mort de mon Adonis te murent à compassion: la juste douleur, que j'ay pour l'injure faite à mon fils Amour, te devra faire avoir pitié de moy. Je dirois que c'est, si les larmes ne m'empeschoient. Mais regarde mon fils en quel estat il est, et tu connoitras pourquoy je me pleins.

JUPITER: Ma chere fille, que gaignes tu avec ces pleintes me provoquer à larmes? Ne scez tu l'amour que je t'ay portée de toute memoire? As tu defiance, ou que je ne te veuille secourir, ou que je ne puisse?

VENUS: Estant la plus afligée mere du monde, je ne puis parler, que comme les afligées. Encore que vous m'ayez tant montré de faveur et d'amitié, si est ce que je n'ose vous suplier, que de ce que facilement vous otroiriez au plus estrange de la terre. Je vous demande justice, et vengeance de la plus malheureuse femme qui fust jamais, qui m'a mis mon fils Cupidon en tel ordre que voyez. C'est Folie, la plus outrageuse Furie qui onques fut es Enfers.

JUPITER: Folie! ha elle esté si hardie d'atenter à ce, qui plus vous estoit cher? Croyez que si elle vous ha fait tort, que telle punicion en sera faite, qu'elle sera exemplaire. Je pensois qu'il n'y ust plus debats et noises qu'entre les hommes: mais si cette outrecuidée ha fait quelque desordre si près de ma personne, il lui sera cher vendu. Toutefois il la faut ouir, à fin qu'elle ne se puisse pleindre. Car encore que je puisse savoir de moymesme la verité du fait, si ne veus je point mettre en avant cette coutume, qui pourroit tourner à consequence, de condamner une personne sans l'ouir. Pource, que Folie soit apelée.

DISCURSO III

VÊNUS: Se alguma vez tiveste piedade de mim, Júpiter, quando o orgulhoso Diomedes me feriu, quando tu me vias trabalhar para salvar meu filho Enéas da impetuosidade dos ventos, vagas, e outros perigos entre os que ocorreram em Tróia e mais tarde[4]: se meus choros pela morte de meu Adônis amadureceram em ti o sentimento de compaixão, a justa dor que eu tenho pela injúria feita a meu filho Amor deverá fazer-te ter piedade de mim. Eu te direi o que aconteceu, se as lágrimas não me impedirem. Mas olha meu filho em que estado está, e tu saberás porque me lamento.

JÚPITER: Minha cara filha, que ganhas com esses prantos que me provocam lágrimas? Não sabes o amor que eu tenho por ti? Temes que eu não te queira socorrer, ou que eu não possa?

VÊNUS: Sendo a mais aflita mãe do mundo, eu só posso falar como as aflitas. Ainda que tenhais mostrado toda afeição e amizade, não ouso suplicar-vos mais do que aquilo que facilmente concederíeis ao mais louco da terra. Eu vos peço justiça e vingança contra a mais miserável mulher que já existiu, que deixou meu filho Cupido no estado em que o vedes. É a Loucura, a mais ultrajante Fúria que existiu nos Infernos.

JÚPITER: Loucura! foi tão audaciosa a ponto de atentar contra o que vos era caro? Sabei que, se ela errou, receberá uma punição exemplar. Eu pensava que só existissem disputas e brigas entre os homens: mas se essa insolente cometeu tamanha desordem tão próxima de minha pessoa, ela pagará muito caro. De qualquer modo, é preciso ouvi-la, a fim de que ela não possa reclamar. Pois, ainda que eu esteja diante da verdade do fato, todavia eu não quero jamais cometer o erro, que poderia tornar-se habitual, de condenar uma pessoa sem escutá-la. Por isso, que Loucura seja chamada.

FOLIE: Haut et souverein Jupiter, me voici preste à respondre à tout ce qu'Amour me voudra demander. Toutefois j'ay une requeste à te faire. Pource que je say que de premier bond la plus part de ces jeunes Dieus seront du coté d'Amour, et pourront faire trouver ma cause mauvaise en m'interrompant, et ayder celle d'Amour acompagnant son parler de douces acclamacions: je te suplie qu'il y ait quelcun des Dieus qui parle pour moy, et quelque autre pour Amour: à fin que la qualité des personnes ne soit plus tot consideree, que la verité du fait. Et pource que je crein ne trouver aucun, qui, de peur d'estre apelé fol, ou ami de Folie, veuille parier pour moy: je te suplie commander à quelcun de me prendre en sa garde et proteccion.

JUPITER: Demande qui tu voudras, et je le chargeray de parler pour toy.

FOLIE: Je te suplie donq que Mercure en ait la charge. Car combien qu'il soit des grans amis de Venus, si suís je seure, que s'il entreprent parler pour moy, il n'oublira rien qui serve à ma cause.

JUPITER: Mercure, il ne faut jamais refuser de porter parole pour un miserable et afligé: Car ou tu le mettras hors de peine, et sera ta louenge plus grande, d'autant qu'auras moins ù de regard aus faveurs et richesses, qu'à la justice et droit d'un povre homme: ou ta priere ne lui servira de rien, et neanmoins ta pitié, bonté et diligence, seront recommandées. À cette cause tu ne dois diferer ce que cette povre afligée te demande: Et ainsi je veus et commande que tu le faces.

MERCURE: C'est chose bien dure à Mercure moyenner desplaisir à Venus. Toutefois, puis que tu me contreins, je feray mon devoir tant que Folie aura raison de se contenter.

JUPITER: Et toy, Venus, quel des Dieus choisiras tu? l'afeccion maternelle, que tu portes à ton fils, et l'envie de voir venger l'injure, qui lui ha esté faite, te pourroit transporter.

LOUCURA: Alto e soberano Júpiter, aqui estou pronta para responder a tudo o que Amor me quiser perguntar. Todavia tenho um pedido a te fazer. Porque eu sei que, inicialmente, a maior parte desses jovens Deuses serão a favor de Amor, e poderão tornar perdida a minha causa ao me interromperem, e ahudar a de Amor ao acompanharem a sua fala com doces aclamações, eu te suplico que haja algum Deus que me defenda, e que um outro fale por Amor, a fim de que a posição das pessoas não seja mais considerada do que a verdade do fato. Por temer não encontrar alguém que, por medo de ser chamado de louco, ou amigo da Loucura, não queira defender-me, eu te suplico que ordenes a alguém que me defenda e proteja.

JÚPITER: Peça quem tu quiseres, e eu o encarregarei de falar por ti.

LOUCURA: Eu te suplico então que Mercúrio seja encarregado. Pois, embora ele seja um dos grandes amigos de Vênus, estou certa de que, se ele puder falar por mim, não esquecerá de nada que sirva à minha causa.

JÚPITER: Mercúrio, não se pode jamais recusar de representar um miserável ou aflito. Pois ou tu aliviarás a sua dor, e será teu louvor maior quanto menos te importares com favores e riquezas em detrimento da justiça e do direito de um pobre homem: ou então tua defesa de nada servirá, e todavia tua piedade, bondade e diligência serão louvadas. Não deves recusar esta causa, ou mesmo o que esta pobre aflita te pede: Assim desejo e ordeno que cumpras.

MERCÚRIO: É coisa bem difícil para Mercúrio desagradar a Vênus. Contudo, porque tu me obrigas, eu cumprirei meu dever de tal modo que Loucura terá razão para se contentar.

JÚPITER: E tu, Vênus, qual dos Deuses escolherás? A afeição maternal, que tu tens para com teu filho, e o desejo de

ver a injúria que lhe foi feita vingada, poderiam perturbar-te. Ton fils estant irrité, et navré recentement, n'y pourroit pareillement satisfaire. A cette cause, choisi quel autre tu voudras pour parler pour vous: et croy qu'il ne lui sera besoin lui commander: et que celui, à qui tu t'adresseras, sera plus aise de te faire plaisir en cet endroit, que toy de le requerir. Neanmoins s'il en est besoin, je le lui commanderay.

VENUS: Encor que l'on ait semé par le monde, que la maison d'Apolon et la mienne ne s'accordoient gueres bien: si le crois je de si bonne sorte qu'il ne me voudra esconduire en cette necessité, lui requerant son ayde à cestui mien extreme besoin: et montrera par l'issue de cette afaire, combien il y ha plus d'amitié entre nous, que les hommes ne cuident.

APOLON: Ne me prie point, Deesse de beauté: et ne fais dificulté que ne te vueille autant de bien, comme merite la plus belle des Deesses. Et outre le témoignage, qu'en pourroient rendre tes jardins, qui sont en Cypre et Ida, si bien par moy entretenus, qu'il n'y ha rien plus plaisant au monde: encore connoitras tu par l'issue de cette querelle combien je te porte d'affeccion et me sens fort aise que, te retirant vers moy en cet afaire, tu declaires aus hommes comme faussement ils ont controuvé, que tu avois conjuré contre toute ma maison.

JUPITER: Retirez vous donq un chacun, et revenez demain à semblable heure, et nous mettrons peine d'entendre et vuider vos querelles.

Estando o teu filho irritado e ferido há tão pouco, não poderia também defender-se. Por esse motivo, escolhe qualquer outro que tu quiseres para falar por ti: e acredita que não será necessário ordenar-lhe. Aquele a quem te dirigires se sentirá mais à vontade em te agradar nesta causa do que tu em convocá-lo. Todavia, se for necessário, eu o ordenarei.

VÊNUS: Ainda que tenham espalhado pelo mundo que a casa de Apolo e a minha não se dão bem[5], eu penso no entanto que ele não me faltará nessa oportunidade, e lhe pedirei ajuda nesse instante de extrema dificuldade. E ele mostrará, por meio desse gesto, o quanto existe de amizade entre nós, mais do que os homens acreditam.

APOLO: Não me peças mais, Deusa da beleza: e não temas que eu não te queira bem, como merece a mais bela das Deusas. Além do testemunho que possam dar os teus jardins, que estão em Chipre e Ida, e dos quais eu tenho cuidado, pois nada existe de mais prazeroso no mundo. Compreenderás por meio desta querela o quanto eu tenho afeição e me sinto tão à vontade que, vendo-me agir neste caso, tu dirás aos homens como eles estavam equivocados ao pensar que tu havias conjurado contra toda a minha casa.

JÚPITER: Retirem-se então todos, e retornem amanhã à mesma hora, e nós passaremos a escutar e a resolver vossas querelas.

DISCOURS IV

Cupidon vient donner le bon jour à Jupiter.

JUPITER: Que dis tu, petit mignon? Tant que ton diferent soit terminé, nous n'aurons plaisir de toy. Mais où est ta mere?

AMOUR: Elle est allée vers Apolon, pour l'amener au consistoire des Dieus. Ce pendant elle m'a comandé venir vers toy te donner le bon jour.

JUPITER: Je la plein bien pour l'ennui qu'elle porte de ta fortune. Mais je m'esbahi comme, ayant tant ofensé de hauts Dieus et grans Seigneurs, tu n'as jamais ù mal que par Folie!

AMOUR: C'est pource que les Dieus et hommes, bien avisez, creingnent que ne leur face pis. Mais Folie n'a pas la consideracion et jugement si bon.

JUPITER: Pour le moins te devroient ils haïr, encore qu'ils ne t'osassent ofenser. Toutefois tous tant qu'ils sont t'ayment.

AMOUR: Je seroye bien ridicule, si ayant le pouvoir de faire les hommes estre aymez, ne me faisois aussi estre aymé.

JUPITER: Si est il bien contre nature, que ceux qui ont reçu tout mauvais traitement de toy, t'ayment autant comme ceus qui ont ù plusieurs faveurs.

AMOUR: En ce se montre la grandeur d'Amour, quand on ayme celui dont on est mal traité.

JUPITER: Je say fort bien par experience, qu'il n'est point en nous d'estre aymez: car, quelque grand degré ou je sois, si áy je esté bien peu aymé: et tout le bien qu'ay reçu, l'ay plus tot ù par force et finesse, que par amour.

DISCURSO IV

Cupido vem dar bom-dia a Júpiter.

JÚPITER: Que dizes, pequenino? Enquanto a tua questão não estiver terminada, tu não nos causarás alegria. Mas onde está tua mãe?

AMOR: Ela foi encontrar-se com Apolo, para trazê-lo à assembleia dos Deuses. E me ordenou que viesse até aqui para te dar bom-dia.

JÚPITER: Eu lamento bastante o sofrimento por que ela passa por causa de tua má sorte. Mas eu me espanto de como, tendo ofendido os altos Deuses e grandes Senhores, tu só tenhas sofrido o mal que Loucura te fez!

AMOR: É porque os Deuses e os homens, bem alertados, temem que eu lhes cause dano maior. Mas Loucura não tem a consideração e o julgamento tão favoráveis.

JÚPITER: Eles deveriam pelo menos odiar-te, ainda que não ousassem ofender-te. No entanto, todos eles te amam.

AMOR: Eu seria bastante ridículo se, tendo o poder de fazer os homens serem amados, não me fizesse também ser amado.

JÚPITER: Entretanto é contra a natureza pensar que aqueles que receberam tão mau tratamento de ti te amem tanto quanto aqueles que receberam muitos agrados.

AMOR: Nisso se mostra a grandeza do Amor, quando se ama aquele que maltrata.

JÚPITER: Eu sei muito bem por experiência que não depende jamais de nós ser amado: pois, por maior que seja a posição que eu ocupo, eu tenho sido bem pouco amado. E todo o bem que eu recebi tem sido bem mais pela força e astúcia do que pelo amor.

AMOUR: J'ay bien dit que je fay aymer encore ceus, qui ne sont point aymez: mais si est il en la puissance d'un chacun le plus souvent de se faire aymer. Mais peu se treuvent, qui facent en amour tel devoir qu'il est requis.

JUPITER: Quel devoir?

AMOUR: La premiere chose dont il faut s'enquerir, c'est, s'il y ha quelque Amour imprimée: et s'il n'y en ha, ou qu'elle ne soit encor enracinée, ou qu'elle soit desja toute usée, faut songneusement chercher quel est le naturel de la persone aymée: et, connoissant le notre, avec les commoditez, façons, et qualitez estre semblables, en user: si non, le changer. Les Dames que tu as aymées, vouloient estre louées, entretenues par un long tems, priées, adorées: quell'Amour penses tu qu'elles t'ayent porté, te voyant en foudre, en Satire, en diverses sortes d'Animaus, et converti en choses insensibles? La richesse te fera jouir des Dames qui sont avares: mais aymer non. Car cette affeccion de gaigner ce qui est au coeur d'une personne, chasse la vraye et entiere Amour: qui ne cherche son proufit, mais celui de la persone, qu'il ayme. Les autres especes d'Animaus ne pouvoient te faire amiable. Il n'y ha animant courtois et gracieus que l'homme, lequel puisse se rendre suget aus complexions d'autrui, augmenter sa beauté et bonne grace par mile nouveaus artifices: plorer, rire, chanter, et passionner la personne qui le voit. La lubricité et ardeur de reins n'a rien de commun, ou bien peu, avec Amour. Et pource les femmes ou jamais n'aymeront, ou jamais ne feront semblant d'aymer pour ce respect. Ta magesté Royale encores ha elle moins de pouvoir en ceci: car Amour se plait de choses egales. Ce n'est qu'un joug, lequel faut qu'il soit port, par deus Taureaus semblables: autrement le harnois n'ira pas droit. Donq, quand tu voudras estre aymé, descens en bas, laisse ici ta couronne et ton sceptre, et ne dis qui tu es. Lors tu verras, en bien servant et aymant quelque Dame, que sans qu'elle ait egard

AMOR: Tenho dito que faço amar aqueles que não são jamais amados: mas, em geral, depende de cada um se fazer amar. Embora sejam poucos os que dedicam ao amor o labor que lhe é necessário.

JÚPITER: Que labor?

AMOR: A primeira coisa que se precisa saber é se já existe algum outro Amor despertado: e, se não existe, ou se ele não está ainda enraizado, ou se ele já está todo esgotado, é preciso procurar cuidadosamente qual a natureza da pessoa amada. E, conhecendo a nossa, se as comodidades, maneiras e qualidades forem semelhantes, usá-las: se não, trocá-las. As Damas que tu amaste queriam ser louvadas, entretidas por um longo tempo, rogadas, adoradas: que Amor pensas que elas te trouxeram ao te verem transformado em raio, em Sátiro, em diversos tipos de Animais, e convertido em coisas insensíveis? A riqueza te fará desfrutar das Damas que são avaras: mas não amar. Pois esse desejo de ganhar o que está no coração de uma pessoa repele o verdadeiro e inteiro Amor, que não procura a sua satisfação, mas a da pessoa amada. As outras espécies de Animais não te poderiam fazer amável. O homem é o único ser animado, cortês e gracioso, que pode submeter-se aos humores de outrem, aumentar sua beleza e boa graça por mil novos artifícios: chorar, rir, cantar e apaixonar a pessoa que ele vê. A lubricidade e o ardor do sexo têm bem pouco ou nada têm em comum com Amor. E é por isso que as mulheres ou nunca amarão ou nunca parecerão amar dessa maneira. Tua majestade Real tem ainda menos poder nisso, pois Amor se compraz com coisas equilibradas. É como um jugo, que precisa ser carregado por dois Touros iguais: de outro modo, o arreio não ficará direito. Então, quando quiseres ser amado, vem para baixo, deixa aqui tua coroa e teu cetro, e não digas quem és. E então verás, quando cortejares e amares alguma Dama, que sem conhecer

à richesse ne puissance, de bon gré t'aymera. Lors tu sentiras bien un autre contentement, que ceus que tu as uz par le passé: et au lieu d'un simple plaisir, en recevras un double. Car autant y ha il de plaisir à estre baisé et aymé, que de baiser et aymer.

JUPITER: Tu dis beaucoup de raisons: mais il y faut un long tems, une sugeccion grande, et beaucoup de passions.

AMOUR: Je say bien qu'un grand Signeur se fache de faire longuement la court, que ses afaires d'importance ne permettent pas qu'il s'y assugettisse, et que les honneurs qu'il reçoit tous les jours, et autres passetems sans nombre, ne lui permettent croitre ses passions, de sorte qu'elles puissent mouvoir leurs amies à pitié. Aussi ne doivent ils atendre les grans et faciles contentemens qui sont en Amour, mais souventefois j'abaisse si bien les grans, que je les fay à tous, exemple de mon pouvoir.

JUPITER: Il est tems d'aller au consistoire: nous deviserons une autrefois plus à loisir.

tua riqueza e teu poder ela de boa vontade te amará. Então tu sentirás um outro contentamento, diferente do que tiveste no passado: e em lugar de um simples prazer, receberás um duplo. Pois existe tanto prazer em ser beijado e amado quanto em beijar e amar.

JÚPITER: Tu dizes muitas coisas sensatas, mas é preciso um longo tempo, uma sujeição grande e muita paixão.

AMOR: Eu sei bem que um grande Senhor se entedia de fazer longamente a corte, que seus assuntos importantes não permitem que ele se ajuste a isso, e que as honras que ele recebe todos os dias, e outros passatempos inúmeros, não lhe permitem engrandecer as suas paixões, de modo a enternecer suas amigas. Também não devem esperar os grandes e fáceis contentamentos do Amor, embora muitas vezes eu rebaixe tanto os grandes que os faço todos servirem de exemplo de meu poder.

JÚPITER: É hora de ir à assembleia: nós conversaremos numa outra ocasião mais à vontade.

DISCOURS V

APOLON: Si onques te falut songneusement pourvoir à tes afaires, souverein Jupiter, ou quand avec l'ayde de Briare tes plus proches te vouloient mettre en leur puissance, ou quand les Geans, fils de la Terre, mettans montaigne sur montaigne, deliberoient nous venir combattre jusques ici, ou quand le Ciel et la Terre cuiderent bruler: à cette heure, que la licence des fols est venue si grande, que d'outrager devant tes yeus l'un des principaus de ton Empire, tu n'a moins d'occasion d'avoir creinte, et ne dois diferer à donner pront remede au mal jà commencé. S'il est permis à chacun atenter sur le lien qui entretient et lie tout ensemble: je voy en peu d'heure le Ciel en desordre, je voy les uns changer leurs cours, les autres entreprendre sur leurs voisins une consommacion universelle: ton sceptre, ton trone, ta magesté en danger. Le sommaire de mon oraison sera conserver ta grandeur en son integrité, en demandant vengeance de ceus qui outragent Amour, la vraye ame de tout l'Univers, duquel tu tiens ton sceptre. D'autant donq que ma cause est tant favorable, conjointe avec la conservacion de ton estat, et que neanmoins je ne demande que justice: d'autant plus me devras tu atentivement escouter.

L'injure que je meintien avoir esté faite à Cupidon, est telle: Il venoit au festin dernier: et voulant entrer par une porte, Folie acourt après lui, et lui mettant la main sus l'espaule le tire en arriere, et s'avance, et passe la premiere. Amour voulant savoir qui c'estoit, s'adresse à elle. Elle lui dit plus d'injures, qu'il n'apartient à une femme de bien à dire. De là elle commence se hausser en paroles, se magnifier, fait Amour petit. Lequel se voyant ainsi peu estimé, recourt à la puissance, dont tu l'as tousjours vù, et permets user contre toute personne. Il la veut faire aymer: elle evite au coup: et feignant ne prendre en mal, ce que Cupidon avoit dit,

DISCURSO V

APOLO: Se alguma vez precisaste cuidar minuciosamente de teus assuntos, soberano Júpiter, seja quando com a ajuda de Briareu[6] teus mais próximos queriam submeter-te ao seu poder, seja quando os Gigantes, filhos da Terra, colocando montanha sobre montanha, decidiram combater-nos, seja quando o Céu e a Terra pareciam queimar: agora, quando a liberdade dos loucos se fez tão grande, a ponto de ultrajar diante de teus olhos um dos Deuses principais de teu Império, não é menor a ameaça para te alarmares e não deves adiar o remédio ao mal que já reina. Se se permite atentar contra o laço que mantém e liga tudo, vejo que em pouco tempo o Céu estará em desordem, eu vejo alguns mudarem de rumo, outros levarem a seus vizinhos uma destruição universal: teu cetro, teu trono, tua majestade em perigo. O resumo de minha oração será conservar tua grandeza em sua integridade, ao pedir vingança contra aqueles que ultrajam Amor, a verdadeira alma de todo o Universo, de que tu recebeste o cetro. Posto que minha causa é tão favorável, relacionada à conservação de teu estado, e que todavia eu clame apenas por justiça, ainda mais atenciosamente deverás escutar-me.

A injúria que eu acuso ter sido feita contra Cupido é esta: Ele vinha à festa por último e, querendo entrar por uma porta, Loucura corre à sua frente e, empurrando-lhe os ombros com sua mão, deixa-o para trás, e avança, e passa primeiro. Amor, querendo saber de quem se tratava, dirigiu-se a ela. Ela lhe diz mais injúrias, que não são próprias a uma mulher de bem. Daí ela começa a se exaltar com palavras, a se vangloriar, e rebaixa Amor. O qual, vendo-se assim pouco estimado, recorre ao seu poderio, de que tu sempre soubeste, e lhe permites usar contra qualquer pessoa. Ele quer fazê-la amar: ela se esquiva ao tiro: e fingindo não levar a mal o que Cupido lhe tinha dito,

recommence à deviser avec lui: et en parlant tout d'un coup lui leve les yeus de la teste. Ce fait, elle se vient à faire si grande sur lui, qu'elle lui fait entendre de ne lui estre possible le guerir, s'il ne reconnoissoit qu'il ne lui avoit porté l'honneur qu'elle meritoit. Que ne feroit on pour recouvrer la joyeuse vuë du Soleil? Il dit, il fait tout ce qu'elle veut. Elle le bande, et pense ses plaies en attendant que meilleure ocasion vinst de lui rendre la vuë. Mais la traytresse lui mit un tel bandeau, que jamais ne sera possible lui oter: par ce moyen voulant se moquer de toute l'ayde que tu lui pourrois donner: et encor que tu lui rendisse les yeus, qu'ils fussent neanmoins inutiles. Et pour le mieus acoutrer lui ha baillé de ses esles, a fin d'estre aussi bien guidé comme elle. Voilà deus injures grandes et atroces faites à Cupidon. On l'a blessé, et lui ha l'on oté le pouvoir et moyen de guerir. La plaie se voit, le delit est manifeste: de l'auteur ne s'en faut enquerir. Celle qui ha fait le coup, le dit, le presche, en fait ses contes par tout. Interrogue la: plus tot l'aura confessé que ne l'auras demandé.

Que reste il? Quand il est dit: qui aura tiré une dent, lui en sera tiré une autre: qui aura arraché un oeil, lui en sera semblablement crevé un, celà s'entent entre personnes egales. Mais quand on ha ofensé ceus, desquels depend la conservacion de plusieurs, les peines s'aigrissent, les loix s'arment de severité, et vengent le tort fait au publiq. Si tout l'Univers ne tient que par certeines amoureuses composicions, si elles cessoient, l'ancien Abime reviendroit. Otant l'amour, tout est ruïné. C'est donq celui, qu'il faut conserver en son estre: c'est celui, qui fait multiplier les hommes, vivre ensemble, et perpetuer le monde, par l'amour et solicitude qu'ils portent à leurs successeurs. Injurier cet Amour, l'outrager, qu'est ce, sinon vouloir troubler et ruïner toutes choses? Trop mieus vaudroit que la temeraire se fust adressée à toy: car tu t'en fusses bien donné garde. Mais

recomeça a conversar com ele: e, enquanto fala, de um golpe lhe tira os olhos da cabeça. Após o que ela se mostra tão poderosa contra ele, que lhe faz entender não ser possível curá-lo, se ele não reconhecer não haver dedicado a ela a honra que merecia. E o que alguém não faria para recuperar a alegre visão do Sol? Ele diz, ele faz tudo o que ela quer. Ela o venda e cobre as suas chagas, a esperar que em melhor momento lhe seja devolvida a visão. Mas a traidora lhe colocou uma tal venda que jamais será possível retirá-la, desse modo querendo ridicularizar toda a ajuda que tu poderias dar-lhe, supondo que, ao lhe devolver os olhos, estes seriam todavia inúteis. E para torná-lo ainda mais ridículo, deu-lhe asas a fim de ele ser tão bem guiado como ela. Eis duas injúrias grandes e atrozes feitas a Cupido. Feriram-no e lhe retiraram o poder e o meio de se curar. A chaga se vê, o delito é evidente: não é preciso indagar quem foi o autor. Aquela que desferiu o golpe o diz, o prega, espalha a notícia a todos. Interrogue-a: mais rápido ela confessará do que tu farás a pergunta.

O que falta? Quando se diz: quem arrancar um dente, um dente terá arrancado: quem arrancar um olho, terá um olho igualmente retirado, isso se diz entre pessoas justas. Mas quando se ofendeu aqueles de quem depende a conservação de muitos, as penas endurecem, as leis se tornam mais severas e vingam o erro cometido às pessoas. Se todo o Universo existe apenas por certas amorosas disposições, caso estas cessassem o antigo Abismo retornaria. Vendando o amor, tudo estará arruinado. É portanto preciso conservar o seu ser: ele faz multiplicarem-se os homens, viverem juntos e perpetuarem o mundo pelo amor e solicitude que eles levam a seus descendentes. Injuriar este Amor, ultrajá-lo, o que é, senão querer perturbar e arruinar todas as coisas? Melhor seria que a temerária te atacasse, pois tu saberias defender-te. Mas

s'estant adressée à Cupidon, elle t'a fait dommage irreparable, et auquel n'as ù puissance de donner ordre. Cette injure touche aussi en particulier tous les autres Dieus, Demidieus, Faunes, Satires, Silvains, Deesses, Nynfes, Hommes, et Femmes: et croy qu'il n'y ha Animant, qui ne sente mal, voyant Cupidon blessé.

Tu as donq osé, ô detestable, nous faire à tous despit, en outrageant ce que tu savois estre de tous aymé. Tu as ù le coeur si malin, de navrer celui qui apaise toutes noises et querelles. Tu as osé atenter au fils de Venus: et ce en la court de Jupiter: et as fait qu'il y ha ù çà haut moins de franchise, qu'il n'y ha là bas entre les hommes, es lieus qui nous sont consacrez. Par tes foudres, ô Jupiter, tu abas les arbres, ou quelque povre femmelette gardant les brebis, ou quelque meschant garsonneau, qui aura moins dinement parlé de ton nom: Et cette cy, qui, mesprisant ta magesté, ha violé ton palais, vit encores! et où? au ciel: et est estimée immortelle, et retient nom de Deesse! Les roues des Enfers soutiennent elles une ame plus detestable que cette cy? Les montaignes de Sicile couvrent elles de plus execrables personnes? Et encores n'a elle honte de se presenter devant vos divinitez: et lui semble (si je l'ose dire) que serez tous si fols, que de l'absoudre.

Je n'ay neantmoins charge par Amour de requerir vengeance et punicion de Folie. Les gibets, potences, roues, couteaus, et foudres ne lui plaisent, encor que fust contre ses malveuillans, contre lesquels mesmes il ha si peu usé de son ire, que, oté quelque subit courrous de la jeunesse qui le suit, il ne se trouva jamais un seul d'eus qui ait voulu l'outrager, fors cette furieuse. Mais il laisse le tout à votre discrecion, ô Dieus: et ne demande autre chose, sinon que ses yeus lui soient rendus, et qu'il soit dit, que Folie ha ù tort de l'injurier et outrager. Et à ce que par ci après n'avienne tel desordre, en cas que ne

tendo atacado Amor, ela te fez um dano irreparável contra o qual tu não tiveste poder. Esta injúria toca também em particular todos os outros Deuses, Semideuses, Faunos, Sátiros, Silvanos, Deusas, Ninfas, Homens e Mulheres: e creio que não exista Criatura que não se sinta mal ao ver Cupido ferido.

Pois tu ousaste, ó detestável, nos irritar a todos, ao ultrajar quem tu sabias ser por todos amado. Tu mostraste um coração muito duro ao afligir aquele que apazigua todas as disputas e querelas. Tu ousaste atentar contra o filho de Vênus, e isso na corte de Júpiter. E agiste de modo que ele tivesse, aqui no alto, menos liberdade do que lá embaixo entre os homens, nos lugares que nos são consagrados. Com teus raios, ó Júpiter, tu abates as árvores, ou alguma pobre donzela cuidando das suas ovelhas, ou algum mau rapaz que tenha menos dignamente falado o teu nome. Mas esta que, desprezando tua majestade, violou o teu palácio, ainda vive! e onde? no céu, e é estimada imortal, e possui nome de Deusa! As rodas dos Infernos sustentam uma alma mais detestável do que esta? As montanhas da Sicília cobrem pessoas mais execráveis[7]? E ela nem sequer se envergonha de se apresentar diante de vossas divindades. E lhe parece (se ouso dizer) que sereis todos tão loucos que a absolverão.

Eu não fui, contudo, encarregado por Amor de requerer vingança e punição contra Loucura. As forcas, poderes, rodas, facas e raios não lhe agradam, ainda que servissem contra seus inimigos, contra os quais ele mostrou tão pouco a sua ira que, à exceção de alguma súbita cólera de juventude, jamais encontrou alguém que tenha querido ultrajá-lo, a não ser esta furiosa. Mas ele deixa tudo em vossas mãos, ó Deuses. E não pede outra coisa senão que seus olhos lhe sejam devolvidos, e que seja proclamado que Loucura cometeu o erro de injuriá-lo e ultrajá-lo. E, a fim de que em seguida não advenha desordem, caso não

veuillez ensevelir Folie sous quelque montaigne, ou la mettre à l'abandon de quelque aigle, ce qu'il ne requiert, vous vueillez ordonner, que Folie ne se trouvera près du lieu où Amour sera, de cent pas à la ronde. Ce que trouverez devoir estre fait, après qu'aurez entendu de quel grand bien sera cause Amour, quand il aura gaigné ce point: et de combien de maus il sera cause, estant si mal acompagné, mesmes à present qu'il na perdu les yeus.

Vous ne trouverez point mauvais que je touche en brief en quel honneur et reputacion est Amour entre les hommes, et qu'au demeurant de mon oraison je ne parle guere plus que d'eus. Donques les hommes sont faits à l'image et semblance de nous, quant aus esprits: leurs corps sont composez de plusieurs et diverses complexions: et entre eus si diferent tant en figure, couleur et forme, que jamais en tant de siecles, qui ont passé, ne s'en trouva, que deus ou trois pers, qui se ressemblassent: encore leurs serviteurs et domestiques les connoissoient particulierement l'un d'avec l'autre. Estans ainsi en meurs, complexions, et forme dissemblables, sont neanmoins ensemble liez et assemblez par une benivolence, qui les fait vouloir bien l'un à l'autre: et ceus qui en ce sont les plus excellens, sont les plus reverez entre eus.

De là est venue la premiere gloire entre les hommes. Car ceus qui avoient inventé quelque chose à leur proufit estoient estimez plus que les autres. Mais faut penser que cette envie de proufiter en publiq, n'est procedée de gloire, comme estant la gloire posterieure en tems. Quelle peine croyez vous qu'a ù Orphée pour destourner les hommes barbares de leur acoutumée cruauté? pour les faire assembler en compagnies politiques? pour leur mettre en en horreur le piller et robber l'autrui? Estimez vous que ce fust pour gain? duquel ne se parloit encores entre les hommes, qui n'avoient fouillé es entrailles de la terre? La gloire, comme j'ay dit, ne le pouvoit mouvoir.

queirais sepultar Loucura sob alguma montanha, ou deixá-la à mercê de alguma águia, o que ele não pede, querei ordenar que Loucura não permaneça próxima de onde Amor estiver, a menos de cem passos à sua volta. O que vós achareis justo, quando tiverdes escutado que grande bem será feito ao Amor quando tiver ganhado esta questão. E quantos males ele sofrerá por estar tão mal acompanhado, sobretudo agora que ele perdeu os olhos.

Não achareis jamais ruim que eu diga rapidamente em que honra e reputação encontra-se Amor entre os homens, e que no resto de minha oração eu fale somente deles. Pois os homens são feitos à nossa imagem e semelhança, quanto aos espíritos: já os seus corpos são compostos de várias e diversas características. E eles são entre si tão diferentes em figura, cor e forma que, em tantos séculos já passados, acharam-se somente dois ou três pares que se assemelhassem. E, ainda assim, seus servidores e domésticas os distinguiam perfeitamente um do outro. Sendo assim em costumes, compleições e forma dessemelhantes, são todavia ligados e reunidos por uma afeição que lhes faz querer bem um ao outro. E aqueles que nisso se excedem são os mais venerados dentre eles.

Daí veio a primeira glória entre os homens. Pois aqueles que tinham inventado alguma coisa eram mais estimados do que os outros. Mas é preciso pensar que esse desejo de reconhecimento público não é precedido de glória, sendo a glória posterior a ele. Que pena credes mereceu Orfeu por desviar os homens bárbaros de sua costumeira crueldade? para fazê-los reunir em companhias políticas? por lhes fazer evitar a pilhagem e o roubo de outrem? Estimais que foi por ambição? de que não se falava ainda entre os homens, que não tinham escavado as entranhas da terra? A glória, como eu disse, não o podia mover.

Car n'estans point encore de gens politiquement vertueus, il n'y pouvoit estre gloire, ny envie de gloire. L'amour qu'il portoit en general aus hommes, le faisoit travailler à les conduire à meilleure vie. C'estoit la douceur de sa Musique, que l'on dit avoir adouci les Loups, Tigres, Lions: attiré les arbres, et amolli les pierres. Et quelle pierre ne s'amolliroit entendant le dous preschement de celui qui amiablement la veut atendrir pour recevoir l'impression de bien et honneur? Combien estimez vous que Promethée soit loué là bas pour l'usage du feu, qu'il inventa? Il le vous desroba, et encourut votre indignacion. Estoit ce qu'il vous voulust ofenser? je croy que non: mais l'amour, qu'il portoit à l'homme, que tu lui baillas, ô Jupiter, commission de faire de terre, et l'assembler de toutes pieces ramassées des autres animaus.

Cet amour que lon porte en general à son semblable, est en telle recommandacion entre les hommes, que le plus souvent se trouvent entre eus qui pour sauver un païs, leur parent, et garder l'honneur de leur Prince, s'enfermeront dedens lieus peu defensables, bourgades, colombiers: et quelque assurance qu'ils ayent de la mort, n'en veulent sortir à quelque composicion que ce soit, pour prolonger la vie à ceus que l'on ne peut assaillir que après leur ruïne. Outre cette afeccion generale, les hommes en ont quelque particuliere l'un envers l'autre, et laquelle, moyennant qu'elle n'ait point le but de gain, ou de plaisir de soymesme, n'ayant respect à celui, que l'on se dit aymer, est en tel estime au monde, que l'on ha remarqué songneusement par tous les siecles ceus, qui se sont trouvez excellens en icelle, les ornant de tous les plus honorables titres que les hommes peuvent inventer. Mesmes ont estimé cette seule vertu estre sufisante pour d'un homme faire un Dieu. Ainsi les Scythes deïfierent Pylade et Oreste, et leur dresserent temples et autels, les apelans les Dieux d'amitié. Mais avant iceus estoit Amour, qui les avoit liez et uniz ensemble.

Pois não havendo ainda pessoas politicamente virtuosas, ele não podia ter glória, nem desejo de glória. O amor que ele levava aos homens o fazia empenhar-se para conduzi-los a uma vida melhor. Diz-se que foi a doçura de sua Música que enterneceu Lobos, Tigres, Leões, que enterneceu as árvores e amoleceu as pedras. E que pedra não se amoleceria ao escutar a doce oração daquele que amavelmente queria enternecê-la para receber a sensação do bem e da honra? Como achais que Prometeu é louvado lá embaixo pelo uso do fogo, que ele inventou? Ele vos roubou, e provocou vossa indignação. Queria ele ofender-vos? Eu creio que não: mas o amor, que ele levava ao homem, o qual tu lhe ordenaras, ó Júpiter, fosse moldado da terra, formado com todos os pedaços reunidos dos outros animais.

Esse amor que se leva em geral ao seu semelhante tem tamanho valor entre os homens que muitas vezes alguns, para salvar um país, seus pais, e conservar a honra de seu Príncipe, se fecham em lugares pouco defensáveis, pequenos burgos, refúgios: e ainda que prevejam a morte certa, não se arredam dali sob acordo algum, a fim de prolongar a vida daqueles que só poderão ser atacados após a sua ruína. Além desse sentimento comum, os homens têm outra particularidade, a qual, ainda que não tenha por objetivo o lucro, ou o próprio prazer, não leva em consideração aquele que se diz amar, e é de tal modo estimado no mundo que se tem exaltado zelosamente por todos os séculos aqueles que se mostram excelentes no amor, ornando-os dos mais honráveis títulos que os homens podem inventar. A tal ponto, que eles estimam esta única virtude ser suficiente para de um homem fazer-se um Deus. Assim os Escitas deificaram Pílades e Orestes e lhes dedicaram templos e altares e os chamaram de Deuses da amizade. Mas antes deles havia Amor, que os tinha unido e juntado.

Raconter l'opinion, qu'ont les hommes des parens d'Amour, ne seroit hors de propos, pour montrer qu'ils l'estiment autant ou plus, que nul autre des Dieus. Mais en ce ne sont d'un acordé les uns le faisant sortir de Chaos et de la Terre: les autres du Ciel et de la Nuit: aucuns de Discorde et de Zephire: autres de Venus la vraye mere, l'honorant par ces anciens peres et meres, et par les effets merveilleus que de tout tems il ha acoutumé montrer. Mais il me semble que les Grecs d'un seul surnom qu'ils t'ont donné, Jupiter, t'apelant amiable, témoignent assez que plus ne pouvoient exaucer Amour, qu'en te faisant participant de sa nature. Tel est l'honneur que les plus savans et plus renommez des hommes donnent à Amour.

Le commun populaire le prise aussi et estime pour les grandes experiences qu'il voit des commoditez, qui proviennent de lui. Celui qui voit que l'homme (quelque vertueus qu'il soit) languit en sa maison, sans l'amiable compagnie d'une femme, qui fidelement lui dispense son bien, lui augmente son plaisir, ou le tient en bride doucement, de peur qu'il n'en prenne trop, pour sa santé, lui ote les facheries, et quelquefois les empesche de venir, l'appaise, l'adoucit, le traite sain et malade, le fait avoir deus corps, quatre bras, deus ames, et plus parfait que les premiers hommes du banquet de Platon, ne confessera il que l'amour conjugale est dine de recommandacion? et n'atribuera cette felicité au mariage, mais à l'amour qui l'entretient. Lequel, s'il defaut en cet endroit, vous verrez l'homme forcené, fuir et abandonner sa maison. La femme au contraire ne rit jamais, quand elle n'est en amour avec son mari. Ilz ne sont jamais en repos. Quand l'un veut reposer, l'autre crie. Le bien se dissipe, et vont toutes choses au rebours. Et est preuve certeine, que la seule amitié fait avoir en mariage le contentement, que l'on dit s'y trouver.

Contar a opinião que os homens têm dos pais do Amor não seria sem propósito, para mostrar que eles o estimam tanto ou mais do que qualquer outro dos Deuses. Mas nisso não estão de acordo: alguns o fizeram sair do Caos e da Terra: outros do Céu e da Noite: alguns da Discórdia e do Zéfiro: outros de Vênus, a mãe verdadeira, honrando-os por esses antigos pais e mães, e pelos efeitos maravilhosos que sempre se acostumou a mostrar. Mas parece-me que os Gregos com um só nome que te deram, Júpiter, chamando-te amigável, expressam bem mais do que poderiam exaltar o Amor, fazendo-te participar de sua natureza. Tal é a honra que os mais sábios e os mais famosos dos homens dão ao Amor.

Também o povo o estima assim pelos grandes feitos e pelas vantagens que dele provêm. Aquele que vê o homem (por virtuoso que seja) definhar em sua casa, sem a amável companhia de uma mulher, que fielmente lhe administra seus bens, lhe aumenta seu prazer, ou que o controla docemente, com medo de que ele abuse demais de sua saúde, lhe dissipa os descontentamentos, e algumas vezes os impede de vir, o apazigua, cuida dele na saúde ou na doença, lhe faz ter dois corpos, quatro braços, duas almas, e ser mais perfeito do que os primeiros homens do banquete de Platão, não confessará que o amor conjugal é digno de recomendação? E não atribuirá essa felicidade não ao matrimônio, mas sim ao amor que o mantém? O qual, se faltar nesse ponto, vereis o homem descontrolado, fugir e abandonar sua casa. A mulher contrariada jamais ri quando não tem amor por seu marido. Eles não ficam jamais descansados. Quando um quer descansar, o outro grita. Os bens se dissipam e todas as coisas dão para trás. E está aí a prova cabal de que o amor traz ao casamento o contentamento que se diz encontrar.

Qui ne dira bien de l'amour fraternelle, ayant veu Castor et Pollux, l'un mortel estre fait immortel à moitié du don de son frere? Ce n'est pas estre frere, qui cause cet heur (car peu de freres sont de telle sorte) mais l'amour grande qui estoit entre eus. Il seroit long à discourir, comme Jonathas sauva la vie à David: dire l'histoire de Pythias et Damon: de celui qui quitta son espouse à son ami la premiere nuit, et s'en fuit vagabond par le monde. Mais pour montrer quel bien vient d'amitié, j'allegueray le dire d'un grand Roy, lequel, ouvrant une grenade, interrogué de quelles choses il voudroit avoir autant, comme il y avoit de grains en la pomme, respondit: de Zopires. C'estoit ce Zopire, par le moyen duquel il avoit recouvré Babilone. Un Scyte demandant en mariage une fille, et sommé de bailler son bien par declaracion, dit qu'il n'avoit autre bien que deus amis, s'estimant assez riche avec telle possession pour oser demander la fille d'un grand Seigneur en mariage. Et pour venir aus femmes, ne sauva Ariadne la vie à Thesée? Hypermnestre à Lyncée? Ne se sont trouvées des armees en danger en païs estranges, et sauvées par l'amitié que quelques Dames portoient aus Capiteines? des Rois remiz en leurs principales citez par les intelligences, que leurs amies leur avoient pratiquées secretement? Tant y ha de povres soudarz, qui ont est, eslevez par leurs amies es Contez, Duchez, Royaumes qu'elles possedoient.

Certeinement tant de comoditez provenans aus hommes par Amour ont bien aydé à l'estimer grand. Mais plus que toute chose, l'afeccion naturelle, que tous avons à aymer, nous le fait eslever et exalter. Car nous voulons faire paroitre, et estre estimé ce à quoy nous nous sentons enclins. Et qui est celui des hommes, qui ne prenne plaisir, ou d'aymer, ou d'estre aymé? Je laisse ces Mysanthropes, et Taupes cachées sous terre, et enseveliz de leurs bizarries, lesquels auront par moy tout

Quem poderá não falar bem do amor fraternal tendo visto Castor e Pólux, um mortal se fazer meio imortal pelo dom de seu irmão[8]? Ser irmão não é o que causa essa felicidade (pois poucos irmãos são feitos assim), mas o grande amor que havia entre eles. Seria fastidioso discorrer sobre como Jônatas salvou a vida de David[9]: contar a história de Pítias e Dâmon[10]: daquele que abandonou sua esposa ao seu amigo na primeira noite, e saiu errante pelo mundo[11]. Mas para mostrar quanto bem provém da amizade, citarei as palavras de um grande Rei, o qual, abrindo uma romã, foi interrogado sobre que coisas gostaria de possuir tanto quanto as sementes do fruto, respondeu: Zópiros. Foi por causa deste Zópiro que ele tinha reconquistado a Babilônia. Um Escita, ao pedir em casamento uma mulher, e intimado a declarar todos os seus bens, disse: que não tinha outro bem além de dois amigos, estimando-se tão rico com tais posses que ousava pedir a mão da filha de um grão Senhor em casamento. E por falar em mulheres, não salvou Ariadne a vida de Teseu? Hipemnestra a de Liceu? Não são encontrados exércitos em perigo em países estrangeiros, salvos pela amizade que algumas Damas têm por seus capitães? Reis que retornam às suas cidades pela habilidade que suas amigas tinham secretamente pactuado? São muitos os pobres soldados que foram elevados por suas amigas a Condados, Ducados e Reinos que elas possuíam.

Tantas vantagens para os homens provenientes do Amor certamente os ajudaram a ser tão grandemente estimados. Mais do que qualquer outra coisa, porém, a inclinação natural que todos nós temos para amar nos faz elevá-lo e exaltá-lo. Pois nós queremos valorizar e apreciar o objeto de nossa afeição. E quem, entre os homens, não sente prazer em amar e ser amado? Eu deixo de lado esses Misantropos e Toupeiras escondidos sob a terra e sepultados por suas bizarrias, as quais, no que me diz respeito,

loisir de n'estre point aymez, puis qu'il ne leur chaut d'aymer. S'il m'estoit licite, je les vous depeindrois, comme je les voy decrire aus hommes de bon esprit. Et neanmoins il vaut mieus en dire un mot, à fin de connoitre combien est mal plaisante et miserable la vie de ceus, qui se sont exemptez d'Amour. Ils dient que ce sont gens mornes, sans esprit, qui n'ont grace aucune à parler, une voix rude, un aller pensif, un visage de mauvaise rencontre, un oeil baissé, creintifs, avares, impitoyables, ignorans, et n'estimans personne: Loups garous. Quand ils entrent en leur maison, ils creingnent que quelcun les regarde. Incontinent qu'ils sont entrez, barrent leur porte, serrent les fenestres, mengent sallement sans compagnie, la maison mal en ordre: se couchent en chapon le morceau au bec. Et lors à beaus gros bonnets gras de deus doits d'espais, la camisole atachée avec esplingues enrouillées jusques au dessous du nombril, grandes chausses de laine venans à my-cuisse, un oreiller bien chaufé et sentant sa gresse fondue: le dormir acompagné de toux, et autres tels excremens dont ils remplissent les courtines. Un lever pesant s'il n'y a quelque argent à recevoir: vieilles chausses repetassées, souliers de païsant: pourpoint de drap fourré: long saye mal ataché devant: la robbe qui pend par derriere jusques aus espaules: plus de fourrures et pelisses: calottes et larges bonnets couvrans les cheveus mal pignez: gens plus fades à voir, qu'un potage sans sel à humer. Que vous en semble il? Si tous les hommes estoient de cette sorte, y auroit il pas peu de plaisir de vivre avec eus? Combien plus tot choisiriez vous un homme propre, bien en point, et bien parlant, tel qu'il ne s'est pù faire sans avoir envie de plaire à quelcun?

Qui ha inventé un dous et gracieus langage entre les hommes? et où premierement ha il esté employé? ha ce esté à persuader de faire guerre au païs? eslire un Capiteine?

gozarão com toda a tranquilidade o fato de não serem jamais amados, já que pouco lhes importa amar. Se me fosse possível, eu os pintaria como os vejo serem descritos por homens de agudo espírito. Entretanto, mais vale dizer uma única palavra para que se conheça como é desagradável e miserável a vida daqueles que se eximiram do Amor. Dizem que são pessoas melancólicas, sem espírito, que não possuem qualquer graça ao falar, uma voz rude, um caminhar pensativo, um rosto de má impressão, um olho baixo, medrosos, avaros, impiedosos, ignorantes, que não estimam ninguém: Lobisomens. Quando entram em suas casas, temem que alguém os veja. Assim que entram, trancam a porta, fecham as janelas, comem imundamente sem companhia, a casa em desordem: dormem como as galinhas, com porções de ração no bico. E, então, com bons bonés grandes, com dois dedos de sujeira, a camisola presa com alfinetes enferrujados até debaixo do umbigo, grossas calças de lã que lhes vestem até metade das coxas, um travesseiro quente e recendendo à gordura derretida: o sono acompanhado de tosse e outros humores com que infestam as cortinas. Levantam-se com muito custo, a não ser que tenham algum dinheiro a receber. Velhas calças remendadas; sapatos de camponês; veste de panos forrados: longa túnica mal amarrada na frente; a toga que cai por trás das costas; mais peles e forros; solidéus e grandes bonés cobrindo os cabelos mal penteados: pessoas mais apáticas de se ver do que aspirar um pote sem sal. Que vos parece? Se todos os homens fossem assim, haveria algum prazer de se viver com eles? Quantos escolheriam um homem limpo, bem disposto e bem falante, tal como se é impossível ser sem que se tenha vontade de agradar a alguém?

 Quem inventou uma doce e graciosa linguagem entre os homens? e onde primeiramente ele a empregou? por acaso foi para convencer um país a declarar a guerra? eleger um Capitão?

acuser ou defendre quelcun? Avant que les guerres se fissent, paix, alliances et confederacions en publiq: avant qu'il fust besoin de Capiteines, avant les premiers jugemens que fites faire en Athenes, il y avoit quelque maniere plus douce et gracieuse, que le commun: de laquelle userent Orphée, Amphion, et autres. Et où em firent preuve les hommes, sinon em Amour? Par pitié on baille à manger à une creature, encore qu'elle n'en demande. On pense à un malade, encore qu'il ne veuille guerir. Mais qu'une femme ou homme d'esprit, prenne plaisir à l'afeccion d'une personne, qui ne la peut descouvrir, lui donne ce qu'il ne peut demander, escoute un rustique et barbare langage: et tout tel qu'il est, sentant plus son commandement, qu'amoureuse priere, celà ne se peut imaginer. Celle, qui se sent aymée, ha quelque autorité sur celui qui l'ayme: car elle voit en son pouvoir, ce que l'amant poursuit, comme estant quelque grand bien et fort desirable. Cette autorité veut estre reverée en gestes, faits, contenances, et paroles. Et de ce vient, que les Amans choisissent les façons de faire, par lesquelles les personnes aymées auront plus d'ocasion de croire l'estime et reputacion que l'on ha d'elles. On se compose les yeus à douceur et pitié, on adoucit le front, on amollit le langage, encore que de son naturel l'amant ust le regard horrible, le front despité, et langage sot et rude: car il ha incessamment au coeur l'object de l'amour, qui lui cause un desir d'estre dine d'en recevoir faveur, laquelle il scet bien ne pouvoir avoir sans changer son naturel.

Ainsi entre les hommes Amour cause une connoissance de soymesme. Celui qui ne tache à complaire à personne, quelque perfeccion qu'il ait, n'en ha non plus de plaisir, que celui qui porte une fleur dedens sa manche. Mais celui qui desire plaire, incessamment pense à son fait: mire et remire la chose aymée: suit les vertus, qu'il voit lui estre agreables, et

acusar ou defender alguém? Antes que as guerras, as pazes, as alianças e as confederações públicas se fizessem: antes que houvesse necessidade de Capitães, antes dos primeiros julgamentos que fizestes celebrar em Atenas, havia uma maneira mais doce e graciosa do que a comum: aquela de que se valeram Orfeu, Anfíon e outros. E onde mais deram provas os homens, senão no Amor? Por piedade se dá de comer a uma criatura, ainda que ela não peça. Cuida-se de um doente, ainda que ele não queira curar-se. Mas que uma mulher ou um homem de espírito tenha prazer com o afeto de uma pessoa que não pode expressá-lo, lhe dê o que esta pessoa não pode pedir, escute uma rústica e bárbara linguagem: e tudo isso mais por vontade própria do que por um pedido amoroso, não se pode conceber. Aquela que se sente amada tem certa autoridade sobre aquele que a ama: porque ela vê em seu poder o que o Amante aspira como sendo um bem muito grande e desejável. Esta autoridade quer sentir-se reverenciada em gestos, fatos, modos e palavras. E daí vem que os Amantes escolham as maneiras de se comportar pelas quais as pessoas amadas terão mais chance de acreditar na estima e no conceito que se tem delas. Compõem-se os olhos de doçura e piedade, adoça-se o rosto, abranda-se a linguagem, ainda que por natureza o Amante tivesse o olhar horrível, o rosto pesaroso e a linguagem tola e rude: pois ele leva incessantemente no coração o objeto do amor, que lhe causa um desejo de ser digno de receber seus favores, os quais ele bem sabe que não alcançará se não mudar a sua natureza.

Assim, entre os homens, o Amor provoca um conhecimento de si mesmo. Aquele que não cuida de agradar a alguém, por mais perfeição que possua, não obtém maior prazer do que aquele que traz uma flor dentro da manga da camisa. Mas aquele que deseja agradar, pensa incessantemente no seu feito: mira e remira a coisa amada, e pratica as virtudes que percebe serem agradáveis,

s'adonne aus complexions contraires à soymesme, comme celui qui porte le bouquet en main, donne certein jugement de quelle fleur vient l'odeur et senteur qui plus lui est agreable.

Après que l'Amant ha composé son corps et complexion à contenter l'esprit de l'aymée, il donne ordre que tout ce qu'elle verra sur lui, ou lui donnera plaisir, ou pour le moins elle n'y trouvera à se facher. De là ha ù source la plaisante invencion des habits nouveaus. Car on ne veut jamais venir à ennui et lasseté, qui provient de voir tousjours une mesme chose. L'homme a tousjours mesme corps, mesme teste, mesme bras, jambes, et piez; mais il les diversifie de tant de sortes, qu'il semble tous les jours estre renouvelé. Chemises parfumées de mile et mile sortes d'ouvrages: bonnet à la saison, pourpoint, chausses jointes et serrées, montrans les mouvemens du corps bien disposé, mille façons de bottines, brodequins, escarpins, souliers, sayons, casaquins, robbes, robbons, cappes, manteaus: le tout en si bon ordre, que rien ne passe.

Et que dirons nous des femmes, l'habit desquelles, et l'ornement de corps, dont elles usent, est fait pour plaire, si jamais rien fut fait. Est il possible de mieus parer une teste, que les Dames font et feront à jamais? avoir cheveus mieus dorez, crespes, frizez? acoutrement de teste mieus seant, quand elles s'acoutreront à l'Espagnole, à la Françoise, à l'Alemande, à l'Italienne, à la Grecque? Quelle diligence mettent elles au demeurant de la face? Laquelle, si elle est belle, elles contregardent tant bien contre les pluies, vents, chaleurs, tems et vieillesse, qu'elles demeurent presque tousjours jeunes. Et si elle ne leur est du tout telle, qu'elles la pourroient desirer, par honneste soin la se procurent: et l'ayant moyennement agreable, sans plus grande curiosité, seulement avec vertueuse industrie la continuent, selon la mode de chacune nacion, contrée, et coutume.

e se dedica às qualidades contrárias a si mesmo, como aquele que leva o buquê na mão e sabe reconhecer de que flor vem o odor e o perfume que lhe agradam mais.

Após ter o Amante composto seu corpo e suas qualidades de maneira a contentar o espírito da amada, procura fazer com que tudo o que ela nele verá ou lhe cause prazer ou pelo menos não aborreça. Daí se origina a prazerosa invenção dos vestidos novos. Pois não se deseja jamais chegar ao fastio e ao cansaço que provêm de se ver sempre uma mesma coisa. O homem tem sempre o mesmo corpo, mesma cabeça, mesmos braços, pernas, pés; mas ele os modifica de tantas maneiras que parecem estar renovados todos os dias. Camisas perfumadas de mil e um tipos, chapéu segundo a estação, camisa, calças justas e apertadas, mostrando os movimentos do corpo bem modelado, mil tipos de botinas, borzeguins, escarpins, sapatos, saiões, casacas, vestidos, capotes, capas, casacos: e tudo tão adequado que nada destoa.

E o que dizer das mulheres, cujas roupas e cujos ornamentos que usam são feitos para agradar? Será possível pentear melhor uma cabeça do que as Damas fazem e sempre farão? ter cabelos mais bem pintados, encrespados, frisados? ornar a cabeça de modo mais conveniente, seja à Espanhola, à Francesa, à Alemã, à Italiana, à Grega? Que cuidados mantêm com o restante do rosto? Quando é belo, conservam-no tão bem contra as chuvas, ventos, calor, tempo e velhice que elas permanecem quase sempre jovens. E se não é de todo como desejariam, por um honesto esforço conseguem mudá-lo. E quando o tem medianamente agradável, sem maior particularidade, conservam-no com virtuosa habilidade, segundo a moda e o costume de cada país e nação.

Et avec tout celà, l'habit propre comme la feuille autour du fruit. Et s'il y ha perfeccion du corps, ou lineament qui puisse, ou doive estre vù et montré, bien peu le cache l'agencement du vêtement: ou, s'il est caché, il l'est en sorte, que l'on le cuide plus beau et delicat. Le sein aparoit de tant plus beau, qu'il semble qu'elles ne le veuillent estre vù: les mamelles en leur rondeur relevées font donner un peu d'air au large estomac. Au reste, la robbe bien jointe, le corps estreci où il le faut: les manches serrées, si le bras est massif: si non, larges et bien enrichies: la chausse tirée: l'escarpin façonnant le petit pié (car le plus souvent l'amoureuse curiosité des hommes fait rechercher la beauté jusques au bout des piez): tant de pommes d'or, chaines, bagues, ceintures, pendans, gans parfumez, manchons: et en somme tout ce qui est de beau, soit à l'acoutrement des hommes ou des femmes, Amour en est l'auteur.

Et s'il ha si bien travaillé pour contenter les yeus, il n'a moins fait aus autres sentimens: mais les ha tous emmiellez de nouvelle et propre douceur. Les fleurs que tu fiz, ô Jupiter, naitre es mois de l'an les plus chaus, sont entre les hommes faites hybernalles: les arbres, plantes, herbages, qu'avois distribuez en divers païs, sont par l'estude de ceus qui veulent plaire à leurs amies, rassemblez en un verger: et quelquefois suis contreint, pour ayder à leur afeccion, leur departir plus de chaleur que le païs ne le requerroit. Et tout le proufit de ce, n'est que se ramentevoir par ces petis presens en la bonne grace de ces amis et amies.

Diray je que la Musique n'a esté inventée que par Amour? et est le chant et harmonie l'effect et signe de l'amour parfait. Les hommes en usent ou pour adoucir leurs desirs enflammez, ou pour donner plaisir: pour lequel diversifier tous les jours ils inventent nouveaus et divers instrumens de Luts, Lyres, Citres, Doucines, Violons, Espinettes, Flutes, Cornets:

E com isso tudo a roupa elegante, como a folha em torno do fruto. E se houver alguma perfeição ou linha do corpo que possa ou deva ser vista e mostrada, bem pouco o esconderá o caimento da roupa; ou, se está escondido, que se imagine ser mais belo e delicado. O seio parece tanto mais bonito enquanto der a impressão de que não quer ser visto. As mamas realçadas em sua redondez dão mais largueza ao talhe. No mais, a saia bem justa, o corpo apertado onde precisa: as mangas ajustadas, se o braço é carnudo; se não, largas e bem enfeitadas. A meia esticada, o escarpim modelando o pequeno pé (pois em geral a amorosa curiosidade dos homens vai procurar a beleza até na ponta dos pés): e tantas contas de ouro, correntes, anéis, cintos, pingentes, luvas perfumadas, adornos. Em suma, tudo o que existe de belo no vestuário dos homens e das mulheres é da autoria do Amor.

E se ele muito se esforçou para contentar os olhos, não o fez menos com os outros sentimentos, adoçando-os com novo e próprio sabor. As flores que tu fizeste, ó Júpiter, nascer nos meses mais quentes do ano, os homens as fizeram invernais: as árvores, plantas, ervas que havias distribuído em diversos países foram todas reunidas em um só jardim por aqueles que desejam agradar suas amigas. E muitas vezes eu me vejo obrigado, apenas para colaborar com seu amor, a conceder mais calor do que o país precisaria. E tudo apenas para que, por meio desses pequenos presentes, caiam na boa graça de seus amigos e amigas.

Devo dizer que a Música foi inventada somente por Amor? O canto e a harmonia são o efeito e o sinal do Amor perfeito. Os homens dela se utilizam ou para adoçicar seus desejos inflamados ou para causar prazer; e para diversificar todos os dias, eles inventam novos e variados instrumentos como Alaúdes, Liras, Cítaras, Oboés, Violinos, Espinetas, Flautas, Cornetas:

chantent tous le jours diverses chansons: et viendront à inventer madrigalles, sonnets, pavanes, passemeses, gaillardes, et tout en commemoracion d'Amour: comme celui, pour lequel les hommes font plus que pour nul autre. C'est pour lui que l'on fait des serenades, aubades, tournois, combats tant à pié qu'à cheval. En toutes lesquelles entreprises ne se treuvent que jeunes gens amoureus: ou s'ils s'en treuvent autres meslez parmi, ceux qui ayment emportent tousjours le pris, et en remercient les Dames, desquelles ils ont porté les faveurs. Là aussi se raporteront les Comedies, Tragedies, Jeux, Montres, Masques, Moresques.

 Dequoy allege un voyageur son travail, que lui cause le long chemin, qu'en chantant quelque chanson d'Amour, ou escoutant de son compagnon quelque conte et fortune amoureuse? L'un loue le bon traitement de s'amie: l'autre se pleint de la cruauté de la sienne. Et mile accidens, qui interviennent en amours: lettres descouvertes, mauvais raports, quelque voisine jalouse, quelque mari qui revient plus tot que l'on ne voudroit: quelquefois s'apercevant de ce qui se fait: quelquefois n'en croyant rien, se fiant sur la preudhommie de sa femme: et à fois eschaper un souspir avec un changement de parler: puis force excuses.

 Brief, le plus grand plaisir qui soit apres amour, c'est d'en parler. Ainsi passoit son chemin Apulée, quelque Filozofe qu'il fust. Ainsi prennent les plus severes hommes plaisir d'ouir parler de ces propos, encores qu'ils ne le veuillent confesser. Mais qui fait tant de Poëtes au monde en toutes langues? n'est ce pas Amour? lequel semble estre le suget, duquel tous Poëtes veulent parler. Et qui me fait attribuer la poësie à Amour: ou dire, pour le moins, qu'elle est bien aydée et entretenue par son moyen? c'est qu'incontinent que les hommes commencent d'aymer, ils escrivent vers. Et ceus qui ont est, excellens Poëtes,

cantam todos os dias diversas canções; e ainda inventarão madrigais, sonetos, pavanas, passacales, galhardas, e tudo em comemoração do Amor: que é por quem os homens fazem mais do que ninguém. É por ele que se fazem serenatas, serestas, torneios, combates tanto a pé quanto a cavalo. Em todas essas ações só se encontram jovens amorosos; e se outros se encontram entre eles misturados, os que amam ganham sempre o prêmio, e agradecem às Damas, das quais ganharam os favores. Por ele também se fazem Comédias, Tragédias, Desafios, Pantomimas, Mouros.

O que alivia o cansaço do viajante causado por uma longa viagem, se não cantar alguma canção de amor ou escutar de seu companheiro alguma história ou ventura amorosa? Um louva os bons cuidados de sua amiga; outro se lamenta da crueldade da sua. E outros mil acasos que intervêm nos amores: cartas descobertas, más línguas, alguma vizinha ciumenta, algum marido que volta mais cedo do que o esperado. Muitas vezes se apercebem do que fazem; outras vezes não creem em nada, fiando-se na honestidade de sua mulher; e às vezes escapa um suspiro, com que se muda a conversa, depois muitas desculpas.

Enfim, o maior prazer que existe depois do amor é falar dele. Assim se distraía Apuleio, por Filósofo que fosse, em seu caminho. Assim também sentem prazer os homens mais severos, ainda que eles não o queiram confessar. Mas por que há tantos Poetas no mundo em todas as línguas? não é por causa do Amor? o qual parece ser o assunto de que todos os Poetas querem falar. O que me faz atribuir a Poesia ao Amor, ou dizer que pelo menos ela é por ele ajudada e mantida, é que quando os homens começam a amar, escrevem versos. E aqueles que foram excelentes Poetas,

ou en ont tout rempli leurs livres, ou, quelque autre suget qu'ils ayent pris, n'ont osé toutefois achever leur euvre sans en faire honorable mencion. Orphée, Musée, Homere, Line, Alcée, Saphon, et autres Poëtes et Filozofes: comme Platon, et celui qui ha ù le nom de Sage, ha descrit ses plus hautes concepcions en forme d'amourettes. Et plusieurs autres escriveins voulans descrire autres invencions, les ont cachées sous semblables propos. C'est Cupidon qui ha gaigné ce point, qu'il faut que chacun chante ou ses passions, ou celles d'autrui, ou couvre ses discours d'Amour, sachant qu'il n'y ha rien, qui les puisse faire mieus estre reçu. Ovide ha tousjours dit qu'il aymoit. Petrarque en son langage ha fait sa seule afeccion aprocher à la gloire de celui, qui ha representé toutes les passions, coutumes, façons, et natures de tous les hommes, qui est Homere. Qu'a jamais mieus chanté Virgile, que les amours de la Dame de Carthage? ce lieu seroit long, qui voudroit le traiter comme il meriteroit.

Mais il me semble qu'il ne se peut nier, que l'Amour ne soit cause aus hommes de gloire, honneur, proufit, plaisir: et tel, que sans lui ne se peut commodément vivre. Pource est il estimé entre les humains, l'honorans et aymans, comme celui qui leur ha procuré tout bien et plaisir. Ce qui lui ha esté, bien aisé, tant qu'il ha ù ses yeus. Mais aujourdhui, qu'il en est privé, si Folie se mesle de ses afaires, il est à creindre, et quasi inevitable, qu'il ne soit cause d'autant de vilenie, incommodité, et desplaisir, comme il ha esté par le passé d'honneur, proufit, et volupté.

Les grans qu'Amour contreingnoit aymer les petis et les sugetz qui estoient sous eus, changeront en sorte qu'ils n'aymeront plus que ceus dont ils en penseront tirer service. Les petits, qui aymoient leurs Princes et Signeurs, les aymeront seulement pour faire leurs besongnes, en esperance de se retirer quand ils seront pleins.

ou preencheram seus livros com ele, ou, tendo buscado outro assunto, não ousaram terminar suas obras sem lhe fazer uma honrosa menção. Orfeu, Museu, Homero, Lino, Alceu, Safo e outros Poetas e Filósofos: como Platão, e aquele que teve o nome de Sábio[12], descreveram suas mais altas concepções em forma de fábulas amorosas. E muitos outros escritores, querendo descrever outros engenhos, os esconderam sob temas parecidos. Nesse ponto ganhou Cupido, pois é preciso que cada um cante ou suas paixões ou as de outro alguém, ou recubra seus discursos de Amor, sabendo que nada haverá que lhe possa provocar melhor acolhida. Ovídio sempre disse que amava. Petrarca em sua língua fez com que seu único sentimento o aproximasse da glória daquele que representou todas as paixões, costumes, maneiras e naturezas de todos os homens, que é Homero. O que cantou melhor Virgílio, senão os amores da Dama de Cartago[13]? esse assunto é longo demais para ser tratado como merece.

Mas me parece que não se pode negar que Amor traz aos homens glória, honra, proveito, prazer: e tanto assim que, sem ele, não se pode viver comodamente. Por isso ele é tão estimado entre os humanos, que o honram e o amam como aquele que lhes concedeu todo o bem e prazer. O que foi para ele tarefa bem fácil, enquanto tinha olhos. Mas hoje, que deles está privado, se a Loucura se mistura em seus assuntos, é de se temer, e quase inevitável, que ele seja causa de tantas vilanias, incômodos e desprazer quanto ele foi de honra, proveito e volúpia no passado.

Os grandes, a quem Amor forçou a amar os pequenos e as pessoas que lhes eram submissas, passarão a amar somente aqueles de quem imaginam tirar vantagem. Os pequenos, que amavam seus Príncipes e Senhores, os amarão somente o necessário para cumprir as suas tarefas, na esperança de se retirarem assim que estiverem satisfeitas.

Car où Amour voudra faire cette harmonie entre les hautes et basses personnes, Folie se trouvera près, qui l'empeschera: et encore es lieus ou il se sera ataché. Quelque bon et innocent qu'il soit, Folie lui meslera de son naturel: tellement que ceus qui aymeront, feront tousjours quelque tour de fol. Et plus les amitiez seront estroites, plus s'y trouvera il de desordre quand Folie s'y mettra. Il retournera plus d'une Semiramis, plus d'une Biblis, d'une Mirrha, d'une Canace, d'une Phedra. Il n'y aura lieu saint au monde. Les hauts murs et treilliz garderont mal les Vestales. La vieillesse tournera son venerable et paternel amour, en fols et juvenils desirs. Honte se perdra du tout. Il n'y aura discrecion entre noble, païsant, infidele, ou More, Dame, maitresse, servante. Les parties seront si inegales, que les belles ne rencontreront les beaus, ains seront conjointes le plus souvent avec leurs dissemblables. Grands Dames aymeront quelquefois ceus dont ne daigneroient estre servies. Les gens d'esprit s'abuseront autour des plus laides. Et quand les povres et loyaus amans auront langui de l'amour de quelque belle: lors Folie fera jouir quelque avolé en moins d'une heure du bien ou l'autre n'aura pù ateindre.

 Je laisse les noises et querelles, qu'elle dressera par tout, dont s'en ensuivra blessures, outrages, et meurtres. Et ay belle peur, qu'au lieu, ou Amour ha inventé tant de sciences, et produit tant de bien, qu'elle n'ameine avec soy quelque grande oisiveté acompagnée d'ignorance: qu'elle n'empesche les jeunes gens de suivre les armes et de faire service à leur Prince: ou de vaquer à estudes honorables: qu'elle ne leur mesle leur amour de paroles detestables, chansons trop vileines, ivrongnerie et gourmandise: qu'elle ne leur suscite mile maladies, et mette en infiniz dangers de leurs personnes. Car il n'y ha point de plus dangereuse compagnie que de Folie.

Pois onde Amor quiser manter essa harmonia entre as altas e baixas pessoas, por perto estará a Loucura, que o impedirá, até mesmo onde ele já se tenha instalado. Por melhor e mais inocente que seja alguém, a Loucura lhe transtornará a sua natureza: de tal forma que aqueles que amam terão sempre alguma coisa de louco. E quanto mais profundas forem as amizades, mais se encontrará desordem quando a Loucura ali se interpuser. Haverá mais de uma Semíramis, mais de uma Biblis, de uma Mirra, de uma Canace, de uma Fedra[14]. Não haverá lugar santo no mundo. Os altos muros e as grades não guardarão as Vestais. A velhice transformará seu venerável e paternal amor em loucos e juvenis desejos. A vergonha se perderá por completo. Não haverá distinção entre nobre, camponês, infiel ou Mouro, Dama, patroa e serva. As partições serão tão desiguais que as belas não encontrarão os belos, mas serão unidas quase sempre aos seus dessemelhantes. Grandes Damas amarão por vezes os que não seriam dignos de servi-las. As pessoas de espírito se enganarão pelas mais feias. E quando os pobres e leais amantes tiverem suspirado pelo amor de alguma bela, então a Loucura fará com que qualquer outro recém-chegado goze em menos de uma hora do bem que o outro não pôde alcançar.

Eu omito as lutas e querelas que ela irá espalhando por todos os lados, das quais sairão feridas, ultrajes e assassinatos. E tenho muito medo de que, no lugar onde Amor inventou tantas ciências e produziu tanto bem, ela só traga consigo um grande ódio, acompanhado de ignorância. Que ela não impeça as pessoas jovens de pegarem em armas e de servirem a seus Príncipes, ou de se dedicarem a estudos honrosos. Que ela não misture aos seus amores palavras detestáveis, canções muito infames, bebedeira e gula. Que ela não lhes suscite mil doenças e ponha em perigo infinito as pessoas. Pois não existe companhia mais perigosa do que a Loucura.

Voilà les maus qui sont à creindre, si Folie se trouve autour d'Amour. Et s'il avenoit que cette meschante le voulust empescher ça haut, que Venus ne voulust plus rendre un dous aspect avec nous autres, que Mercure ne voulust plus entretenir nos alliances, quelle confusion y auroit il? Mais j'ay promis ne parler que de ce qui se fait en terre.

Or donq, Jupiter, qui t'apeles pere des hommes, qui leur es auteur de tout bien, leur donnes la pluie quand elle est requise, seiches l'humidité superabondante: considere ces maus qui sont preparez aus hommes, si Folie n'est separée d'Amour. Laisse Amour se resjouir en paix entre les hommes: qu'il soit loisible à un chacun de converser privément et domestiquement les personnes qu'il aymera, sans que personne en ait creinte ou soupson: que les nuits ne chassent, sous pretexte des mauvaises langues, l'ami de la maison de s'amie: que lon puisse mener la femme de son ami, voisin, parent, ou bon semblera, en telle seureté que l'honneur de l'un ou l'autre n'en soit en rien ofensé. Et à ce que personne n'ait plus mal en teste, quand il verra telles privautez, fais publier par toute la Terre, non à son de trompe ou par ataches mises aus portes des temples, mais en mettant au coeur de tous ceus qui regarderont les Amans, qu'il n'est possible qu'ils vousissent faire ou penser quelque Folie. Ainsi auras tu mis tel ordre au fait avenu, que les hommes auront ocasion de te louer et magnifier plus que jamais, et feras beaucoup pour toy et pour nous. Car tu nous auras delivrez d'une infinité de pleintes, qui autrement nous seront faites par les hommes, des esclandres que Folie amoureuse fera au monde. Ou bien si tu aymes mieus remettre les choses en l'estat qu'elles estoient, contreins les Parques et Destinées (si tu y as quelque pouvoir) de retourner leurs fuseaus, et faire en sorte qu'à ton commandement, et à ma priere, et pour l'amour de Venus, que tu as jusques ici tant cherie et aymée, et pour les plaisirs et contentemens que tous tant que nous sommes,

Vede bem os males que devemos temer, caso a Loucura permaneça perto do Amor. E se acontecesse de essa importuna querer causar problemas aqui em cima[15], que Vênus não mais quisesse mostrar um doce rosto entre nós outros, que Mercúrio não mais quisesse manter nossas alianças, que confusão ocorreria? Mas eu prometi só falar do que se faz na terra.

Assim sendo, Júpiter, que é chamado pai dos homens, pois lhes dá todo o bem, lhes dá a chuva quando é necessária, seca a umidade quando excessiva: considera esses males que estão armados para os homens, caso a Loucura não se separe do Amor. Deixa Amor se alegrar em paz entre os homens. Que seja permitido a cada um conversar a sós e à vontade com as pessoas que ame, sem que alguém tenha medo ou suspeita. Que as noites não expulsem, por medo das más línguas, o amigo da casa de sua amiga. Que se possa passear com a mulher de um amigo, vizinho ou parente onde quer que seja, com a segurança de que a honra de um e de outro em nada será maculada. E para que ninguém faça mal juízo quando vir tais intimidades, faz publicar por toda a Terra, não ao som de trompa ou por cartazes colocados nas portas dos templos, mas colocando no coração de todos aqueles que olharão os Amantes, que não é possível que eles quisessem fazer ou pensar alguma Loucura. Assim terás colocado tal ordem nos fatos que os homens terão oportunidade de te louvar e engrandecer mais do que nunca, e farás muito por ti e por nós. Pois tu nos terás livrado de uma infinidade de queixas, que do contrário serão feitas pelos homens, e dos escândalos que a Loucura amorosa fará no mundo. Se tu preferes deixar tudo como estava, obriga as Parcas e os Fados (se tens algum poder) a retornarem a seus fusos, e faz com que ao teu comando, e à minha súplica, e pelo amor de Vênus, que até aqui tanto adoraste e amaste, e pelos prazeres e contentamento que todos aqui reunidos

avons reçuz et recevons d'Amour, elles ordonnent, que les yeus seront rendus à Cupidon, et la bande otée : à ce que le puissions voir encore un coup en son bel et naïf estre, piteus de tous les cotez dont on le sauroit regarder, et riant d'un seulement.

Ô Parques, ne soyez à ce coup inexorables que l'on ne die que vos fuseaus ont esté ministres de la cruelle vengeance de Folie. Ceci n'empeschera point la suite des choses à venir. Jupiter composera tous ces trois jours en un, comme il fit les trois nuits, qu'il fut avec Alcmene. Je vous apelle, vous autres Dieus, et vous Deesses, qui tant avez porté et portez d'honneur à Venus. Voici l'endroit ou lui pouvez rendre les faveurs que d'elle avez reçues.

Mais de qui plus dois je esperer, que de toy, Jupiter ? laisseras tu plorer en vain la plus belle des Deesses ? n'auras tu pitié de l'angoisse qu'endure ce povre enfant dine de meilleure fortune ? Aurons nous perdu nos veuz et prieres ? Si celles des hommes te peuvent forcer et t'ont fait plusieurs fois tomber des mains, sans mal faire, la foudre que tu avois contre eus preparée : quel pouvoir auront les notres, ausquels as communiqué ta puissance et autorité ? Et te prians pour personnes, pour lesquelles toymesme (si tu ne tenois le lieu de commander) prierois volontiers : et en la faveur desquelles (si je puis savoir quelque secret des choses futures) feras possible, après certeines revolucions, plus que ne demandons, assugetissant à perpetuité Folie à Amour, et le faisant plus cler voyant que nul autre des Dieus. J'ay dit.

Incontinent qu'Apolon ut fini son accusacion, toute la compagnie des Dieus par un fremissement, se montra avoir compassion de la belle Deesse là presente, et de Cupidon son fils. Et ussent volontiers tout sur l'heure condamné la Deesse Folie : Quand l'equitable Jupiter par une magesté Imperiale leur commanda silence, pour ouir la defense de Folie enchargée à Mercure, lequel commenca à parler ainsi :

temos recebido e recebemos do Amor, elas ordenem que sejam devolvidos os olhos de Cupido, e a venda tirada, a fim de que possamos ver ainda uma vez seu belo e primitivo ser, piedoso de todos os lados dos quais se poderá olhá-lo e risonho de apenas um.

Ó Parcas, não sejais agora inexoráveis para que não se diga que seus fusos foram obras da cruel vingança da Loucura. Isso não impedirá jamais os acontecimentos futuros. Júpiter recomporá todos esses três dias em um, como ele fez com as três noites que passou com Alcmena[16]. Eu vos invoco, vós outros Deuses, e vós Deusas, que tanto honraram e honram Vênus. Eis o momento em que podereis retribuir aos favores que dela recebestes.

Mas de quem mais devo esperar senão de ti, Júpiter? tu deixarás chorar em vão a mais bela das Deusas? Não terás piedade da angústia por que passa esta pobre criança digna de melhor sorte? Teremos perdido nossos votos e preces? Se até as dos homens podem obrigar-te e já fizeram tantas vezes cair das tuas mãos, sem haver causado dano, o raio que tinhas preparado contra eles, que poder terão as nossas, feitas por quem de ti já recebeu força e autoridade? E ao interceder por pessoas pelas quais tu mesmo (se não tivesses poder) intercederias com boa vontade, e em favor das quais (se posso imaginar algum segredo das coisas futuras) tu farás talvez, depois que o mundo dê várias voltas, mais do que te pedimos, sujeitando para todo o sempre a Loucura ao Amor, e fazendo-o mais clarividente do que qualquer outro dos Deuses. Tenho dito.

Assim que Apolo terminou sua acusação, os Deuses todos mostraram, por um estremecimento, ter compaixão da bela Deusa ali presente, e de Cupido seu filho. E teriam naquele mesmo instante condenado a Deusa Loucura. Foi quando Júpiter, majestade Imperial, lhes ordenou silêncio, para ouvir a defesa da Loucura, a cargo de Mercúrio, que começou a falar assim:

MERCURE: N'atendez point, Jupiter, et vous autres Dieus immortels, que je commence mon oraison par excuses (comme quelquefois font les Orateurs, qui creignent estre blamez, quand ils soutiennent des causes apertement mauvaises) de ce qu'ay pris en main la defense de Folie, et mesmes contre Cupidon, auquel ay en plusieurs endrois porté tant d'obeïssance, qu'il auroit raison de m'estimer tout sien: et ay tant aymé la mere, que n'ay jamais espargné mes allées et venues, tant qu'ay pensé lui faire quelque chose agreable. La cause, que je defens, est si juste, que ceus mesmes qui ont parlé au contraire, après m'avoir ouy, changeront d'opinion. L'issue du diferent, comme j'espere, sera telle, que mesme Amour quelque jour me remercira de ce service, que contre lui je fay à Folie. Cette question est entre deus amis, qui ne sont pas si outrez l'un envers l'autre, que quelque matin ne se puissent reconcilier, et prendre plaisir l'un de l'autre, comme au paravant. Si à l'apetit de l'un, vous chassez l'autre, quand ce desir de vengeance sera passé (laquelle incontinent qu'elle est achevée commence à desplaire:) si vous ordonnez quelque cas contre Folie, Amour en aura le premier regret. Et n'estoit cette ancienne amitié et aliance de ces deus, maintenant aversaires, qui les faisoit si uniz et conjoins, que jamais n'avez fait faveur à l'un, que l'autre ne s'en soit senti: je me defierois bien que puissiez donner bon ordre sur ce diferent, ayans tous suivi Amour fors Pallas: laquelle estant ennemie capitale de Folie, ne seroit raison qu'elle voulust juger sa cause.

Et toutefois n'est Folie si inconnue ceans, qu'elle ne se ressente d'avoir souventefois esté la bien venue, vous aportant tousjours avec sa troupe quelques cas de nouveau pour rendre vos banquets et festins plus plaisans. Et pense que tous ceus de vous, qui ont aymé, ont aussi bonne souvenance d'elle, que de Cupidon mesme. Davantage elle vous croit tous si equitables

MERCÚRIO: Não espereis jamais, Júpiter, nem mesmo vós, Deuses também imortais, que comece minha intervenção por desculpas (como algumas vezes fazem os Oradores, que temem ser criticados quando defendem causas perdidas) por haver assumido a defesa da Loucura, e mais ainda contra Cupido, a quem tenho em tantas circunstâncias obedecido, que haveria razão de ele me considerar seu: e tenho tanto amado a mãe que nunca poupei minhas idas e vindas quando cuidava de lhe fazer algo agradável. A causa, que eu defendo, é tão justa que, mesmo aqueles que se pronunciaram contra, após me ouvirem mudarão de ideia. O resultado do pleito, como eu espero, será tal que até mesmo Amor algum dia me agradecerá por esse serviço que contra ele presto à Loucura. Essa questão se dá entre dois amigos, que não estão enfurecidos um com o outro a ponto de não poderem reconciliar numa manhã e sentirem satisfação mútua, como antes. Se ao capricho de um vós afastais o outro, quando esse desejo de vingança passar (vingança que quando se cumpre começa a provocar remorso), Amor será o primeiro a lamentar, caso vós ordeneis alguma condenação contra a Loucura. E se não houvesse uma antiga amizade e aliança desses dois, agora adversários, que os fazia tão unidos e companheiros, de tal forma que não se prestava favor a um sem que o outro não o sentisse, eu duvidaria que pudésseis dar boa solução a este pleito, tendo todos sido servos de Amor, à exceção de Palas[17]: a qual, sendo inimiga capital da Loucura, não teria razão para julgar sua causa.

E no entanto a Loucura não é tão desconhecida aqui, já que muitas vezes reconheceu ter sido bem-vinda, trazendo--vos sempre com a trupe algo de novo para tornar vossos banquetes e festins mais agradáveis. E vede que todos aqueles entre vós que amaram têm tão boa lembrança dela quanto do próprio Cupido. Além disso, ela vos crê tão justos e razoáveis

et raisonnables, qu'encore que ce fait fust le votre propre, si n'en feriez vous que la raison.

J'ay trois choses à faire. Defendre la teste de Folie, contre laquelle Amour ha juré: respondre aus acusacions que j'entens estre faites à Folie: et à la demande qu'il fait de ses yeus. Apolon, qui ha si long tems ouy les causeurs à Romme, ha bien retenu d'eus à conter tousjours à son avantage. Mais Folie, comme elle est tousjours ouverte, ne veut point que j'en dissimule rien: et ne vous en veut dire qu'un mot, sans art, sans fard et ornement quelconque. Et, à la pure verité, Folie se jouant avec Amour, ha passé devant lui pour gaigner le devant, et pour venir plus tot vous donner plaisir. Amour est entré en colere. Lui et elle se sont pris de paroles. Amour l'a taché navrer de ses armes qu'il portoit. Folie s'est defendue des siennes, dont elle ne s'estoit chargée pour blesser personne, mais pource que ordinairement elle les porte. Car, comme vous savez, ainsi qu'Amour tire au coeur, Folie aussi se gette aus yeus et à la teste, et n'a autres armes que ses doits. Amour ha voulu montrer qu'il avoit puissance sur le coeur d'elle. Elle lui ha fait connoitre qu'elle avoit puissance de lui oter les yeus. Il ne se pleingnoit que de la deformité de son visage. Elle esmue de pitié la lui ha couvert d'une bande à ce que l'on n'aperçust deus trous vuides d'iceus, enlaidissans sa face.

On dit que Folie ha fait double injure à Amour: premierement, de lui avoir crevé les yeus: secondement, de lui avoir mis ce bandeau. On exaggere le crime fait à une personne aymée d'une personne, dont plusieurs ont afaire. Il faut respondre à ces deus injures. Quant à la premiere, je dy: que les loix et raisons humaines ont permis à tous se defendre contre ceus qui les voudroient ofenser, tellement que ce, que chacun fait en se defendant, est estimé bien et justement fait. Amour ha esté l'agresseur. Car combien que Folie ait premierement parlé à Amour, ce n'estoit toutefois pour quereler, mais pour s'esbatre, et se jouer à lui. Folie s'est

que, ainda que essa causa fosse a vossa, vós a julgaríeis segundo a razão.

Tenho três coisas a fazer. Defender a pessoa de Loucura, contra a qual Amor jurou vingança: responder às acusações que foram feitas à Loucura: e o pedido que ele faz quanto aos seus olhos. Apolo, que há muito tem ouvido os demandantes em Roma, aprendeu com eles a contar sempre o que lhe convém. Mas Loucura, como é sempre sincera, não quer que eu dissimule jamais. E quero dirigir-vos algumas palavras sem arte, sem disfarce e sem qualquer ornamento. E a pura verdade é que Loucura, brincando com Amor, passou diante dele para lhe ganhar a frente e para chegar mais cedo e vos alegrar. Amor morreu de raiva. Ele e ela começaram a discutir. Amor tentou feri-la com as armas que trazia. Loucura se defendeu com as suas, que trazia não para ferir alguém, mas porque comumente as traz. Pois, como sabeis, assim como Amor atira no coração, Loucura se lança aos olhos e à cabeça, e não tem outras armas senão os seus dedos. Amor quis mostrar o poder que tinha sobre o coração dela. Ela lhe fez saber que tinha o poder de lhe arrancar os olhos. Ele só se lamentava da feiúra de seu rosto. Ela, piedosamente sensibilizada, cobriu-o com uma venda, para que não fossem percebidos os dois buracos negros a enfear seu rosto.

Diz-se que Loucura cometeu dupla injúria com Amor: em primeiro lugar, por lhe ter arrancado os olhos: e, em segundo, por lhe ter colocado essa venda. Exagera-se o crime praticado contra uma pessoa amada por uma pessoa com quem tantos têm relação. É preciso responder a essas duas injúrias. Quanto à primeira, eu digo: que as leis e razões humanas têm permitido a todos se defenderem contra aqueles que querem ofender, de tal modo que cada um age em legítima defesa. Amor foi o agressor. Pois, embora Loucura tenha primeiramente falado com Amor, não foi para brigar, mas para divertir-se e brincar com ele. Loucura se

defendue. Duquel coté est le tort? Quand elle lui ust pis fait, je ne voy point comment on lui en ust pù rien demander. Et si ne voulez croire qu'Amour ait esté l'agresseur, interroguez le. Vous verrez qu'il reconnoitra verité. Et n'est chose incroyable en son endroit de commencer tels brouilliz. Ce n'est d'aujourdhui, qu'il ha esté si insuportable, quand bon lui ha semblé. Ne s'ataqua il pas à Mars, qui regardoit Vulcan forgeant des armes, et tout soudein le blessa? et n'y ha celui de cette compagnie, qui n'ait esté quelquefois las d'ouir ces bravades. Folie rit tousjours, ne pense si avant aus choses, ne marche si avant pour estre la premiere, mais pource qu'elle est plus pronte et hative. Je ne say que sert d'alleguer la coutume tolerée à Cupidon de tirer de son arc ou bon lui semble. Car quelle loy ha il plus de tirer à Folie, que Folie n'a de s'adresser à Amour? Il ne lui ha fait mal: neanmoins il s'en est mis en son plein devoir. Quel mal ha fait Folie, rengeant Amour, en sorte qu'il ne peut plus nuire, si ce n'est d'aventure? Que se treuve il en eus de capital? y ha il quelque guet à pens, ports d'armes, congregacions illicites, ou autres choses qui puissent tourner au desordre de la Republique? C'estoit Folie et un enfant, auquel ne falloit avoir egard.

Je ne say comment te prendre en cet endroit, Apolon. S'il est si ancien, il doit avoir apris à estre plus modeste, qu'il n'est: et s'il est jeune, aussi est Folie jeune, et fille de jeunesse. À cette cause, celui qui est blessé, en doit demeurer là. Et dorenavant que personne ne se prenne à Folie. Car elle ha, quand bon lui semblera, dequoy venger ses injures: et, n'est de si petit lieu, qu'elle doive soufrir les jeunesses de Cupidon.

Quant à la seconde injure, que Folie lui ha mis un bandeau, ceci est une pure calomnie. Car en lui bandant le dessous du front, Folie jamais ne pensa lui agrandir son mal, ou lui oter le remede de guerir. Et quel meilleur témoignage faut il, que de Cupidon mesme? Il a trouvé

defendeu. De quem foi o erro? Se ela lhe tivesse causado mais dor, não vejo como se poderia reclamar. E se não quereis crer que Amor foi o agressor, interrogai-o. Vereis que ele reconhecerá a verdade. E para ele não é coisa inexplicável iniciar tais discórdias. Não é de hoje que ele fica insuportável quando lhe convém. Não atacou Marte, que olhava Vulcano forjando armas, e de pronto o feriu? E não há um só neste grupo que já não tenha alguma vez ouvido suas bravatas. Loucura vive rindo, não premedita as coisas. Não anda à frente para ser a primeira, mas porque ela é mais rápida e apressada. Eu não vejo de que serve dizer que Cupido tem o costume tolerado de disparar com seu arco onde bem queira. Pois que direito tem ele de atirar na Loucura, se a Loucura não tem o de atacar Amor? Ele não lhe fez mal: entretanto, ele fez o possível para fazê-lo. Que mal fez Loucura, domando Amor, de modo que não possa mais causar dano, senão por acaso? O que há nisso de importante? Existe alguma cilada, porte de armas, conspirações ilícitas ou outras coisas que possam levar à desordem da República? Eram Loucura e uma criança, às quais não era preciso ter atenção.

Não sei como te entender sobre esse assunto, Apolo. Se ele é antigo, deveria ter aprendido a ser mais modesto do que é: e se ele é jovem, também Loucura é jovem, e filha da juventude[18]. Portanto, quem se feriu que permaneça assim. E, de agora em diante, que ninguém se meta com Loucura. Pois ela tem meios, quando lhe pareça conveniente, de se vingar de suas injúrias: e ela não está em tão baixa posição para ter de suportar as travessuras de Cupido.

Quanto à segunda injúria, de que Loucura lhe colocou uma venda, isto é pura calúnia. Pois, ao lhe vendar o rosto, Loucura jamais pensou em lhe aumentar o mal ou lhe tirar o remédio para curar-se. E que melhor testemunho do que o do próprio Cupido? Ele achou

bon d'estre bandé: il ha connu qu'il avoit esté agresseur, et que l'injure provenoit de lui: il ha reçu cette faveur de Folie. Mais il ne savoit pas qu'il fust de tel pouvoir. Et quand il ust sù, que lui eust nuy de le prendre? Il ne lui devoit jamais estre oté: par consequent donq ne lui devoient estre ses yeus rendus. Si ses yeus ne lui devoient estre rendus, que lui nuit le bandeau? Que bien tu te montres ingrat à ce coup, fils de Venus, quand tu calomnies le bon vouloir que t'ay porté, et interpretes à mal ce que je t'ay fait pour bien. Pour agraver le fait, on dit que c'estoit en lieu de franchise. Aussi estoit ce en lieu de franchise, qu'Amour avoit assailli. Les autels et temples ne sont inventez à ce qu'il soit loisible aus meschans d'y tuer les bons, mais pour sauver les infortunez de la fureur du peuple, ou du courrous d'un Prince. Mais celui qui pollue la franchise, n'en doit il perdre le fruit? S'il ust bien succedé à Amour, comme il vouloit, et ust blessé cette Dame, je croy qu'il n'ust pas voulu que l'on lui eust imputé ceci. Le semblable faut qu'il treuve bon en autrui. Folie m'a defendu que ne la fisse miserable, que ne vous suppliasse pour lui pardonner, si faute y avoit: m'a defendu le plorer, n'embrasser vos genous, vous adjurer par les gracieus yeus, que quelquefois avez trouvez agreables venans d'elle, ny amener ses parens, enfans, amis, pour vous esmouvoir à pitié. Elle vous demande ce que ne lui pouvez refuser, qu'il soit dit: qu'Amour par sa faute mesme est devenu aveugle.

Le second point qu'Apolon ha touché, c'est qu'il veut estre faites defenses à Folie de n'aprocher dorenavant Amour de cent pas à la ronde. Et ha fondé sa raison sur ce, qu'estant en honneur et reputacion entre les hommes, leur causant beaucoup de bien et plaisirs, si Folie y estoit meslée, tout tourneroit au contraire. Mon intencion sera de montrer qu'en tout cela Folie n'est rien inferieure à Amour, et qu'Amour ne seroit rien sans elle: et ne peut estre, et regner sans son ayde.

bom ser vendado. Ele reconheceu haver sido o agressor, e que a injúria provinha dele: e recebeu esse favor de Loucura. Mas ele não sabia que a venda tinha tamanho poder. E ainda que houvesse sabido, que mal havia em usá-la? Não deveria jamais ser-lhe retirada: assim sendo, seus olhos não deveriam ser devolvidos. Não lhe devendo ser devolvidos os olhos, em que lhe prejudicaria a venda? Como te mostras ingrato, filho de Vênus, quando calunias a boa vontade que sempre tive por ti e tomas a mal o que eu te faço por bem[19]. Para agravar o feito, diz-se que ocorreu por direito de resguardo. Também foi por direito de resguardo que Amor cometeu a agressão. Os altares e templos não foram inventados para que fosse possível aos maus matarem os bons, mas para salvar os desafortunados da fúria do povo ou da cólera de um Príncipe. Mas quem viola o direito de resguardo não deve renunciar a ele? Se Amor tivesse, como ele queria, ferido esta Dama, creio que não gostaria de que se lhe imputasse um castigo. O mesmo direito deve reconhecer ao outro. Loucura me proibiu que eu a apresentasse como infeliz, que eu vos suplicasse o seu perdão, se tiver havido culpa. Proibiu-me de chorar ou de abraçar as vossas pernas, de suplicar pela graça de vossos olhos, que alguma vez a acharam agradável, ou de trazer aqui parentes, crianças, amigos para vos sensibilizar à piedade. Ela vos pede o que não lhe podeis recusar, ou seja, que Amor por sua própria culpa ficou cego.

O segundo ponto que Apolo tocou é que ele deseja proibir Loucura de se aproximar de Amor a menos de cem passos à sua volta. E fundamenta seu argumento na honra e reputação que tem entre os homens, causando-lhes muitos bens e prazeres, e que se Loucura aí estivesse envolvida, tudo estaria pior. Minha intenção será mostrar que nisso tudo Loucura em nada é inferior a Amor, e que Amor nada seria sem ela: e nem poderia ser e reinar sem a sua ajuda.

Et pource qu'Amour ha commencé à montrer sa grandeur par son ancienneté, je feray le semblable: et vous prieray reduire en memoire comme incontinent que l'homme fut mis sur terre, il commença sa vie par Folie: et depuis ses successeurs ont si bien continué, que jamais Dame n'ut tant bon credit au monde. Vray est qu'au commencement les hommes ne faisoient point de hautes folies, aussi n'avoient ils encores aucuns exemples devant eus. Mais leur folie estoit à courir l'un apres l'autre: à monter sus un arbre pour voir de plus loin: rouler en la vallee: à manger tout leur fruit en un coup: tellement que l'hiver n'avoient que manger. Petit à petit ha cru Folie avec le tems. Les plus esventez d'entre eus, ou pour avoir rescous des loups et autres bestes sauvages, les brebis de leurs voisins et compagnons, ou pour avoir defendu quelcun d'estre outragé, ou pource qu'ils se sentoient ou plus forts, ou plus beaus, se sont fait couronner Rois de quelque feuillage de Chesne. Et croissant l'ambicion, non des Rois, qui gardoient fort bien en ce tems les Moutons, Beufs, Truies et Asnesses, mais de quelques mauvais garnimens qui les suivoient, leur vivre a esté separé du commun. Il ha fallu que les viandes fussent plus delicates, l'habillement plus magnifique. Si les autres usoient de laiton, ils ont cherché un metal plus precieus, qui est l'or. Ou l'or estoit commun, ils l'ont enrichi de Perles, Rubis, Diamans, et de toutes sortes de pierreries. Et, où est la plus grand'Folie, si le commun ha ù une loy, les grans en ont pris d'autres pour eus. Ce qu'ils ont estimé n'estre licite aus autres, se sont pensé estre permis. Folie ha premierement mis en teste à quelcun de se faire creindre: Folie ha fait les autres obeïr. Folie ha inventé toute l'excellence, magnificence, et grandeur, qui depuis à cette cause s'en est ensuivie. Et neantmoins, qui ha il plus venerable entre les hommes, que ceus qui commandent aus autres? Toymesme, Jupiter, les apelles pasteurs de Peuples: veus qu'il

E já que Amor começou a mostrar a sua grandeza pela antiguidade, eu farei o mesmo. E vos pedirei para vos lembrar como que, tão logo foi o homem colocado sobre a terra, ele começou a sua vida pela Loucura. E desde então seus sucessores prosseguiram tão bem que nunca outra Dama teve tão bom crédito no mundo. É bem verdade que, no começo, os homens não faziam jamais grandes loucuras, pois não tinham ainda qualquer exemplo diante de si. Sua loucura consistia em correr um atrás do outro: subir numa árvore para ver mais longe: descer um vale aos trancos e barrancos: comer todo um fruto de uma vez, ainda que no inverno não tivessem o que comer. Pouco a pouco, Loucura cresceu com o tempo. Os mais desmiolados dentre eles, ou por terem salvado dos lobos e dos animais selvagens as ovelhas de seus vizinhos e companheiros, ou por terem defendido alguém de uma ofensa, ou porque se sentiam mais fortes ou mais bonitos, se fizeram coroar Reis com alguma folha de Carvalho. E quando crescia a ambição, não a dos Reis, que guardavam muito bem naquele tempo os Carneiros, Bois, Porcas e Burras, mas a de certos patifes que formavam o seu séquito, suas vidas se separaram dos demais. As comidas tiveram de ser mais delicadas, as roupas mais magníficas. Se os outros usassem latão, eles procurariam metal mais precioso, o ouro. Onde o ouro era comum, eles os enriqueceram com Pérolas, Rubis, Diamantes, e com todos os tipos de pedrarias. E, onde foi maior a Loucura, se as pessoas comuns tivessem uma lei, os grandes teriam outras para si. O que eles supunham não ser lícito para os outros, pensavam ser permitido para si. Foi a Loucura quem primeiro fez com que alguém fosse temido: e foi a Loucura quem fez os outros obedecerem. A Loucura inventou toda a excelência, a magnificência e a grandeza que daí se seguiu. E no entanto, o que existe de mais venerável entre os homens do que aqueles que comandam os outros? Tu mesmo, Júpiter, os chamas de pastores de Povos, e desejas que

leur soit obeï sous peine de la vie: et neanmoins l'origine est venue par cette Dame. Mais ainsi que tousjours as acoutumé faire, tu as converti à bien ce que les hommes avoient inventé à mal.

Mais, pour retourner à mon propos, quels hommes sont plus honorez que les fols? Qui fut plus fol qu'Alexandre, qui se sentant soufrir faim, soif, et quelquefois ne pouvant cacher son vin, suget à estre malade et blessé, neanmoins se faisoit adorer comme Dieu? Et quel nom est plus celebre entre les Rois: quelles gens ont esté pour un tems en plus grande reputacion, que les Filozofes? Si en trouverez vous peu, qui n'ayent esté abruvez de Folie. Combien pensez vous qu'elle ait de fois remu, le cerveau de Chrysippe? Aristote ne mourut il de dueil, comme un fol, ne pouvant entendre la cause du flus et reflus de l'Euripe? Crate, getant son tresor en la mer, ne fit il un sage tour? Empedocle qui se fust fait immortel sans ses cabots d'erain, en avoit il ce qui lui em falloit? Diogene avec son tonneau: et Aristippe qui se pensoit grand Filosofe, se sachant bien ouy d'un grand Signeur, estoient ils sages? Je croy qui regarderoit bien avant leurs opinions, que l'on les trouveroit aussi crues, comme leurs cerveaus estoient mal faits.

Combien y ha il d'autres sciences au monde, lesquelles ne sont que pure resverie? encore que ceus qui en font professions, soient estimez grans personnages entre les hommes? Ceus qui font des maisons au Ciel, ces geteurs de points faiseurs de characteres, et autres semblables, ne doivent ils estre mis en ce reng? N'est à estimer cette fole curiosité de mesurer le Ciel, les Estoiles, les Mers, la Terre, consumer son tems à conter, getter, aprendre mile petites questions, qui de soy sont foles: mais neantmoins resjouissent l'esprit: le font aparoir grand et subtil autant que si c'estoit en quelque cas d'importance. Je n'auroy jamais fait, si je voulois

sejam obedecidos sob pena de morte. E, no entanto, tudo começou com esta Dama, ainda que, como sempre fizeste, tu tenhas convertido em bem o que os homens tinham inventado mal.

Mas, para retornar ao meu raciocínio, que homens são mais honrados do que os loucos? Quem foi mais louco do que Alexandre, que, sofrendo de fome e de sede e muitas vezes sem conseguir esconder sua embriaguez, sujeito a ficar doente ou ferido, no entanto se fazia adorar como um Deus? E que nome é mais célebre entre os Reis? que pessoas tiveram por algum tempo mais reputação do que os Filósofos? Contudo, encontrareis poucos que não tenham sido embebidos de Loucura. Quantas vezes pensais que ela agitou o cérebro de Crisipo[20]? Aristóteles não morreu em aflição, como um louco, não podendo compreender a causa do fluxo e do refluxo do Euripo? Crato, lançando seu tesouro no mar, fez um gesto sábio? Empédocles, que se quis fazer imortal com seus tamancos de bronze, alcançou o que desejava[21]? Diógenes, com seu barril, e Aristipo, que se considerava um grande filósofo, sendo ouvido por um grande Senhor, eram sábios? Creio que, se olhássemos bem as suas opiniões, as acharíamos tão primárias quanto os seus cérebros eram mal formados.

Quantas outras ciências existem no mundo que não passam de puro devaneio, embora aqueles que as professam sejam considerados grandes personagens entre os homens? Aqueles que fazem casas no Céu[22], decifradores de signos, fazedores de caracteres, e outros semelhantes, não devem ser colocados nessa categoria? Essa louca curiosidade de medir o Céu, as Estrelas, os Mares, a Terra, gastar o tempo a contar, calcular, aprender mil pequenas questões que por si só são loucas; mas no entanto alegram o espírito, fazem-nos parecer grande e sutil, ainda que se trate de algum negócio sem importância. Eu não terminaria jamais se quisesse

raconter combien d'honneur et de reputacion tous les jours se donne à cette Dame, de laquelle vous dites tant de mal.

Mais pour le dire en un mot: Mettez moy au monde un homme totalement sage d'un coté, et un fol de l'autre: et prenez garde lequel sera plus estimé. Monsieur le sage atendra que l'on le prie, et demeurera avec sa sagesse tout seul, sans que l'on l'apelle à gouverner les Viles, sans que l'on l'apelle en conseil: il voudra escouter, aller posément ou il sera mandé: et on ha afaire de gens qui soient pronts et diligens, qui faillent plus tot que demeurer en chemin. Il aura tout loisir d'aller planter des chous. Le fol ira tant et viendra, en donnera tant à tort et à travers, qu'il rencontrera en fin quelque cerveau pareil au sien qui le poussera: et se fera estimer grand homme. Le fol se mettra entre dix mile harquebuzades, et possible en eschapera: il sera estimé, loué, prisé, suivi d'un chacun. Il dressera quelque entreprise escervelée, de laquelle s'il retourne, il sera mis jusques au ciel. Et trouverez vray, en somme, que pour un homme sage, dont on parlera au monde, y en aura dix mile fols qui seront à la vogue du peuple.

Ne vous sufit il de ceci? assembleráy je les maus qui seroient au monde sans Folie, et les commoditez qui proviennent d'elle? Que dureroit mesme le monde, si elle n'empeschoit que l'on ne previt les facheries et hazars qui sont en mariage? Elle empesche que l'on ne les voye et les cache: à fin que le monde se peuple tousjours à la maniere acoutumée. Combien dureroient peu aucuns mariages, si la sottise des hommes ou des femmes laissoit voir les vices qui y sont? Qui ust traversé les mers, sans avoir Folie pour guide? se commettre à la misericorde des vents, des vagues, des bancs, et rochers, perdre la terre de vuë, aller par voyes inconnues, trafiquer avec gens barbares et inhumains, dont est il premierement venu, que de Folie? Et

contar quanta honra e reputação todos os dias se devem a esta Dama, da qual vós falais tão mal.

Mas para dizer tudo de uma só vez: Colocai-me no mundo um homem totalmente sábio de um lado, e um louco do outro. E preste atenção em qual deles será mais estimado. O senhor sábio esperará que lhe supliquemos, e permanecerá sozinho com sua sabedoria, sem que alguém o chame para governar as Cidades, sem que alguém peça o seu conselho. Ele quer escutar e ir vagarosamente para onde o mandarem. O que faz falta são pessoas dispostas e diligentes que se equivoquem, mas que não fiquem pelo caminho. E este preferirá ver o tempo passar. O louco irá e voltará, para frente e para trás, e encontrará enfim algum cérebro parecido com o seu que o estimulará e o fará pensar ser um grande homem. O louco se lançará no meio de dez mil arcabuzes, e possivelmente escapará: será estimado, louvado, elogiado, e será seguido por todos. Viverá alguma aventura maluca, da qual, se retornar, será elevado aos céus. Em suma, sabereis que para cada homem sábio de quem se falará no mundo, haverá dez mil loucos estimados pelo povo.

Não vos basta? deverei enumerar os males que existiriam no mundo sem Loucura, e as vantagens que provêm dela? Quanto tempo duraria o mundo, se ela não impedisse que se previssem os pesares e os riscos do casamento? Ela impede que sejam vistos e os esconde, a fim de que o mundo se povoe sempre da maneira habitual. Como durariam poucos os casamentos se a insensatez dos homens ou das mulheres deixasse ver os vícios que têm! Quem teria atravessado os mares sem ter Loucura por guia? confiar na misericórdia dos ventos, das ondas, dos recifes e rochedos, perder a terra de vista, partir por caminhos desconhecidos, traficar com pessoas bárbaras e desumanas, de onde vem tudo isso, senão de Loucura? E

toutefois par là, sont communiquées les richesses d'un païs à autre, les sciences, les façons de faire, et ha esté connue la terre, les proprietez, et natures des herbes, pierres et animaus. Quelle folie fust ce d'aller sous terre chercher le fer et l'or? combien de mestiers faudroit il chasser du monde, si Folie en estoit bannie? la plus part des hommes mourroient de faim: Dequoy vivroient tant d'Avocats, Procureurs, Greffiers, Sergens, Juges, Menestriers, Farseurs, Parfumeurs, Brodeurs, et dix mile autres mestiers?

Et pource qu'Amour s'est voulu munir, tant qu'il ha pù, de la faveur d'un chacun, pour faire trouver mauvais que par moy seule il ait reçu quelque infortune, c'est bien raison qu'après avoir ouy toutes ses vanteries, je lui conte à la verité de mon fait. Le plaisir, qui provient d'Amour, consiste quelquefois ou en une seule personne, ou bien, pour le plus, en deus, qui sont, l'amant et l'amie. Mais le plaisir que Folie donne, n'a si petites bornes. D'un mesme passetems elle fera rire une grande compagnie. Autrefois elle fera rire un homme seul de quelque pensée, qui sera venue donner à la traverse. Le plaisir que donne Amour, est caché et secret: celui de Folie se communique à tout le monde. Il est si recreatif, que le seul nom esgaie une personne. Qui verra un homme enfariné avec une bosse derriere entrer en salle, ayant une contenance de fol, ne rira il incontinent? Que l'on nomme quelque fol insigne, vous verrez qu'à ce nom quelcun se resjouira, et ne pourra tenir le rire. Tous autres actes de Folie sont tels, que l'on ne peut en parler sans sentir au coeur quelque allegresse, qui desfache un homme et le provoque à rire.

Au contraire, les choses sages et bien composées, nous tiennent premierement en admiracion: puis nous soulent et ennuient. Et ne nous feront tant de bien, quelques grandes que soient et cerimonieuses, les assemblées des grans Seigneurs et sages, que fera quelque folatre compagnie de jeunes gens deliberez,

graças a ela, contudo, são intercambiadas as riquezas de um país a outro, as ciências, as técnicas, e se conhecem as terras, as propriedades, a natureza das ervas, pedras e animais. Não foi loucura descer em busca do ferro e do ouro sob a terra? E quantas profissões deixariam de existir no mundo se Loucura fosse banida? A maioria dos homens morreria de fome: de que viveriam tantos Advogados, Procuradores, Escrivães, Sargentos, Juízes, Violinistas, Atores, Perfumistas, Bordadores e dez mil outras profissões?

E já que Amor se quis munir, tanto quanto pôde, do favor de cada um, para fazer crer que somente comigo sofreu algum infortúnio, é chegado o momento, depois de havermos ouvido todas as suas fanfarronadas, de contar a verdade sobre o que fiz. O prazer que provém de Amor encontra-se às vezes em uma só pessoa, ou no máximo em duas, o amante e a amada. Mas o prazer que Loucura dá não tem limites tão pequenos. Com o mesmo passatempo, provoca o riso de um grande grupo. Algumas vezes ela fará rir um homem só, com algum pensamento que lhe ocorra de repente. O prazer que dá Amor é oculto e secreto: o de Loucura se comunica a todo o mundo. E é tão recreativo que somente o seu nome já alegra uma pessoa. Ao ver um homem corcunda polvilhado com farinha entrar na sala, com aspecto de louco, quem não rirá incontinenti? Quando alguém cita um louco famoso, vereis que ao citá-lo alguém se alegrará e não poderá conter o riso. Os atos de Loucura são tais que não se pode falar neles sem que se sinta no coração alguma alegria, que contenta um homem e lhe provoca o riso.

Em contrapartida, as coisas sábias e bem sérias nos causam primeiramente admiração: depois nos chateiam e aborrecem. E, por maiores e mais cerimoniosas que sejam as reuniões dos grandes Senhores e dos sábios, não nos causarão tanto prazer quanto a tresloucada companhia de jovens negligentes,

et qui n'auront ensemble nul respet et consideracion. Seulement icelle voir, resveille les esprits de l'ame, et les rend plus dispos à faire leurs naturelles operacions: Où, quand on sort de ces sages assemblées, la teste fait mal: on est las tant d'esprit que de corps, encore que l'on ne soit bougé de sus une sellette.

Toutefois, ne faut estimer que les actes de Folie soient tousjours ainsi legers comme le saut des Bergers, qu'ils font pour l'amour de leurs amies: ny aussi deliberez comme les petites gayetez des Satires: ou comme les petites ruses que font les Pastourelles, quand elles font tomber ceus qui passent devant elles, leur donnant par derriere la jambette, ou leur chatouillant leur sommeil avec quelque branche de chesne. Elle en ha, qui sont plus severes, faits avec grande premeditacion, avec grand artifice, et par les esprits plus ingenieus. Telles sont les Tragedies que les Garçons des vilages premierement inventerent: puis furent avec plus heureus soin aportée es viles. Les Comedies ont de là pris leur source. La saltacion n'a ù autre origine: qui est une representacion faite si au vif de plusieurs et diverses histoires, que celui, qui n'oit la voix des chantres, qui acompaignent les mines du joueur, entent toutefois non seulement l'histoire, mais les passions et mouvemens: et pense entendre les paroles qui sont convenables et propres en tels actes: et, comme disoit quelcun, leurs piez et mains parlans. Les Bouffons qui courent le monde, en tiennent quelque chose. Qui me pourra dire, s'il y a chose plus fole, que les anciennes fables contenues es Tragedies, Comedies, et Saltacions? Et comment se peuvent exempter d'estre nommez fols, ceus qui les representent, ayans pris, et prenans tant de peins à se faire sembler autres qu'ils ne sont?

Est il besoin reciter les autres passetems, qu'a inventez Folie pour garder les hommes de languir en oisiveté? N'a elle fait faire les somptueus Palais, Theatres,

que não têm nem respeito nem consideração. O simples fato de vê-los já estimula os espíritos da alma, tornando-os mais dispostos a agirem naturalmente. Enquanto que, quando saímos dessas sábias reuniões, a cabeça dói, sentimos cansaço tanto no espírito quanto no corpo, ainda que não tenhamos levantado da cadeira.

Entretanto, não se deve imaginar que os atos da Loucura sejam sempre assim leves como a dança dos Pastores por amor às suas amigas: nem tampouco sagazes como as doces diversões dos Sátiros; ou como a doce astúcia das Pastoras, quando elas derrubam os que passam diante delas, aplicando-lhes uma rasteira por trás, ou incomodando o seu sono com alguma folha de carvalho. Existem atos que são mais severos, feitos com grande premeditação, com grande artifício, e pelos espíritos mais engenhosos. Tais são as Tragédias que os Rapazes dos vilarejos inventaram e que, depois, levaram à cidade da maneira mais afortunada. Essas foram as fontes das Comédias. A pantomima não teve outra origem. E é uma representação feita com tanto realismo e com tantas e diversas histórias que mesmo aquele que não escuta a voz dos cantores, acompanhando a mímica dos atores, compreende não apenas a história, mas a paixão e os movimentos. E pensa entender as palavras que são convenientes àqueles atos e, como dizia alguém, os seus pés e mãos falantes. Os Bufões que correm o mundo guardam qualquer coisa disso. Quem poderá dizer que existe alguma coisa mais louca do que as antigas fábulas contidas nas Tragédias, Comédias e Pantomimas? E como poderíamos não chamar de loucos àqueles que representam e que passaram e passam por tantos sofrimentos para parecerem com quem eles não são?

Será necessário enumerar os outros passatempos que Loucura inventou para impedir que os homens definhem no ócio? Não foi ela quem construiu os suntuosos Palácios, Teatros

et Amphitheatres de magnificence incroyable, pour laisser témoignage de quelle sorte de folie chacun en son tems s'esbatoit? N'a elle esté inventrice des Gladiateurs, Luiteurs, et Athletes? N'a elle donné la hardiesse et dexterité telle à l'homme, que d'oser, et pouvoir combatre sans armes un Lion, sans autre necessité ou atente, que pour estre en la grace et faveur du peuple? Tant y en ha qui assaillent les Taureaus, Sangliers, et autres bestes, pour avoir l'honneur de passer les autres en folie: qui est un combat, qui dure non seulement entre ceus qui vivent de mesme tems, mais des successeurs avec leurs predecesseurs. N'estoit ce un plaisant combat d'Antoine avec Cleopatra, à qui dépendroit le plus en un festin?

Et tout celà seroit peu, si les hommes ne trouvans en ce monde plus fols qu'eus, ne dressoient querelle contre les morts. Cesar se fachoit qu'il n'avoit encore commencé à troubler le monde en l'aage, qu'Alexandre le grand en avoit vaincu une grande partie. Combien Luculle et autres, ont ils laissé d'imitateurs, qui ont taché à les passer, soit à traiter les hommes en grand apareil, à amonceler les plaines, aplanir les montaignes, seicher les lacs, mettre ponts sur les mers (comme Claude Empereur), faire Colosses de bronze et pierre, arcs trionfans, Pyramides? Et de cette magnifique folie en demeure un long tems grand plaisir entre les hommes, qui se destournent de leur chemin, font voyages expres, pour avoir le contentement de ces vieilles folies.

En somme, sans cette bonne Dame l'homme seicheroit et seroit lourd, malplaisant et songeart. Mais Folie lui esveille l'esprit, fait chanter, danser, sauter, habiller en mile façons nouvelles, lesquelles changent de demi an en demi an, avec tousjours quelque aparence de raison, et pour quelque commodité. Si l'on invente un habit joint et rond, on dit qu'il est plus

e Anfiteatros com incrível magnificência, para deixar testemunho do tipo de loucura com que cada um em seu tempo se divertia? Não foi ela a inventora dos Gladiadores, Lutadores e Atletas? Não foi ela quem deu audácia e destreza ao homem para que ele ousasse e pudesse combater sem armas um Leão, sem outro motivo ou expectativa senão o de ser agraciado e benquisto pelo povo? São tantos os que atacam Touros, Javalis e outros animais, para terem a honra de superar os outros em loucura, que este combate não se trava apenas entre os que vivem na mesma época, mas também entre os sucessores e os predecessores. Não era um prazeroso combate o que acontecia entre Antônio e Cleópatra para saber quem mais gastava em um banquete?

E tudo isso seria pouco se os homens, por não acharem outros homens mais loucos neste mundo, não quisessem disputar com os mortos. César se irritava porque ainda não havia começado a perturbar o mundo na idade com que Alexandre Magno já havia conquistado uma boa parte dele. Quantos imitadores deixaram Lucullus[23] e outros que se dedicaram a superá-los, seja em tratar os homens com grande pompa, povoar as planícies, aplainar as montanhas, secar os lagos, construir pontes sobre os mares (como Cláudio, o Imperador), fazer Colossos de bronze e pedra, arcos do triunfo, Pirâmides? E essa magnífica loucura provoca durante muito tempo um grande prazer entre os homens, que se desviam de seus caminhos e fazem viagens expressamente para contemplar essas velhas loucuras.

Em suma, sem esta boa Dama o homem se consumiria e ficaria pesado, desagradável e melancólico. Mas Loucura lhe desperta o espírito e o faz cantar, dançar, saltar, vestir-se de mil novas maneiras, que mudam de meio em meio ano, sempre com algum motivo aparente e por alguma vantagem. Se alguém inventa uma roupa justa e redonda, diz-se que é mais

seant et propre: quand il est ample et large, plus honneste. Et pour ces petites folies, et invencions, qui sont tant en habillemens qu'en contenances et façons de faire, l'homme en est mieus venu, et plus agreable aus Dames. Et comme j'ay dit des hommes, il y aura grand'diference entre le recueil que trouvera un fol, et un sage. Le sage sera laissé sur les livres, ou avec quelques anciennes matrones à deviser de la dissolucion des habits, des maladies qui courent, ou à demesler quelque longue genealogie. Les jeunes Dames ne cesseront qu'elles n'ayent en leur compagnie ce gay et joly cerveau. Et combien qu'il en pousse l'une, pinse l'autre, descoiffe, leve la cotte, et leur face mile maus: si le chercheront elles tousjours. Et quand ce viendra à faire comparaison des deus, le sage sera loué d'elles, mais le fol jouira du fruit de leurs privautez.

Vous verrez les Sages mesmes, encore qu'il soit dit que l'on cherche son semblable, tomber de ce coté. Quand ils feront quelque assemblée, tousjours donneront charge que les plus fols y soient, n'estimant pouvoir estre bonne compagnie, s'il n'y ha quelque fol pour resveiller les autres. Et combien qu'ils s'excusent sur les femmes et jeunes gens, si ne peuvent ils dissimuler le plaisir qu'ils y prennent, s'adressant tousjours à eus, et leur faisant visage plus riant, qu'aus autres.

Que te semble de Folie, Jupiter? Est elle telle, qu'il la faille ensevelir sous le mont Gibel, ou exposer au lieu de Promethée, sur le mont de Caucase? Est il raisonnable la priver de toutes bonnes compagnies, où Amour sachant qu'elle sera, pour la facher y viendra, et conviendra que Folie, qui n'est rien moins qu'Amour, lui quitte la place? S'il ne veut estre avec Folie, qu'il se garde de s'y trouver. Mais que cette peine, de ne s'assembler point, tombe sur elle, ce n'est raison. Quel propos y auroit il, qu'elle ust rendu une compagnie gaie et deliberée, et que sur ce bon point la fallust desloger?

conveniente e adequada: quando ela é ampla e larga, mais decente. E por essas pequenas loucuras e invenções, que tanto surgem nas roupas, nas atitudes e nas técnicas, o homem parece mais afável e agradável às Damas. E assim como ocorre aos homens, haverá uma grande diferença entre a acolhida que se dá a um louco e a um sábio. O sábio será abandonado sobre seus livros, a comentar com algumas matronas a depravação dos costumes, as doenças que circulam, ou a desemaranhar alguma longa genealogia. As jovens Damas não ficarão quietas enquanto não tiverem a companhia daquele alegre e jovem cérebro. E ainda que ele empurre uma, belisque outra, despenteie e lhe levante a saia, e lhe faça mil brincadeiras de mau gosto, elas o buscarão sempre. E quando se fizer a comparação entre os dois, o sábio será louvado por elas, mas o louco gozará do fruto de suas intimidades.

Vereis que os próprios Sábios, ainda que seja dito que cada um procura o seu semelhante, também agirão assim. Quando fizerem alguma reunião, sempre estimarão que os mais loucos nela estejam, pensando que não haverá melhor companhia que a de um louco que reanima os outros. E ainda que finjam que é para agradar as mulheres e os jovens, não conseguem dissimular o próprio prazer que têm, dirigindo-se sempre a eles e fazendo-lhes o rosto mais risonho que aos outros.

O que te parece a Loucura, Júpiter? Merece que a enterrem sob o monte Gibel ou que seja exposta, no lugar de Prometeu, sobre o Caúcaso? Será razoável privá-la de todas as boas companhias, onde Amor, sabendo que ela estará, para irritá-la também virá e pedirá que Loucura, que não é menos do que Amor, lhe ceda seu lugar? Se ele não quer estar com Loucura, ele que evite encontrar-se com ela. Mas não há razão para submetê-la a esta pena. Que motivo existiria, depois de se mostrar uma companhia alegre e sagaz, para desalojá-la?

Encore s'il demandoit que le premier qui auroit pris la place, ne fust empesché par l'autre, et que ce fust au premier venu, il y auroit quelque raison. Mais je lui montreray que jamais Amour ne fut sans la fille de Jeunesse, et ne peut estre autrement: et le grand dommage d'Amour, s'il avoit ce qu'il demande. Mais c'est une petite colere, qui lui ronge le cerveau, qui lui fait avoir ces estranges afeccions: lesquelles cesseront quand il sera un peu refroidi.

Et pour commencer à la belle premiere naissance d'Amour, qui ha il plus despourvu de sens, que la personne à la moindre ocasion du monde vienne en Amour, en recevant une pomme comme Cydipée? en lisant un livre, comme la Dame Francisque de Rimini? en voyant, en passant, se rende si tot serve et esclave, et conçoive esperance de quelque grand bien sans savoir s'il en y ha? Dire que c'est la force de l'oeil de la chose aymée, et que de là sort une sutile evaporacion, ou sang, que nos yeus reçoivent, et entre jusques au coeur: ou, comme pour loger un nouvel hoste, faut pour lui trouver sa place, mettre tout en desordre. Je say que chacun le dit: mais, s'il est vray, j'en doute. Car plusieurs ont aymé sans avoir ù cette occasion, comme le jeune Gnidien, qui ayma l'euvre fait par Praxitelle. Quelle influxion pouvoit il recevoir d'un oeil marbrin? Quelle sympathie y avoit il de son naturel chaud et ardent par trop, avec une froide et morte pierre? Qu'est ce donq qui l'enflammoit? Folie, qui estoit logée en son esprit. Tel feu estoit celui de Narcisse. Son oeil ne recevoit pas le pur sang et sutil de son coeur mesme: mais la fole imaginacion du beau pourtrait, qu'il voyoit en la fonteine, le tourmentoit. Exprimez tant que voudrez la force d'un oeil: faites le tirer mile traits par jour: n'oubliez qu'une ligne qui passe par le milieu, jointe avec le sourcil, est un vray arc: que ce petit humide, que l'on voit

Se ele dissesse que o primeiro a ter conseguido o lugar não poderia ser importunado pelo outro, destinando-se a quem chegar primeiro, haveria alguma razão. Mas eu lhe mostrarei que jamais houve Amor sem a filha da Juventude, e que não poderia ser de outro modo: e lhe mostrarei também o grande prejuízo que teria Amor caso obtivesse o que reclama. Mas se trata de uma cólera pequena que lhe corrói o cérebro e lhe faz ter esses estranhos sentimentos, que só passarão quando estiver um pouco mais calmo.

E comecemos com o nascimento do Amor. O que existe de mais desprovido de sentido do que uma pessoa que de uma hora para outra se enamora, apenas por ter recebido uma maçã, como Cidipe[24]? por ter lido um livro, como a Dama Francesca de Rimini[25]? por ter visto alguém, de passagem, e se tornar servo e escravo, e ter a esperança de um grande amor, sem saber se ele existe? Dizem que esta é a força do olhar da coisa amada, e que dele escapa uma sutil evaporação, ou sangue, que nossos olhos recebem, e que penetra até o coração. Ou, assim como se faz ao receber um hóspede inesperado, para encontrar o seu lugar será preciso desarrumar tudo. Eu sei que é o que todos dizem: mas, se é verdade, eu duvido. Pois muitos amaram sem terem passado por isso, como o jovem Gnidiano, que amou a obra feita por Praxíteles[26]. Que influxo poderia ter recebido de um olho de mármore? Que atração havia entre sua virilidade calorosa e por demais ardente com uma fria e morta pedra? O que, então, o inflamava? Loucura, que estava alojada em seu espírito. Fogo parecido era o de Narciso. Seu olhar não recebia o sangue puro e sutil do seu próprio coração: mas a louca imaginação do belo retrato que ele via na fonte o atormentava. Expressai o quanto quiserdes a força de um olhar: fazei com que atire mil flechas por dia: não esqueçais que uma linha que passa pelo meio, unida com a sobrancelha, forma uma verdadeiro arco. Que este pequeno ponto úmido, que vemos

luire au milieu, est le trait prest à partir: si est ce que toutes ces flesches n'iront en autres coeurs, que ceus que Folie aura preparez.

Que tant de grans personnages, qui ont esté et sont de present, ne s'estiment estre injuriez, si pour avoir aymé je les nomme fols. Qu'ils se prennent à leurs Filozofes, qui ont estimé Folie estre privacion de sagesse, et sagesse estre sans passions: desquelles Amour ne sera non plus tot destitué, que la Mer d'ondes et vagues: vray est, qu'aucuns dissimulent mieus leur passion: et s'ils s'en trouvent mal, c'est une autre espece de Folie. Mais ceus qui montrent leurs afeccions estans plus grandes que les secrets de leurs poitrines, vous rendront et exprimeront une si vive image de Folie, qu'apelles ne la sauroit mieus tirer au vif.

Je vous prie imaginer un jeune homme, n'ayant grand afaire, qu'à se faire aymer: pigné, miré, tiré, parfumé: se pensant valoir quelque chose, sortir de sa maison le cerveau embrouillé de mile consideracions amoureuses: ayant discouru mile bons heurs, qui passeront bien loin des cotes: suivi de pages et laquais habillez de quelque livrée representant quelque travail, fermeté, et esperance: et en cette sorte viendra trouver sa Dame à l'Eglise: autre plaisir n'aura qu'à getter force oeillades, et faire quelque reverence en passant. Et que sert ce seul regard? Que ne va il en masque pour plus librement parler? Là se fait quelque habitude, mais avec si peu de demontrance du coté de la Dame, que rien moins. À la longue il vient quelque privauté: mais il ne faut encore rien entreprendre, qu'il n'y ait plus de familiarité. Car lors on n'ose refuser d'ouir tous les propos des hommes, soient bons ou mauvais. On ne creint ce que l'on ha acoutumé voir. On prent plaisir à disputer les demandes des poursuivans. Il leur semble que la place qui parlemente est demi gaignée. Mais s'il avient, que, comme les femmes prennent

luzir no meio, é a flecha pronta para partir. Se bem que todas essas flechas só atingirão os corações que Loucura tiver preparado.

Que tantos grandes personagens como existiram e existem atualmente não se sintam ofendidos, pois eu os chamo de loucos por terem amado. Que procurem culpar os seus Filósofos, que consideram Loucura a privação da inteligência, e que a inteligência não tem paixões, das quais Amor não estará destituído enquanto o Mar tiver ondas e vagas. É verdade que alguns dissimulam melhor que outros sua paixão. E se isso os faz sofrer, eis uma outra espécie de Loucura. Mas aqueles que demonstram serem suas afeições maiores do que os segredos guardados em seus peitos vos darão e expressarão uma imagem tão viva de Loucura que Apeles[27] não saberia pintar com maior realismo.

Eu vos peço que imaginais um homem que não tem outra preocupação senão a de se fazer amar: penteado, admirando-se no espelho, aprumado, perfumado. Pensando valer alguma coisa, sai de sua casa com o cérebro embaralhado em mil considerações amorosas: projetando mil felicidades, que passarão longe da costa: seguido por seus pajens e lacaios, vestido com algum uniforme representando algum trabalho, firmeza e esperança. E dessa maneira encontrará a sua Dama na Igreja. Não conseguirá outro prazer que o de lançar olhares para ela e fazer alguma reverência quando ela passa. E de que servem os seus olhares? Por que não se apresenta com máscara para conversar mais livremente com ela? Assim vai criando um hábito, mas com tão pouca resposta da Dama que seria menos que nada. Com o tempo, consegue alguma intimidade, mas não deve ainda avançar antes de conseguir maior familiaridade. Porque assim não se atreve a escutar o que dizem os homens, seja bom ou ruim. Não se teme o que já se acostumou a ver. Com prazer se discutem os pedidos dos pretendentes. E lhes parece que o espaço para falar já é meio caminho andado. Mas se as mulheres lhes

volontiers plaisir à voir debatre les hommes, elles leur ferment quelquefois rudement la porte, et ne les apellent à leurs petites privautez, comme elles souloient, voilà mon homme aussi loin de son but comme n'a gueres s'en pensoit près. Ce sera à recommencer. Il faudra trouver le moyen de se faire prier d'acompagner sa Dame en quelque Eglise, aus jeus, et autres assemblées publiques. Et ce pendant expliquer ses passions par soupirs et paroles tremblantes: redire cent fois une mesme chose: protester, jurer, promettre à celle qui possible ne s'en soucie, et est tournée ailleurs et promise. Il me semble que seroit folie de parler des sottes et plaisantes Amours vilageoises: marcher sur le bout du pié, serrer le petit doit: après que l'on ha bien bu, escrire sur le bout de la table avec du vin, et entrelasser son nom et celui de s'amie: la mener premiere à la danse, et la tourmenter tout un jour au Soleil.

    Et encore ceus, qui par longues alliances, ou par entrées ont pratiqué le moyen de voir leur amie en leur maison, ou de leur voisin, ne viennent en si estrange folie, que ceus qui n'ont faveur d'elles qu'aus lieus publiques et festins: qui de cent soupirs n'en peuvent faire connoitre plus d'un ou deus le mois: et neanmoins pensent que leurs amies les doivent tous conter. Il faut avoir tousjours pages aus escoutes, savoir qui va, qui vient, corrompre des chambrieres à beaus deniers, perdre tout un jour pour voir passer Madame par la rue, et pour toute remuneracion, avoir un petit adieu avec quelque souzris, qui le fera retourner chez soy plus content, que quand Ulysse vid la fumée de son Itaque. Il vole de joye: il embrasse l'un, puis l'autre: chante vers: compose, fait s'amie la plus belle qui soit au monde, combien que possible soit laide. Et si de fortune survient quelque jalousie, comme il avient le plus souvent, on ne rit, on ne chante plus: on devient pensif et morne:

fecham rudemente a porta, e sentem prazer em assistir os homens a se debater por elas, e não mais lhes concedem o privilégio de uma pequena intimidade, eis o meu homem tão longe do seu objetivo como antes pensava estar perto. E só lhe resta recomeçar. Ele terá de encontrar um outro meio para que lhe peçam acompanhar a sua Dama a alguma Igreja, aos jogos e outras celebrações públicas. E assim sendo, explicar-lhe suas paixões por suspiros e palavras trêmulas. Repetir cem vezes uma mesma coisa: protestar, jurar, prometer para quem talvez nem se importe e que tem seus pensamentos e promessas voltados para outro lugar. Parece-me que seria loucura falar dos tolos e engraçados Amores camponeses: andar sobre a ponta dos pés, apertar o dedo mindinho: depois de ter bebido bastante, escrever na ponta da mesa com o vinho, e entrelaçar seu nome com o da sua amiga: tirá-la para dançar e atormentá-la o dia inteiro sob o Sol.

E mesmo aqueles que, por antigas amizades ou por privilégio especial, conseguem um meio de ver a sua amiga em sua casa, ou na do vizinho, não permanecem em tão estranha loucura como aqueles que só tem o favor delas em lugares públicos e festas. Os quais, de cada cem suspiros, só transmitem um ou dois a cada mês, e no entanto pensam que suas amigas devem contar todos. É sempre necessário ter pajens para escutar, saber quem vai, quem vem, corromper as empregadas com dinheiro, perder todo um dia para ver passar a Senhora pela rua, e obter por recompensa um leve adeus com algum sorriso, que o fará voltar para casa mais contente do que Ulisses quando viu a fumaça de Ítaca. Ele voa de alegria: abraça um, depois outro: canta versos: compõe, faz de sua amiga a mais bela no mundo, ainda que possivelmente seja feia. E se por acaso surge algum ciúme, como acontece frequentemente, não ri, não canta mais: fica pensativo e melancólico.

on connoit ses vices et fautes: on admire celui que l'on pense estre aymé: on parangonne sa beauté, grace, richesse, avec celui duquel on est jalous: puis soudein on le vient à despriser: qu'il n'est possible, estant de si mauvaise grace, qu'il soit aymé: qu'il est impossible qu'il face tant son devoir que nous, qui languissons, mourons, brulons d'Amour. On se pleint, on apelle s'amie cruelle, variable: l'on se lamente de son malheur et destinée. Elle n'en fait que rire, ou lui fait acroire qu'à tort il se pleint: on trouve mauvaises ses querelles, qui ne viennent que d'un coeur soupsonneus et jalous: et qu'il est bien loin de son conte: et qu'autant lui est de l'un que de l'autre. Et lors je vous laisse penser qui ha du meilleur. Lors il faut connoitre que l'on ha failli par bien servir, par masques magnifiques, par devises bien inventées, festins, banquets. Si la commodité se trouve, faut se faire paroitre par dessus celui dont on est jalous. Il faut se montrer liberal: faire present quelquefois de plus que l'on n'a: incontinent qu'on s'aperçoit que lon souhaite quelque chose, l'envoyer tout soudein, encores qu'on n'en soit requis: et jamais ne confesser que l'on soit povre. Car c'est une tresmauvaise compagne d'Amour, que Povreté: laquelle estant survenue, on connoit sa folie, et l'on s'en retire à tard. Je croy que ne voudriez point ressembler encore à cet Amoureus, qui n'en ha que le nom.

Mais prenons le cas que l'on lui rie, qu'il y ait quelque reciproque amitié, qu'il soit prié se trouver en quelque lieu: il pense incontinent qu'il soit fait, qu'il recevra quelque bien, dont il est bien loin: une heure en dure cent: on demande plus de fois quelle heure il est: on fait semblant d'estre demandé: et quelque mine que l'on face, on lit au visage qu'il y ha quelque passion vehemente. Et quand on aura bien couru, on trouvera que ce n'est rien, et que c'estoit

Pensa em seus próprios vícios e defeitos, e admira aquele que pensa ser amado. Compara a sua própria beleza, graça, riqueza com a daquele de quem tem ciúme. Depois, rapidamente, o difama, visto que não é possível, sabendo-o tão em graça, que ele seja amado. Que é impossível que ele seja como nós, que definhamos, morremos, queimamos de Amor. E se lamenta, chama de cruel e de inconstante a sua amiga: e se lamenta também de sua infelicidade e seu destino. Ela só faz rir, levando-o a crer que não tem razão para se lamentar, que são ruins essas disputas que só procedem de seu coração suspeitoso e ciumento, e que ele está errado, pois ela quer bem tanto a um quanto ao outro. E agora vos deixo pensar em quem se sairá melhor. Será preciso reconhecer que fracassou em lhe fazer a corte, por haver oferecido a ela bailes de máscara magníficos, conversas engenhosas, festas, banquetes. Se houver oportunidade, deve-se fazer parecer superior àquela de quem tinha ciúmes. É preciso mostrar-se generoso: dar de vez em quando um presente mais caro do que o dinheiro que se tem. E quando perceber que ela sonha com alguma coisa, enviar-lhe o mais rápido possível, ainda que ela não a tenha pedido. E jamais confessar que se é pobre. Pois a Pobreza é uma péssima companheira do Amor: quando ela chega, dá-se conta de sua loucura, e faz-se uma retirada já tardia. Creio que não quereis parecer-vos com este Enamorado, que de tal só tem o nome.

Mas tomemos o caso em que alguém lhe sorri, em que existe alguma amizade recíproca, que lhe seja pedido um encontro em algum lugar: ele pensa logo já ter ganhado tudo, que vai obter alguns favores, dos quais na verdade está bem longe: uma hora lhe parece cem: pergunta várias vezes que horas são: faz cara de que está sendo esperado, e qualquer expressão que tenha, vê-se logo em seu rosto que possui alguma paixão intensa. E depois de ter corrido tanto, descobrirá que não era nada, que era

pour aller en compagnie se promener sur l'eau, ou en quelque jardin: ou aussi tot un autre aura faveur de parler à elle que lui, qui ha esté convié. Encore ha il ocasion de se contenter, à son avis. Car si elle n'ust plaisir de le voir, elle ne l'ust demandé en sa compagnie.

Les plus grandes et hazardeuses folies suivent tousjours l'acroissement d'Amour. Celle qui ne pensoit qu'à se jouer au commencement, se trouve prise. Elle se laisse visiter à heure suspecte. En quels dangers? D'y aller accompagné, seroit declarer tout. Y aller seul, est hazardeus. Je laisse les ordures et infeccions, dont quelquefois on est parfumé. Quelquefois se faut desguiser en portefaix, en cordelier, en femme: se faire porter dens un coffre à la merci d'un gros vilain, que s'il savoit ce qu'il porte, le lairroit tomber pour avoir sondé son fol faix. Quelquefois on est surpris, batuz, outragez et ne s'en ose l'on vanter. Il se faut guinder par fenestres, par sus murailles, et tousjours en danger, si Folie n'y tenoit la main. Encore ceus cy ne sont que des mieus payez. Il y en ha qui rencontrent Dames cruelles, desquelles jamais on n'obtient merci. Autres sont si rusées, qu'apres les avoir menez jusques aupres du but, les laissent là. Que font ils? après avoir longuement soupiré, ploré et crié, les uns se rendent Moynes: les autres abandonnent le païs: les autres se laissent mourir.

Et penseriez vous, que les amours des femmes soient de beaucoup plus sages? les plus froides se laissent bruler dedens le corps avant que de rien avouer. Et combien qu'elles vousissent prier, si elles osoient, elles se laissent adorer: et tousjours refusent ce qu'elle voudroient bien que l'on leur otast par force. Les autres n'atendent que l'ocasion: et heureus qui la peut rencontrer: Il ne faut avoir creinte d'estre esconduit. Les mieus nées ne se laissent veincre, que par le tems. Et se connoissans estre aymées, et endurant en fin le semblable mal

para fazer companhia num passeio ao rio ou a algum jardim, onde outra pessoa terá o privilégio de falar com ela, mas não ele, que foi convidado. Porém, ainda pensa que deve dar-se por contente. Pois, se ela não tivesse prazer em vê-lo, não lhe teria solicitado a sua companhia.

As maiores e mais temerárias loucuras aparecem após o avivamento do Amor. Aquela que só pensava em se divertir no começo, se encontra presa. Ela se deixa visitar em horas suspeitas. E com que riscos? Se for acompanhado, tudo será descoberto. Se for sozinho, é perigoso. Não menciono as imundícies e fedores com que algumas vezes nos perfumamos. Às vezes é preciso se disfarçar de carregador, de cordoeiro, de mulher: ser transportado dentro de um cofre à mercê de um bandido que, se soubesse o que carrega, o deixaria cair para examinar a sua carga tão estapafúrdia. Muitas vezes foram surpreendidos, surrados, ultrajados, e não se atrevem a se vangloriar. É preciso subir pelas janelas, por muralhas, e sempre se arriscar, levado pela mão de Loucura. E estes são os mais bem sucedidos. Existem os que encontram Damas cruéis, de quem jamais obterão favores. Outras são tão ardilosas que, depois de o terem levado perto do objetivo, o deixam por lá. E o que fazem eles? Depois de terem suspirado, chorado e gritado longamente, alguns se transformam em Monges: outros abandonam o país: e os demais se deixam morrer.

E acreditais que sejam mais sábios os amores das mulheres? As mais frias deixam queimar o corpo por dentro sem nada confessar. E ainda que quisessem suplicar, se se atrevessem, elas se deixam adorar. E sempre recusam o que elas desejariam pudesse arrebatá-las. As outras esperam uma oportunidade: e ditoso seja quem possa encontrá-la. Não é preciso ter medo de que o rechacem. As bem nascidas só se deixam vencer pelo tempo. E ao saberem que são amadas, e sofrendo enfim do mesmo mal

qu'elles ont fait endurer à autrui, ayant fiancé de celui auquel elles se descouvrent, avouent leur foiblesse, confessent le feu qui les brule : toutefois encore un peu de honte les retient, et ne se laissent aller, que vaincues, et consumées à demi. Et aussi quand elles sont entrées une fois avant, elles font de beaus tours. Plus elles ont resisté à Amour, et plus s'en treuvent prises. Elles ferment la porte à raison. Tout ce qu'elles creingnoient, ne le doutent plus. Elles laissent leurs ocupacions muliebres. Au lieu de filer, coudre, besongner au point, leur estude est se bien parer promener es Eglises, festes, et banquets pour avoir tousjours quelque rencontre de ce qu'elles ayment. Elles prennent la plume et le lut en main : escrivent et chantent leurs passions : et en fin croit tant cette rage, qu'elles abandonnent quelquefois pere, mere, maris, enfans, et se retirent ou est leur coeur. Il n'y ha rien qui plus se fache d'estre contreint, qu'une femme : et qui plus se contreingne, ou elle ha envie montrer son afeccion.

Je voy souventefois une femme, laquelle n'a trouvé la solitude et prison d'environ sept ans longue, estant avec la personne qu'elle aymoit. Et combien que nature ne lui ust nié plusieurs graces, qui ne la faisoient indine de toute bonne compagnie, si est ce qu'elle ne vouloit plaire à autre qu'à celui qui la tenoit prisonniere. J'en ay connu une autre, laquelle absente de son ami, n'alloit jamais dehors qu'acompagnée de quelcun des amis et domestiques de son bien aymé : voulant tousjours rendre témoignage de la foy qu'elle lui portoit.

En somme, quand cette afeccion est imprimée en un coeur genereus d'une Dame, elle y est si forte, qu'à peine se peut elle efacer. Mais le mal est, que le plus souvent elles rencontrent si mal : que plus ayment, et moins sont aymées. Il y aura quelcun, qui sera bien aise leur donner martel en teste, et fera semblant d'aymer ailleurs, et n'en tiendra conte. Alors les povrettes

que elas fizeram um outro sofrer, confiando naquele com quem se abrem, confessam sua fragilidade e o fogo que as consome. Muito embora um pouco de pudor as retenha, não se entregam enquanto não estiverem vencidas e consumidas. Mas quando elas cedem, nada mais as detém. Quanto mais resistem ao Amor, mais se tornam prisioneiras. Elas fecham a porta à razão. Não temem mais tudo aquilo que receavam. Elas deixam suas ocupações femininas. Em vez de fiar, coser, bordar um ponto, dedicam-se a se enfeitar, passear nas Igrejas, festas e banquetes para arranjar sempre um encontro com aquele que amam. Elas pegam a pluma e o alaúde com a mão: escrevem e cantam suas paixões, que podem ser tão avassaladoras que elas abandonam muitas vezes pai, mãe, maridos, crianças, e partem para onde está o seu coração. Não há ninguém que mais se irrita ao ser subjugada do que uma mulher: e nem quem mais se subjugue quando precisa mostrar o seu afeto.

Tenho visto frequentemente uma mulher que, estando com a pessoa que amava, não lhe pareceram longas a solidão e a clausura em que permaneceu durante sete anos. E ainda que a natureza não lhe tivesse negado muitas graças, que não a faziam indigna de alguma boa companhia, ela só desejava aquele que a mantinha prisioneira. Conheci uma outra que, separada de seu amigo, não saía jamais de casa sem estar acompanhada dos conhecidos e empregados de seu bem-amado, querendo sempre lhe dar testemunho do amor que lhe nutria.

Em suma, quando essa afeição é impressa no coração generoso de uma Dama, ela fica tão fortemente marcada que muito dificilmente se pode apagá-la. Mas o mal é que quase sempre elas se encontram mal: quanto mais amam, menos são amadas. Haverá sempre alguém capaz de lhe bater com o martelo na cabeça, aparentando amar uma outra em outro lugar, e não lhe dará atenção. Então as pobrezinhas

entrent en estranges fantasies: ne peuvent si aisément se defaire des hommes, comme les hommes des femmes, n'ayans la commodité de s'eslongner et commencer autre parti, chassans Amour avec autre Amour. Elles blament tous les hommes pour un. Elles apellent foles celles qui ayment. Maudissent le jour que premierement elles aymerent. Protestent de jamais n'aymer: mais celà ne leur dure gueres. Elles remettent incontinent devant les yeus ce qu'elles ont tant aymé. Si elles ont quelque enseigne de lui, elles la baisent, rebaisent, sement de larmes, s'en font un chevet et oreiller, et s'escoutent elles mesmes pleingnantes leurs miserables destresses. Combien en vóy je, qui se retirent jusques aus Enfers, pour essaier si elles pourront, comme jadis Orphée, revoquer leurs amours perdues?

Et en tous ces actes, quels traits trouvez vous que de Folie? Avoir le coeur separé de soymesme, estre meintenant en paix, ores en guerre, ores en treves: couvrir et cacher sa douleur: changer visage mile fois le jour: sentir le sang qui lui rougit la face, y montant: puis soudein s'enfuit, la laissant palle, ainsi que honte, esperance, ou peur, nous gouvernent: chercher ce qui nous tourmente, feingnant le fuir, et neanmoins avoir creinte de le trouver: n'avoir qu'un petit ris entre mile soupirs: se tromper soymesme: bruler de loin, geler de pres: un parler interrompu: un silence venant tout à coup: ne sont ce tous signes d'un homme aliené de son bon entendement? Qui excusera Hercule devidant les pelotons d'Omphale? Le sage Roy Hebrieu avec cette grande multitude de femmes? Annibal s'abatardissant autour d'une Dame? et mains autres, que journellement voyons s'abuser tellement qu'ils ne se connoissent eus mesmes. Qui en est cause, sinon Folie? Car c'est celle en somme, qui fait Amour grand et redouté: et le fait excuser, s'il fait quelque chose autre que de raison.

Reconnois donq, ingrat Amour, quel tu es, et de combien de biens je te suis cause. Je te fay grand: je te fay eslever ton nom:

começam a ter estranhas fantasias: não podem tão facilmente se separar dos homens, como os homens das mulheres, porque não têm como se afastar e começar outro romance, expulsando um Amor com outro Amor. Elas se queixam de todos os homens por causa de um só. Elas chamam de loucas as que amam. Amaldiçoam o primeiro dia em que amaram. Fazem juras de que jamais amarão de novo: mas isso não dura muito. Logo voltam o olhar para quem tanto amaram. Se elas possuem algum retrato dele, elas o beijam, rebeijam, molham com lágrimas, colocam-no à cabeceira e sob o travesseiro, e escutam elas mesmas as queixas sobre suas miseráveis aflições. Quantas delas eu vejo descerem até os Infernos para tentarem, como outrora Orfeu, recuperar seus amores perdidos?

E em todos esses atos, que sinais vós encontrais senão os de Loucura? Sentir o coração longe de si, estar ora em paz, ora em guerra, ora em trégua: cobrir e ocultar sua dor: mudar o rosto mil vezes por dia: sentir que o sangue lhe enrubesce a face, subindo: depois rapidamente se esvai, deixando-a pálida, à medida que a vergonha, a esperança ou o medo nos governam, buscar aquilo que nos atormenta, fingindo uma fuga. E no entanto ter medo de achá-lo: mostrar apenas um pequeno riso entre mil suspiros: enganar-se a si mesma: arder de longe, gelar de perto: um falar entrecortado: um silêncio súbito: não são esses os sinais de um homem alienado do seu juízo? Quem desculpará Hércules por desfazer os novelos de Onfale[28]? O sábio Rei Hebreu, com sua grande legião de mulheres[29]? Aníbal se desmoralizando diante de a uma Dama[30]? e muitos outros, que diariamente vemos tão depreciados que eles mesmos não se reconheceriam. Quem é a causa disso, senão Loucura? Pois é ela, enfim, que faz Amor grande e temido: e que o faz desculpar-se, quando faz alguma coisa impensada.

Reconhece então, ingrato Amor, quem tu és e quantas vantagens eu te dou. Eu te faço grande: eu elevo o teu nome:

voire et ne t'ussent les hommes reputé Dieu sans moy. Et après que t'ay tousjours acompagné, tu ne me veus seulement abandonner, mais me veus ranger à cette sugeccion de fuir tous les lieus ou tu seras.

 Je croy avoir satisfait à ce qu'avois promis montrer: que jusque ici Amour n'avoit esté sans Folie. Il faut passer outre, et montrer qu'impossible est d'estre autrement. Et pour y entrer: Apolon, tu me confesseras, qu'Amour n'est autre chose qu'un desir de jouir, avec une conjonccion, et assemblement de la chose aymée. Estant Amour desir, ou, quoy que ce soit, ne pouvant estre sans desir: il faut confesser qu'incontinent que cette passion vient saisir l'homme, elle l'altere et immue. Car le desir incessamment se demeine dedens l'ame, la poingnant tousjours et resveillant. Cette agitacion d'esprit, si elle estoit naturelle, elle ne l'afligeroit de la sorte qu'elle fait: mais, estant contre son naturel, elle le malmeine, en sorte qu'il se fait tout autre qu'il n'estoit. Et ainsi en soy n'estant l'esprit à son aise, mais troublé et agité, ne peut estre dit sage et posé. Mais encore fait il pis: car il est contreint se descouvrir: ce qu'il ne fait que par le ministere et organe du corps et membres d'icelui. Estant une fois acheminé, il faut que le poursuivant en amours face deus choses: qu'il donne à connoitre qu'il ayme: et qu'il se face aymer. Pour le premier, le bien parler y est bien requis: mais seul ne suffira il. Car le grand artifice, et douceur inusitée, fait soupsonner pour le premier coup, celle qui l'oit: et la fait tenir sur ses gardes. Quel autre témoignage faut il? Tousjours l'ocasion ne se presente à combatre pour sa Dame, et defendre sa querelle. Du premier abord vous ne vous ofrirez à lui ayder en ses afaires domestiques. Si faut il faire à croire que l'on est passionné. Il faut long tems, et long service, ardentes prieres, et conformité de complexions. L'autre point, que l'amant doit gaigner, c'est se faire aymer: lequel provient en partie

na verdade os homens não te considerariam um Deus se não fosse por mim. E depois de te ter sempre acompanhado, tu não queres somente abandonar-me, mas também que me curve à obrigação de abandonar todos os lugares em que estiveres.

Creio haver satisfeito ao que havia prometido mostrar: que nunca existiu Amor sem Loucura. Agora é preciso ir além, e mostrar como é impossível que seja de outra forma. E para começar: Apolo, tu me confessarás que Amor não é outra coisa senão um desejo de gozar, mediante a conjunção e a união com a coisa amada. Sendo Amor desejo, ou, seja como for, não podendo ser sem desejo, é preciso confessar que tão logo essa paixão prenda o homem, ela o altera e o transforma. Pois o desejo se agita incessantemente dentro da alma, picando-a sempre e excitando. Essa agitação do espírito, fosse natural, não o afligiria da maneira como o faz: mas, não sendo natural, o maltrata, de modo que ele se torna diferente do que era. E por não ter paz no seu espírito, mas problema e agitação, não consegue ser nem sábio nem ponderado. Mas ele ainda faz pior: pois está obrigado a se manifestar: o que só fará por meio do corpo e dos membros daquele. E, uma vez nesse caminho, será preciso que o pretendente amoroso faça duas coisas: que ele dê a conhecer que ama: e que ele se faça amar. Para o primeiro, o requisito é falar bem: mas só isso não basta. Pois o grande artifício e a doçura inesperada podem trazer suspeitas àquela que escuta, fazendo-a tomar precauções. Que outra prova é necessária? Nem sempre se apresenta a oportunidade de lutar por sua Dama e defender a sua causa. Na primeira abordagem não vos oferecereis para ajudá-la em seus negócios particulares. Entretanto, é preciso fazer crer que se está apaixonado. É preciso um bom tempo, demorado galanteio, ardentes súplicas, e conformidade de caráter. O outro ponto, que o Amante deve ganhar, é o de se fazer amar: o que em parte

de l'autre. Car le plus grand enchantement, qui soit pour estre aymé, c'est aymer. Ayez tant de sufumigacions, tant de characteres, adjuracions, poudres, et pierres, que voudrez: mais si savez bien vous ayder, montrant et declarant votre amour: il n'y aura besoin de ces estranges receptes.

Donq pour se faire aymer, il faut estre aymable. Et non simplement aymable, mais au gré de celui qui est aymé, auquel se faut renger, et mesurer tout ce que voudrez faire ou dire. Soyez paisible et discret. Si votre Amie ne vous veut estre telle, il faut changer voile, et naviguer d'un autre vent: ou ne se mesler point d'aymer. Zethe et Amphion ne se pouvoient acorder, pource que la vacacion de l'un ne plaisoit à l'autre. Amphion ayma mieus changer, et retourner en grace avec son frere. Si la femme que vous aymez est avare, il faut se transmuer em or, et tomber ainsi en son sein. Tous les serviteurs et amis d'Atalanta estoient chasseurs, pource qu'elle y prenoit plaisir. Plusieurs femmes, pour plaire à leurs Poëtes amis, ont changé leurs paniers et coutures, en plumes et livres. Et certes il est impossible plaire, sans suivre les afeccions de celui que nous cherchons. Les tristes se fachent d'ouir chanter. Ceus, qui ne veulent aller que le pas, ne vont volontiers avec ceus qui tousjours voudroient courir. Or me dites, si ces mutacions contre notre naturel ne sont vrayes folies, ou non exemptes d'icelle? On dira qu'il se peut trouver des complexions si semblables, que l'amant n'aura point de peine de se transformer es meurs de l'Aymée. Mais si cette amitié est tant douce et aisée, la folie sera de s'y plaire trop: en quoy est bien dificile de mettre ordre. Car si c'est vray amour, il est grand et vehement, et plus fort que toute raison. Et, comme le cheval ayant la bride sur le col, se plonge si avant dedens cette douce amertume qu'il ne pense aus autres parties de l'ame, qui demeurent oisives: et par une repentance tardive, après un long tems témoigne à ceus qui l'oyent, qu'il ha est, fol comme les autres.

provém do outro. Pois o maior encantamento que existe para ser amado é amar. Usai quantas defumações, sinais cabalísticos, conjurações, pós e pedras puderdes: mas se sabeis como agir ao mostrar e declarar o vosso amor, não tendes necessidade dessas estranhas receitas.

Pois para se fazer amar, é preciso ser amável. E não simplesmente amável, mas na medida daquele que é amado, a quem se deve adequar e calcular tudo o que quereis fazer ou dizer. Sede tranquilo e discreto. Se vossa Amiga não quiser ser assim, então é hora de içar as velas e navegar em outra direção. Zeto e Anfíon nunca estavam de acordo, porque a ocupação de um não agradava a outro[31]. Anfíon preferiu mudar e retornar ao afeto de seu irmão. Se a mulher que vos ama é avara, é necessário se transmudar em ouro, e cair assim em seu seio. Todos os amigos e os que serviam Atalanta eram caçadores, porque assim ela tinha prazer. Muitas mulheres, para agradar a seus Poetas amigos, trocaram seus cestos e costuras por plumas e livros. E, logicamente, é impossível agradar sem adquirir os gostos daqueles que nós buscamos. Os tristes se irritam de ouvir cantar. Os que querem andar devagar não vão de boa vontade com aqueles que preferem correr. Dizei-me então se essas mutações contra a nossa natureza não são verdadeiras loucuras, ou não têm algo delas? Direis que é possível encontrar características tão semelhantes que o Amante poderá sem dificuldade adaptar-se aos hábitos da Amada. Mas se essa amizade é tão doce e cômoda, será loucura se comprazer tanto nela: e nisso, sim, é bem difícil pôr ordem. Pois, se é verdadeiro o amor, ele é grande e intenso, e mais forte do que toda a razão. E, como o cavalo sustentando as rédeas no pescoço, ele avança tão longe nessa doce amargura que nem sequer pensa nas outras partes da alma, que permanecem ociosas: e com um arrependimento tardio, passado algum tempo, confessa àqueles que o escutam ter sido louco como os outros.

Or si vous ne trouvez folie en Amour de ce coté là, dites moy entre vous autres Signeurs, qui faites tant profession d'Amour, ne confessez vous, que Amour cherche union de soy avec la chose aymée? qui est bien le plus fol desir du monde: tant par ce, que le cas avenant, Amour faudroit par soymesme, estant l'Amant et l'Aymé confonduz ensemble, que aussi il est impossible qu'il puisse avenir, estant les especes et choses individues tellement separées l'une de l'autre, qu'elles ne se peuvent plus conjoindre, si elles ne changent de forme. Alleguez moy des branches d'arbres qui s'unissent ensemble. Contez moy toutes sortes d'Antes, que jamais le Dieu des jardins inventa. Si ne trouverez vous point que deus hommes soient jamais devenuz en un: et y soit le Gerion à trois corps tant que voudrez. Amour donq ne fut jamais sans la compagnie de Folie: et ne le sauroit jamais estre. Et quand il pourroit ce faire, si ne le devroit il pas souhaiter: pource que l'on ne tiendroit conte de lui à la fin. Car quel pouvoir auroit il, ou quel lustre, s'il estoit près de sagesse? Elle lui diroit, qu'il ne faudroit aymer l'un plus que l'autre: ou pour le moins n'en faire semblant de peur de scandaliser quelcun. Il ne faudroit rien faire plus pour l'un que pour l'autre: et seroit à la fin Amour ou aneanti, ou divisé en tant de pars, qu'il seroit bien foible.

Tant s'en faut que tu doives estre sans Folie, Amour, que si tu es bien conseillé, tu ne redemanderas plus tes yeus. Car il en est besoin, et te peuvent nuire beaucoup: desquels si tu t'estois bien regard, quelquefois, toymesme te voudrois mal. Pensez vous qu'un soudart, qui va à l'assaut, pense au fossé, aus ennemis, et mile harquebuzardes qui l'atendent? non. Il n'a autre but, que parvenir au haut de la bresche: et n'imagine point le reste. Le premier qui se mit en mer, n'imaginoit pas les dangers qui y sont. Pensez vous que le joueur pense jamais perdre? Si sont ils tous trois au hazard d'estre tuez, noyez, et

Se vós não achais loucura no Amor por esse lado, dizei-me quem dentre vós, Senhores, que fazeis tanta profissão de Amor, não confessaria que o Amor procura a união de si com a coisa amada? Que é esse o mais louco desejo do mundo: tanto porque, se o caso sucedesse, o Amor desapareceria por si mesmo, estando o Amante e a Amada confundidos, como também porque é impossível que isso possa suceder, estando as espécies e coisas de tal forma separadas umas das outras que elas não podem mais juntar-se, se não mudarem de forma. Alegai-me que os galhos das árvores se unem. Contai-me todos os tipos de Enxertos que o Deus dos jardins jamais inventou. Nunca encontrareis, contudo, dois homens que se tenham transformado em um: e podeis também citar quanto quiserdes o Geríon de três corpos[32]. Amor, portanto, nunca existiu sem a companhia de Loucura: e não poderia jamais ter existido. E se um dia puder existir, não deveria jamais desejar: porque, no fim, não se teria interesse por ele. Pois que poder teria, ou que brilho, se estivesse próximo da Sabedoria? Ela lhe diria que não se poderia amar um mais do que outro: ou pelo menos não parecer amar, com medo de escandalizar alguém. Não haveria de se fazer nada por um e por outro: e, por fim, Amor seria anulado ou dividido em tantas partes que se tornaria bem fraco.

É tão equivocado imaginar que devas existir sem Loucura, Amor, que se fosses bem aconselhado não pedirias teus olhos de volta. Pois eles não te são necessários e podem prejudicar-te bastante: se tivesses olhado bem com eles, alguma vez, tu mesmo te sentirias mal. Imagineis que um soldado, que vai à luta, pensa no obstáculo, nos inimigos, nos mil arcabuzes que o esperam? não. Ele não tem outro objetivo que o de chegar ao alto da quebrada; e não pensa jamais no resto. O primeiro que se pôs ao mar não imaginava os perigos que existiam. Imagineis que o jogador pensa alguma vez em perder?

destruiz. Mais quoy, ils ne voyent, et ne veulent voir ce qui leur est dommageable. Le semblable estimez des Amans: que si jamais ils voyent, et entendent clerement le peril où ils sont, combien ils sont trompez et abusez, et quelle est l'esperance qui les fait tousjours aller avant, jamais n'y demeureront une seule heure. Ainsi se perdroit ton regne, Amour: lequel dure par ignorance, nonchaillance, esperance, et cecité, qui sont toutes damoiselles de Folie, lui faisans ordinaire compagnie. Demeure donq en paix, Amour: et ne vien rompre l'ancienne ligue qui est entre toy et moy: combien que tu n'en susses rien jusqu'à present. Et n'estime que je t'aye crevé les yeus, mais que je t'ay montré, que tu n'en avois aucun usage auparavant, encore qu'ils te fussent à la teste que tu as de present.

Reste de te prier, Jupiter, et vous autres Dieus, de n'avoir point respect aus noms (comme je say que n'aurez) mais regarder à la verité et dinité des choses. Et pourtant, s'il est plus honorable entre les hommes dire un tel aymé, que, il est fol: que celà leur soit imputé à ignorance. Et pour n'avoir en commun la vraye intelligence des choses, ny pù donner noms selon leur vray naturel, mais au contraire avoir baillé beaus noms à laides choses, et laids aus belles, ne delaissez, pour ce, à me conserver Folie en sa dinité et grandeur. Ne laissez perdre cette belle Dame, qui vous ha donné tant de contentement avec Genie, Jeunesse, Bacchus, Silene, et ce gentil Gardien des jardins. Ne permetez facher celle, que vous avez conservée jusques ici sans rides, et sans pas un poil blanc. Et n'otez, à l'apetit de quelque colere, le plaisir d'entre les hommes. Vous les avez otez du Royaume de Saturne: ne les y faites plus entrer: et, soit en Amour, soit en autres afaires, ne les enviez, si pour apaiser leurs facheries, Folie les fait esbatre et s'esjouir. J'ay dit.

No entanto, todos os três estão sujeitos a serem mortos, afogados ou destruídos. Mas, que nada! Eles não veem e não querem ver o que lhes é prejudicial. O mesmo pensais dos Amantes: pois se eles vissem, e compreendessem claramente o perigo em que se encontram, o quanto eles estão enganados e iludidos, e em que consiste a esperança que os faz sempre ir em frente, jamais permaneceriam ali uma só hora. Assim se perderia teu reino, Amor, que só dura por ignorância, lassidão, esperança e cegueira, que são todas criadas de Loucura, fazendo-lhe de ordinário companhia. Fica então em paz, Amor: e não venhas romper a antiga aliança que existe entre mim e ti, ainda que não tenhas sabido coisa alguma até agora. E não te importes que eu tenha tirado teus olhos, mas sim que eu te tenha mostrado que não os usava antes, embora eles estivessem na cabeça que ainda tens.

Restaria rogar a ti, Júpiter, e a vós outros Deuses, para não tomarem em consideração os nomes (como sei que não tomarão), mas observarem a verdade e a dignidade das coisas. Se é mais honroso entre os homens dizer que alguém ama, em vez de dizer que está louco, que isso seja imputado à ignorância. E por não ter em comum a verdadeira inteligência das coisas, nem podido dar-lhes nomes segundo sua verdadeira natureza, mas sim dar nomes belos a coisas feias, e feios às belas, não deixeis de conservar a Loucura em sua dignidade e grandeza. Não permitis que se perca esta bela Dama, que vos tem dado tanto contentamento com Gênio, Juventude, Baco, Sileno, e este gentil Guardião dos jardins[33]. Não permitis que se ofenda aquela que vós tendes conservado sem rugas e sem um só cabelo branco. E não elimineis, à satisfação de alguma cólera, o prazer entre os homens. Vós os tendes retirados do Reino de Saturno; não os fazeis mais entrar: e, seja no Amor, seja em outras questões, não os invejeis, se para apaziguar seus descontentamentos Loucura os faz divertirem-se e se alegrarem. Tenho dito.

Quand Mercure ut fini la defense de Folie, Jupiter voyant les Dieus estre diversement afeccionnez et en contrarietez d'opinions, les uns se tenans du coté de Cupidon, les autres se tournans à aprouver la cause de Folie: pour apointer le diferent, va prononcer un arrest interlocutoire en cette maniere:

Pour la dificulté et importance de vos diferens, et diversité d'opinions, nous avons remis votre afaire d'ici à trois fois, sept fois, neuf siecles. Et ce pendant vous commandons vivre amiablement ensemble, sans vous outrager l'un l'autre. Et guidera Folie l'aveugle Amour, et le conduira par tout ou bon lui semblera. Et sur la restitucion de ses yeus, apres en avoir parlé aus Parques, en sera ordonné.

FIN DU DEBAT D'AMOUR ET FOLIE.

Quando Mercúrio encerrou a defesa da Loucura, Júpiter, percebendo que os Deuses estavam desigualmente propensos e com contrariedade de opiniões, alguns se colocando do lado de Cupido, outros inclinados a aprovar a causa de Loucura, para resolver a questão pronunciou uma sentença interlocutória da seguinte maneira:

Pela dificuldade e importância de vossas questões, e pela diversidade de opiniões, nós vamos adiar vosso julgamento para daqui a três vezes sete vezes nove séculos. E até lá, vos ordenamos viver amigavelmente juntos, sem vos ultrajar mutuamente. E a Loucura guiará o Amor cego, e ela o conduzirá por onde lhe parecer conveniente. E sobre a restituição de seus olhos, após falar sobre o assunto com as Parcas, será ordenada.

FIM DO DEBATE DE AMOR E DE LOUCURA.[34]

Elegias

ELEGIE I.

Au tems qu'Amour, d'hommes & Dieux vainqueur,
Faisoit bruler de sa flamme mon cœur,
En embrassant de sa cruelle rage
Mon sang, mes os, mon esprit & courage:
Encore lors ie n'auois la puissance
De lamenter ma peine & ma souffrance.
Encor phebus, ami des Lauriers vers,
N'auoit permis que ie fisse des vers:
Mais meintenant que sa fureur diuine
Remplit d'ardeur ma hardie poitrine,
Chanter me fait, non les bruians tonnerres
De Iupiter, ou les cruelles guerres,
Dont trouble Mars, quand il veut, l'Vniuers.
Il m'a donné la lyre, qui les vers
Souloit chanter de l'Amour Lesbienne:
Et à ce coup pleurera de la mienne.
O dous archet, adouci moy la voix.
Qui pourroit fendre & aigrir quelquefois,
En recitant tant d'ennuis & douleurs,
Tant de despits fortunes & malheurs.
Trempe l'ardeur, dont iadis mon cœur tendre
Fut en brulant demi reduit en cendre.

Ie

Primeira página das "Élégies" – Edição de 1556

ELEGIE I

Au tems qu'Amour, d'hommes et Dieus vainqueur,
Faisoit bruler de sa flamme mon coeur,
En embrasant de sa cruelle rage
Mon sang, mes os, mon esprit et courage:
Encore lors je n'avois la puissance
De lamenter ma peine et ma souffrance.
Encor Phebus, ami des Lauriers vers,
N'avoit permis que je fisse des vers:
Mais maintenant que sa fureur divine
Remplit d'ardeur ma hardie poitrine,
Chanter me fait, non les bruians tonnerres
De Jupiter, ou les cruelles guerres,
Dont trouble Mars, quand il veut, l'Univers.
Il m'a donné la lyre, qui les vers
Souloit chanter de l'Amour Lesbienne:
Et à ce coup pleurera de la mienne.
Ô dous archet, adouci moy la voix,
Qui pourroit fendre et aigrir quelquefois,
En recitant tant d'ennuis et douleurs,
Tant de despits fortunes et malheurs.
Trempe l'ardeur, dont jadis mon coeur tendre
Fut en brulant demi reduit en cendre.
Je sen desja un piteus souvenir,
Qui me contreint la larme à l'oeil venir.
Il m'est avis que je sen les alarmes,
Que premiers j'u d'Amour, je voy les armes,
Dont il s'arma en venant m'assaillir.
C'estoit mes yeus, dont tant faisois saillir
De traits, à ceus qui trop me regardoient,
Et de mon arc assez ne se gardoient.

ELEGIA I

Quando Amor, que homens e Deuses supera,
Meu coração queimava em chama austera,
E cruelmente deixava em destroços
Meu sangue, espírito, coragem e ossos,
Não possuía força nem alento
De lamentar a dor e o sofrimento.
Febo, de verdes Louros coroado[1],
Não permitiu meu verso lapidado:
Mas como agora seu furor divino
Encheu de ardor meu peito feminino,
Urge cantar – jamais a tempestade
Que envia Júpiter, a crueldade
Com que faz Marte as guerras do Universo.
Ele me deu a lira, o exato verso
Que fez cantar de Lesbos todo o Amor[2]:
E, sendo assim, eu canto o meu Amor.
Ó meu doce arco, adoça a minha voz
Que poderá ferir ou ser atroz
Ao recitar tantos tédios e dores,
Tantas fortunas vãs e dissabores.
Abranda o ardor, pois minha alma adorada
Foi quase toda reduzida a nada.
Sinto a piedosa lembrança surgir
Que força a lágrima do olho fluir.
Creio sentir os primeiros sinais,
E vejo as armas desse Amor tenaz
Que só se armou por querer me atacar.
Eram meus olhos, postos a atirar
As flechas contra os que tanto me olhavam,
E de meu arco sequer se esquivavam.

Mais ces miens traits ces miens yeus me defirent,
Et de vengeance estre exemple me firent.
Et me moquant, et voyant l'un aymer,
L'autre bruler et d'Amour consommer:
En voyant tant de larmes espandues
Tant de soupirs et prieres perdues,
Je n'aperçu que soudein me vint prendre
Le mesme mal que je soulois reprendre:
Qui me persa d'une telle furie,
Qu'encor n'en suis après long tems guerie:
Et maintenant me suis encor contreinte
De rafreschir d'une nouvelle pleinte
Mes maus passez. Dames, qui les lirez,
De mes regrets avec moy soupirez.
Possible, un jour je feray le semblable,
Et ayderay votre voix pitoyable
À vos travaus et peines raconter,
Au tems perdu vainement lamenter.
Quelque rigueur qui loge em votre coeur,
Amour s'en peut un jour rendre vainqueur.
Et plus aurez lui esté ennemies,
Pis vous fera, vous sentant asservies.
N'estimez point que l'on doive blamer
Celles qu'a fait Cupidon inflamer.
Autres que nous, nonobstant leur hautesse,
Ont enduré l'amoureuse rudesse:
Leur coeur hautein, leur beauté, leur lignage,
Ne les ont su preserver du servage
De dur Amour: les plus nobles esprits
En sont plus fort et plus soudain espris.
Semiramis, Royne tant renommée,
Qui mit en route avecques son armée

Mas minhas flechas meus olhos tocaram,
E de vingança exemplo me tornaram.
E a rir de mim, percebi que um amava,
E outro queimava-se do Amor na lava:
E vendo tantas lágrimas carpidas,
Tantos ais, tantas súplicas perdidas,
Não percebi que logo eu sofreria
Do mesmo mal que eu tanto maldizia:
Que me feriu com fúria desalmada,
Pois dela ainda não estou curada:
E agora ainda forçada prossigo
A despertar os meus males antigos
Com novo pranto. Damas, que os lereis,
Comigo o meu pesar suspirareis.
Talvez, um dia, eu aja tal e qual,
E ajudarei vossa voz passional
A vossas dores e lutas contar,
E o tempo, em vão perdido, lamentar.
Toda dureza em vosso coração
De nada vale ao Amor campeão.
E quanto mais mostrardes resistência,
Mais sofrereis a sua penitência.
Nunca penseis que se deva chorar
As que Cupido logrou inflamar.
Outras também, apesar da altivez,
Sofreram desta amorosa rudez.
Sua beleza, estirpe e distinção
Nunca as livraram de tal servidão
Ao duro Amor: a pessoa mais nobre
Mais fortemente presa se descobre.
Também Semíramis, Rainha egrégia[3],
Que comandou com sagaz estratégia

Les noirs squadrons des Ethiopiens,
Et en montrant louable exemple aus siens
Faisoit couler de son furieus branc
Des ennemis les plus braves le sang,
Ayant encor envie de conquerre
Tous ses voisins, ou leur mener la guerre,
Trouva Amour, qui si fort la pressa,
Qu'armes et loix veincue elle laissa.
Ne meritoit sa Royalle grandeur
Au moins avoir un moins fascheus malheur
Qu'aymer son fils? Royne de Babylonne,
Où est ton coeur qui es combaz resonne?
Qu'est devenu ce fer et cet escu,
Dont tu rendois le plus brave veincu?
Où as tu mis la Marciale creste,
Qui obombroit le blond or de ta teste?
Où est l'espée, où est cette cuirasse,
Dont tu rompois des ennemis l'audace?
Où sont fuiz tes coursiers furieus,
Lesquels trainoient ton char victorieus?
T'a pù si tot un foible ennemi rompre?
Ha pù si tot ton coeur viril corrompre,
Que le plaisir d'armes plus ne te touche:
Mais seulement languis em une couche?
Tu as laissé les aigreurs Marciales,
Pour recouvrer les douceurs geniales.
Ainsi Amour de toy t'a estrangée,
Qu'on te diroit en une autre changée.
Donques celui lequel d'amour esprise
Pleindre me voit, que point il ne mesprise
Mon triste deuil: Amour peut estre, en brief
En son endroit n'aparoitra moins grief.

A negra tropa etíope e temida,
E a demonstrar aos seus força aguerrida,
Fazia o sangue, com feroz punhal,
Correr ao mais terrível e brutal,
Querendo ainda em guerras conquistar
Os seus vizinhos, pondo-os a brigar,
Achou Amor, que tão forte a abraçou,
Que armas e leis, vencida, ela deixou.
Não merecia a grandeza Real
Haver portanto um fim menos fatal
Que amar seu filho? Onde encontrar, Rainha
Da Babilônia, o coração que tinhas?
O que ocorreu com teus escudos e clavas,
Com que o mais bravo imigo desarmavas?
Onde puseste a crista Marcial[4]
Que te cobria o cabelo auroral?
Onde puseste a espada, onde a couraça
Com que rompias do forte a audácia?
Por onde estão teus corcéis furiosos,
Os quais puxavam a biga formosos?
Pôde tão logo um fraco te romper?
Teu coração viril apodrecer?
E o teu amor às armas, já desfeito,
Te fez deitar definhada num leito?
As amarguras Marciais trocaste
Pelas doçuras que em Gênio encontraste[5].
Assim Amor deixou-te tão mudada
Que te pareces outra, transformada.
Por isso, aquele que me vê queixar
Meu triste Amor, não queira desprezar
A minha dor: Amor, é natural,
Em seu lugar não será menos mau.

Telle j'ay vù qui avoit en jeunesse
Blamé Amour: après en sa vieillesse
Bruler d'ardeur, et pleindre tendrement
L'ápre rigueur de son tardif tourment.
Alors de fard et eau continuelle
Elle essayoit se faire venir belle,
Voulant chasser le ridé labourage,
Que l'aage avoit gravé sur son visage.
Sur son chef gris elle avoit empruntée
Quelque perruque, et assez mal antée:
Et plus estoit à son gré bien fardée,
De son Ami moins estoit regardée:
Lequel ailleurs fuiant n'en tenoit conte,
Tant lui sembloit laide, et avoit grand'honte
D'estre aymé d'elle. Ainsi la povre vieille
Recevoit bien pareille pour pareille,
De maints en vain un tems fut reclamée,
Ores qu'elle ayme, elle n'est point aymée.
Ainsi Amour prend son plaisir, à faire
Que le veuil d'un soit à l'autre contraire.
Tel n'ayme point, qu'une Dame aymera:
Tel ayme aussi, qui aymé ne sera:
Et entretient, neanmoins, sa puissance
Et sa rigueur d'une vaine esperance.

Já vi alguém que, em sua juventude,
O desprezou: porém, na senectude
Ardeu de Amor, e em seu triste lamento
Reclamou contra o rigor do tormento.
E com maquiagem, loções abundantes
Quis avivar a beleza minguante,
Como a caçar a ruga que em seu rosto
A idade, feito arado, havia posto.
Sobre a cabeça branca ela assentou
Uma peruca, que mais lhe enfeou.
E quanto mais frequente se maquiava,
O seu amigo menos a notava,
O qual, fugindo ao não lhe dar valor,
Por ser tão feia, tinha enorme horror
De ser amado por ela. A velhinha
Pagava assim toda a culpa que tinha.
De quem a amava, reclamou demais.
Agora que ama, ninguém a ama mais.
Assim Amor, com prazer redobrado,
Vê quem deseja não ser desejado.
Alguém não ama, e uma Dama o amará.
Alguém também ama, e nunca o será:
E quer manter, contudo, nesse afã,
Força e rigor de uma esperança vã.

ELEGIE II

D'un tel vouloir le serf point ne desire
La liberté, ou son port le navire,
Comme j'attens, helas, de jour en jour
De toy, Ami, le gracieus retour.
Là j'avois mis le but de ma douleur,
Qui fineroit, quand j'aurois ce bon heur
De te revoir: mais de la longue attente,
Helas, em vain mon desir se lamente.
Cruel, Cruel, qui te faisoit promettre
Ton brief retour en ta premiere lettre?
As tu si peu de memoire de moy,
Que de m'avoir si tot rompu la foy?
Comme oses tu ainsi abuser celle
Qui de tout tems t'a esté si fidelle?
Or' que tu es auprès de ce rivage
Du Pau cornu, peut estre ton courage
S'est embrasé d'une nouvelle flame,
En me changeant pour prendre une autre Dame:
Jà en oubli inconstamment est mise
La loyauté que tu m'avois promise.
S'il est ainsi, et que desja la foy
Et la bonté se retirent de toy:
Il ne me faut esmerveiller si ores
Toute pitié tu as perdu encores.
Ô combien ha de pensée et de creinte,
Tout à par soy, l'ame d'Amour esteinte!
Ores je croy, vu notre amour passée,
Qu'impossible est, que tu m'aies laissée:
Et de nouvel ta foy je me fiance,
Et plus qu'humeine estime ta constance.
Tu es, peut estre, em chemin inconnu

ELEGIA II

O servo não deseja com mais brio
A liberdade, ou o porto o navio,
Como eu espero, ai de mim, dia a dia
A tua volta, Amigo, já tardia.
Assim deixei guardada a minha dor,
Que acabaria quando, com ardor,
Eu te revisse: mas da espera atenta,
Ai, o meu vão desejo se lamenta.
Cruel, Cruel, por que em tua primeira
Carta juraste uma volta ligeira?
Tens tão pequena lembrança de mim,
Que já consegues enganar-me assim?
Como ousas tanto escarnecer de quem
Foi tão fiel e sempre te quis bem?
Agora, próximo que estás da margem
Do Pó cornudo[6], talvez a coragem
Tenha acendido em ti uma nova chama,
Ao me trocar por qualquer outra Dama:
No esquecimento foi abandonada
A lealdade por ti tão jurada.
Se for assim, já que com tua ação
Bondade e fé de ti se perderão,
Já não me espanta se perdeste agora
Toda a piedade que tiveste outrora.
Oh como existe presságio e temor
Quando se extingue a alma de um Amor!
Mas, se me lembro da paixão passada,
Sei que por ti não fui abandonada.
E uma vez mais eu sinto que é verdade
A tua mais que humana lealdade.
Talvez estejas à força retido

Outre ton gré malade retenu.
Je croy que non: car tant suis coutumiere
De faire aus Dieus pour ta santé priere,
Que plus cruels que tigres ils seroient,
Quand maladie ils te prochasseroient:
Bien que ta fole et volage inconstance
Meriteroit avoir quelque soufrance.
Telle est ma foy, qu'elle pourra sufire
À te garder d'avoir mal et martire.
Celui qui tient au haut Ciel son Empire
Ne me sauroit, ce me semble, desdire:
Mais quand mes pleurs et larmes entendroit
Pour toy prians, son ire il retiendroit.
J'ay de tout tems vescu en son service,
Sans me sentir coulpable d'autre vice
Que de t'avoir bien souvent en son lieu
D'amour forcé, adoré comme Dieu.
Desjà deus fois depuis le promis terme,
De ton retour, Phebe ses cornes ferme,
Sans que de bonne ou mauvaise fortune
De toy, Ami, j'aye nouvelle aucune.
Si toutefois pour estre enamoré
En autre lieu, tu as tant demouré,
Si sáy je bien que t'amie nouvelle
À peine aura le renom d'estre telle,
Soit em beauté, vertu, grace et faconde,
Comme plusieurs gens savans par le monde
M'ont fait à tort, ce cróy je, estre estimée.
Mais qui pourra garder la renommée?
Non seulement en France suis flatée,
Et beaucoup plus, que ne veus, exaltée.
La terre aussi que Calpe et Pyrenée

Nalgum lugar qualquer, adoecido.
Mas talvez não: tenho orado amiúde
Para que os Deuses te tragam saúde,
Pois agiriam quais tigres ferozes
Se te mandassem doenças atrozes,
Embora eu saiba que tu bem mereces
Sofrer por todo o mal que me entristece.
Com minha fé, saberei demover
Todos os males que puderes ter.
Aquele que no Céu tem seu Poder
Talvez não possa me contradizer.
Mas se meu pranto se fizer ouvir
A sua ira ele irá redimir.
Vivi o tempo todo a seu dispor,
Sem me sentir culpada pelo ardor
De te adorar como a um Deus se adora,
Forçada pelo Amor, que me devora.
Por duas vezes já vencido o prazo
Do teu regresso, Febe já no ocaso[7]
Baixa os seus cornos, sem que eu saiba então
Qualquer notícia, boa ou não,
De ti, Amigo. Se no entanto estás
Enamorado, e te demoras mais,
Eu acredito que esta nova amiga
Dificilmente um renome consiga
Seja em beleza, virtude e eloquência,
Que os sábios põem em tamanha evidência
Por todo o mundo, embora para mim
Não seja certo estimá-las assim.
Mas quem a fama mantém respeitada?
Não só na França eu sou elogiada,
E, mais do que mereço, sou louvada.

Avec la mer tiennent environnée,
Du large Rhin les roulantes areines,
Le beau païs auquel or' te promeines,
Ont entendu (tu me l'as fait à croire)
Que gens d'esprit me donnent quelque gloire.
Goute le bien que tant d'hommes desirent:
Demeure au but ou tant d'autres aspirent:
Et croy qu'ailleurs n'en auras une telle.
Je ne dy pas qu'elle ne soit plus belle:
Mais que jamais femme ne t'aymera,
Ne plus que moy d'honneur te portera.
Maints grans Signeurs à mon amour pretendent,
Et à me plaire et servir prets se rendent,
Joutes et jeus, maintes belles devises
En ma faveur sont par eus entreprises:
Et neanmoins, tant peu je m'em soucie,
Que seulement ne les em remercie:
Tu es tout seul, tout mon mal et mon bien:
Avec toy tout, et sans toy je n'ay rien:
Et n'ayant rien qui plaise à ma pensée,
De tout plaisir me treuve delaissée,
Et pour plaisir ennui saisir me vient.
Le regretter et plorer me convient,
Et sur ce point entre en tel desconfort,
Que mile fois je souhaite la mort.
Ainsi, Ami, ton absence lointeine
Depuis deus mois me tient em cette peine,
Ne vivant pas, mais mourant d'une Amour
Lequel m'occit dix mile fois le jour,
Revien donq tot, si tu as quelque envie
De me revoir encor' un coup en vie.
Et si la mort avant ton arrivée

Também no Calpe[8] e Pirineus, a amada
Terra que pelo mar foi rodeada,
Sou conhecida e sou comemorada.
Do largo Reno as rolantes areias,
E este país pelo qual tu passeias[9]
Ouviram (como me fizeste crer)
Que me dedicam glória e bem-querer.
Goza este bem que é muito desejado,
Mantém-te no auge que é tão aspirado:
E creio que outra como eu não terás.
Não que mais bela não encontrarás,
Porém mulher alguma te amará
Ou maior honra que a minha trará.
Muitos Senhores meu amor esperam,
E em me agradar e em me servir se esmeram.
No entanto, tudo é tão pouco importante
Que nem sou grata com quem foi galante.
És todo o mal que tenho e todo o bem:
Contigo tudo, e sem ti fico sem:
E, nada tendo que me apraze tanto,
Nenhum prazer encontro em nenhum canto.
E o tédio, por prazer, vem abraçar-me.
E me convém chorar e lamentar-me,
E o desconforto desponta tão forte
Que por mil vezes eu desejo a morte.
Assim, Amigo, tua longa ausência
Me dói há dois meses com tal pungência
Que, não vivendo, morro de um Amor
O qual dez mil vezes arde em furor.
Então não tardes, se tua vontade
É me rever com vida, na saudade.
E se a morte, antes que tenhas chegado,

Ha de mon corps l'aymante ame privée,
Au moins un jour vien, habillé de dueil,
Environner le tour de mon cercueil.
Que plust à Dieu que lors fussent trouvez
Ces quatre vers en blanc marbre engravez.
PAR TOY, AMI, TANT, VESQUI ENFLAMMÉE,
QU'EN LANGUISSANT PAR FEU SUIS CONSUMÉE,
QUI COUVE ENCOR SOUS MA CENDRE EMBRAZÉE
SI NE LE RENS DE TES PLEURS APAIZÉE.

Tiver do corpo a minha alma privado,
Que um dia venhas, com luto e amargura,
Ficar em torno à minha sepultura.
Que preze a Deus que então sejam achados
Meus quatro versos na pedra gravados:
POR TI, AMIGO, FUI TÃO INCENDIADA
QUE ME ACABEI, NA CHAMA DEVORADA
QUE AINDA QUEIMA SOB CINZA ABRASADA
SE ESTA NÃO FOR POR TEU PRANTO APLACADA.

ELEGIE III

Quand vous lirez, ô Dames Lionnoises,
Ces miens escrits pleins d'amoureuses noises,
Quand mes regrets, ennuis, despits et larmes
M'orrez chanter en pitoyables carmes,
Ne veuillez pas condamner ma simplesse,
Et jeune erreur de ma fole jeunesse,
Si c'est erreur: mais qui dessous les Cieus
Se peut vanter de n'estre vicieus?
L'un n'est content de sa sorte de vie,
Et tousjours porte à ses voisins envie:
L'un forcenant de voir la paix en terre,
Par tous moyens tache y mettre la guerre:
L'autre croyant povreté estre vice,
À autre Dieu qu'or, ne fait sacrifice:
L'autre sa Foy parjure il emploira
À decevoir quelcun qui le croira:
L'un en mentant de sa langue lezarde,
Mile brocars sur l'un et l'autre darde:
Je ne suis point sous ces planettes née,
Qui m'ussent pù tant faire infortunée.
Onques ne fut mon oeil marri, de voir
Chez mon voisin mieus que chez moy pleuvoir.
Onq ne mis noise ou discord entre amis:
À faire gain jamais ne me soumis.
Mentir, tromper, et abuser autrui,
Tant m'a desplu, que mesdire de lui.
Mais si en moy rien y ha d'imparfait,
Qu'on blame Amour: c'est lui seul qui l'a fait.
Sur mon verd aage en ses laqs il me prit,
Lors qu'exerçoi mon corps et mon esprit
En mile et mile euvres ingenieuses,

ELEGIA III

Quando vós lerdes, ó Damas Lionesas,
Os meus escritos de amor e tristezas,
Quando os meus choros, tédios e rancores
Forem ouvidos em carmes e dores,
Não condeneis de maneira tão rude
Um jovem erro em minha juventude,
Se um erro foi: porém, quem sob o Céu
Se vangloria de jamais ser réu?
Alguém que leva a vida desgostoso
De seu vizinho está sempre invejoso.
Outro, irritado ao ver a paz na terra,
Se esforça para colocá-la em guerra.
E há quem, achando que a pobreza é vício,
Somente ao Deus ouro faz sacrifício.
E há quem a Fé perjure e se habilite
A iludir aquele que acredite.
Outro, a mentir com língua venenosa,
Deste e daquele com deboches goza.
Essas estrelas não me assinalaram,
Nem má fortuna sobre mim lançaram.
Nunca tive olho grande, quando vi
Chover em horta alheia, e não aqui.
Nunca a discórdia entre amigos plantei:
Nunca ao dinheiro sujeita fiquei.
Nem abusar nem mentir saberei,
E quem molesta o outro, eu maldirei.
Mas se existir em mim algo imperfeito,
O Amor tem culpa: ele assim tem-me feito.
Eu muito jovem, ele me enlaçava,
Enquanto o corpo e a mente eu praticava
Em mil e um trabalhos engenhosos,

Qu'en peu de tems me rendit ennuieuses.
Pour bien savoir avec l'esguille peindre
J'eusse entrepris la renommée esteindre
De celle là, qui plus docte que sage,
Avec Pallas comparoit son ouvrage.
Qui m'ust vù lors en armes fiere aller,
Porter la lance et bois faire voler,
Le devoir faire en l'estour furieus,
Piquer, volter le cheval glorieus,
Pour Bradamante, ou la haute Marphise,
Seur de Roger, il m'ust, possible, prise.
Mais quoy? Amour ne put longuement voir,
Mon coeur n'aymant que Mars et le savoir:
Et me voulant donner autre souci,
En souriant, il me disoit ainsi:
Tu penses donq, ô Lionnoise Dame,
Pouvoir fuir par ce moyen ma flame:
Mais non feras, j'ai subjugué les Dieus
Es bas Enfers, en la Mer et es Cieus.
Et penses tu que n'aye tel pouvoir
Sur les humeins, de leur faire savoir
Qu'il n'y ha rien qui de ma main eschape?
Plus fort se pense et plus tot je le frape.
De me blamer quelquefois tu n'as honte,
En te fiant en Mars, dont tu fais conte:
Mais meintenant, voy si pour persister
En le suivant me pourras resister.
Ainsi parloit, et tout eschaufé d'ire
Hors de sa trousse une sagette il tire,
Et decochant de son extreme force,
Droit la tira contre ma tendre escorce,
Foible harnois, pour bien couvrir le coeur,

Que em pouco tempo ficavam tediosos.
Com minha agulha sabendo bordar,
Eu quis um dia a fama boicotar
Daquela que, bem mais douta que astuta,
Quis igualar-se a Palas em disputa.[10]
E assim me vendo as armas empunhar,
Portar a lança e a hasta arremessar,
E combater um combate furioso,
E enraivecer o cavalo glorioso,
A Bradamante, ou Marfisa afamada,
Irmã de Roger, eu fui comparada[11].
Mas como? Amor não poderia ver
Um coração que ama Marte e o saber.
E me querendo dar outra aflição,
A me sorrir, ele me disse então:
Ainda pensas, ó Lionesa Dama,
Poder fugir assim à minha chama?
Não poderás, pois os Deuses contidos
No Mar, nos Céus, no Inferno estão vencidos.
E pensas que eu não tenha igual poder
Sobre os humanos, ao lhes convencer
Que nada à minha mão escapa intato?
Mais fortes pensam ser, mais cedo abato.
Tu me criticas sem qualquer pudor,
Por encontrar em Marte um protetor.
Mas vê agora se por persistir
Em seu apoio podes resistir.
Assim falava, mas tomado de ira
De sua aljava uma flecha retira,
E arremessando com vigor dobrado,
Atirou contra meu peito adamado:
Frágil couraça, pois meu coração

Contre l'Archer qui tousjours est vainqueur.
La bresche faite, entre Amour en la place,
Dont le repos premierement il chasse:
Et de travail qui me donne sans cesse,
Boire, manger, et dormir ne me laisse.
Il ne me chaut de soleil ne d'ombrage:
Je n'ay qu'Amour et feu en mon courage,
Qui me desguise, et fait autre paroitre,
Tant que ne peu moymesme me connoitre.
Je n'avois vù encore seize Hivers,
Lors que j'entray en ces ennuis divers:
Et jà voici le treizième esté
Que mon coeur fut par amour arresté.
Le tems met fin aus hautes Pyramides,
Le tems met fin aus fonteines humides:
Il ne pardonne aus braves Colisées,
Il met à fin les viles plus prisées,
Finir aussi il ha acoutumé
Le feu d'Amour tant soit il allumé:
Mais, las! en moy il semble qu'il augmente
Avec le tems, et que plus me tourmente.
Paris ayma Œnone ardamment,
Mais son amour ne dura longuement,
Medée fut aymeé de Jason,
Qui tot après la mit hors sa maison.
Si meritoient elles estre estimées,
Et pour aymer leurs Amis, estre aymées.
S'estant aymé on peut Amour laisser
N'est il raison, ne l'estant, se lasser?
N'est il raison te prier de permettre,
Amour, que puisse à mes tourmens fin mettre?
Ne permets point que de Mort face espreuve,

Contra este Arqueiro não tem proteção.
Aberta a brecha, Amor entra na praça,
Cujo repouso de pronto rechaça.
Tanto tormento incessante me traz,
Que nunca bebo ou como ou durmo em paz.
Nem sol nem sombra me darão vantagem:
Amor e fogo bastam à coragem,
Que me disfarça. Outra pareço ser,
E chego a não mais me reconhecer.
Não tinha visto sequer dezesseis
Invernos, quando o tédio me malfez.
Treze verões tive de ultrapassar
Desde que amor me conseguiu pegar.
O tempo extingue as Pirâmides altas,
O tempo extingue as cabeceiras lautas:
E não perdoa os Coliseus irados,
E desmorona os lugares amados,
Acostumou-se ainda a destruir
O mal do Amor e seu fogo a luzir:
Mas, ai! parece que em mim só aumenta
Passado o tempo, o que mais me atormenta.
Páris amou Enona ardentemente,
Mas seu amor não durou longamente,
Medeia foi amada por Jasão,
Que logo a pôs em grande perdição[12].
Mereceriam ser muito estimadas
E, amando seus Amigos, ser amadas.
Se, sendo amada, o Amor pode acabar
Não sendo amada, não pode cansar?
Não poderias, Amor, permitir
Que meus tormentos pudessem sumir?
E nunca deixes que eu aviste a Morte

Et plus que toy pitoyable la treuve:
Mais si tu veus que j'ayme jusqu'au bout,
Fay que celui que j'estime mon tout,
Qui seul me peut faire plorer et rire,
Et pour lequel si souvent je soupire,
Sente en ses os, en son sang, en son ame,
Ou plus ardente, ou bien egale flame.
Alors ton faix plus aisé me sera,
Quand avec moy quelcun le portera.

FIN

E que ela, mais do que tu, me conforte.
Mas se tu queres que ame até o fim,
Faze com quem desejo para mim,
Quem me faz tanto rir quanto chorar,
E pelo qual eu vivo a suspirar,
Na alma, nos ossos, no sangue ressinta
Bem mais ardente a chama nunca extinta.
Teu fardo então mais leve me será:
Junto comigo, alguém o levará.

FIM

Sonetos

SONNETS.

I.

Non hauria Vlysse o qualunqu'altro mai
Piu accorto fu, da quel diuino aspetto
Pien di gratie, d'honor & di rispetto
Sperato qual i sento affanni e guai.
Pur, Amour, co i begli ochi tu fatt' hai
Tal piaga dentro al mio innocente petto,
Di cibo & di calor gia tuo ricetto,
Che rimedio non v'e si tu n'el dai.
O sorte dura, che mi fa esser quale
Punta d'un Scorpio, & domandar riparo
Contr'el velen' dall' istesso animale.
Chieggio li sol' ancida questa noia,
Non estingua el desir à me si caro,
Che mancar non potra ch' i non mi muoia.

II.

O beaux yeux bruns, ô regars destournez,
O chauds soupirs, ô larmes espandues,
O noires nuits vainement atendues,
O iours luisans vainement retournez :
O tristes pleins, ô desirs obstinez,
O tems perdu, ô peines despendues,
O mile morts en mile rets tendues,
O pire maus contre moy destinez.
O ris, ô front, cheueux, bras, mains & doits :
O lut pleintif, viole, archet & vois :
Tant de flambeaus pour ardre une femmelle !
De toy me plein, que tant de feus portant,
En tant d'endrois d'iceus mon cœur tatant,
N'en est sur toy volé quelque estincelle.

O longs

Primeira página dos "Sonnets" – Edição de 1556

I

Non havria Ulysse o qualunqu'altro mai
    Piu accorto fù, da quel divino aspetto
    Pien di gratie, d'honor et di rispetto
    Sperato qual i sento affanni e guai.
Pur, Amour, co i begli occhi tu fatt'hai
    Tal piaga dentro al mio innocente petto,
    Di cibo et di calor gia tuo ricetto,
    Che rimedio non v'è si tu n'el dai.
O sorte dura, che mi fa esser quale
    Punta d'un Scorpio, et domandar riparo
    Contr'el velen' dall'istesso animale.
Chieggio li sol' ancida questa noia,
    Non estingua el desir à me si caro,
    Che mancar non potrà ch'i' non mi muoia.

I

Nem mesmo Ulisses, nem outro qualquer
    Bem mais sagaz, poderia pensar
    Que nesse honroso rosto iria achar
    O mal terrível que aflige o meu ser.
Amor, com belos olhos, ao me ver
    Faz tanta chaga em meu peito brotar,
    Onde alimento e calor vem buscar,
    Que apenas tu me podes socorrer.
Cruel destino, de ponta tão dura
    Quanto a do fero Escorpião, fingindo
    Que em seu veneno acharei minha cura.
Clamo que acabes com minha má sorte,
    Mas não extingas meu desejo infindo,
    Pois sua falta me traria a morte.

II

Ô beaus yeus bruns, ô regars destournez,
    Ô chaus soupirs, ô larmes espandues,
    Ô noires nuits vainement atendues,
    Ô jours luisans vainement retournez:
Ô tristes pleins, ô desirs obstinez,
    Ô tems perdu, ô peines despendues,
    Ô mile morts en mile rets tendues,
    Ô pires maus contre moy destinez.
Ô ris, ô front, cheveus, bras, mains et doits:
    Ô lut pleintif, viole, archet et vois:
    Tant de flambeaus pour ardre une femmelle!
De toy me plein, que tant de feus portant,
    En tant d'endrois d'iceus mon coeur tatant,
    N'en est sur toy volé quelque estincelle.

II

Ó belos olhos, ó olhares cruzados,
    Ó quentes ais, ó lágrimas roladas,
    Ó negras noites em vão esperadas,
    Ó dias claros em vão retornados!
Ó tristes ais, ó desejos dobrados,
    Ó tempo gasto, ó aflições passadas,
    Ó mortes mil em redes mil jogadas,
    Ó duros males contra mim lançados!
Ó riso, ó fronte, dedos, mãos e braços!
    Ó alaúde, viola, arco e compassos:
    Chamas demais para uma só mulher!
De ti me queixo: esses fogos que trago,
    No coração causaram muito estrago,
    Mas não te queima uma chama sequer.

III

Ô longs desirs, ô esperances vaines,
      Tristes soupirs et larmes coutumieres
      À engendrer de moy maintes rivieres,
      Dont mes deus yeus sont sources et fontaines:
Ô cruautez, ô durtez inhumaines,
      Piteus regars des celestes lumieres:
      Du coeur transi ô passions premieres,
      Estimez vous croitre encore mes peines?
Qu'encor Amour sur moy son arc essaie,
      Que nouveaus feus me gette et nouveaus dars:
      Qu'il se despite, et pis qu'il pourra face:
Car je suis tant navrée en toutes pars,
      Que plus en moy une nouvelle plaie,
      Pour m'empirer ne pourroit trouver place

III

Ó ânsias longas, ó espera ausente,
    Tristes suspiros, prantos costumeiros,
    Formando em mim tantos rios e aguaceiros
    De que meus olhos são fonte e nascente!
Ó crueldade, ó dureza inclemente,
    Olhares pios dos astrais luzeiros,
    Do peito frio ó amores primeiros,
    Quereis mais forte a minha dor ardente?
Que contra mim o Amor seu arco traga,
    Que lance novos fogos, novos dardos,
    Que ele se irrite, e contra mim se firme:
Tão atingida estou por tantos lados
    Que, se quiser abrir-me nova chaga,
    Não haverá lugar para ferir-me.

IV

Depuis qu'Amour cruel empoisonna
    Premierement de son feu ma poitrine,
    Tousjours brulay de sa fureur divine,
    Qui un seul jour mon coeur n'abandonna.
Quelque travail, dont assez me donna,
    Quelque menasse et procheine ruïne:
    Quelque penser de mort qui tout termine,
    De rien mon coeur ardent ne s'estonna.
Tant plus qu'Amour nous vient fort assaillir,
    Plus il nous fait nos forces recueillir,
    Et toujours frais en ses combats fait estre:
Mais ce n'est pas qu'en rien nous favorise,
    Cil qui les Dieux et les hommes mesprise:
    Mais pour plus fort contre les fors paroitre.

IV

Desde que Amor cruel envenenou
      O peito meu no fogo que fulmina,
      Ardi-me sempre na fúria divina,
      Meu coração jamais o abandonou.
Qualquer tormento, a que ele me obrigou,
      Qualquer perigo e vindoura ruína,
      Ou mau presságio que tudo termina,
      Meu coração jamais se amedrontou.
Por mais que Amor nos ataque raivoso,
      Mais nos obriga a vê-lo venturoso,
      Sempre saudável ao vir combater:
Não é por isso que nos favorece,
      Ele que os Deuses e os homens esquece,
      Mas por mais forte aos fortes parecer.

V

Clere Venus, qui erres par les Cieus,
    Entens ma voix qui em pleins chantera,
    Tant que ta face au haut du Ciel luira,
    Son long travail et souci ennuieus.
Mon oeil veillant s'atendrira bien mieus,
    Et plus de pleurs te voyant gettera.
    Mieus mon lit mol de larmes baignera,
    De ses travaus voyant témoins tes yeus.
Donq des humains sont les lassez esprits
    De dous repos et de sommeil espris.
    J'endure mal tant que le Soleil luit:
Et quand je suis quasi toute cassée,
    Et que me suis mise em mon lit lassée,
    Crier me faut mon mal toute la nuit.

V

Vênus tão clara, pelo firmamento,
    Escuta a voz que em queixas cantará,
    Enquanto o rosto teu cintilará,
    O seu cansaço e custoso tormento.
Meu olho vela em vigília a contento,
    E ao te ver muito pranto verterá
    Sobre meu leito mole, e o banhará,
    Disso os teus olhos têm conhecimento.
Pois são humanas as almas cansadas
    E em seu repouso e sono apaixonadas.
    Já não suporto o Sol e seu fulgor:
E quando estou quase toda desfeita,
    E em mole leito o meu corpo se deita,
    A noite toda eu grito a minha dor.

VI

Deus ou trois fois bien heureus le retour
  De ce cler Astre, et plus heureus encore
  Ce que son oeil de regarder honore.
  Que celle là recevroit un bon jour,
Qu'elle pourroit se vanter d'un bon tour
  Qui baiseroit le plus beau don de Flore,
  Le mieus sentant que jamais vid Aurore,
  Et y feroit sur ses levres sejour!
C'est à moy seule à qui ce bien est du,
  Pour tant de pleurs et tant de tems perdu:
  Mais le voyant, tant lui feray de feste,
Tant emploiray de mes yeux le pouvoir,
  Pour dessus lui plus de credit avoir,
  Qu'en peu de temps feray grande conqueste.

VI

Duas ou três vezes seja louvada
      A volta do Astro claro[1], e sem demora
      Esta que o olho seu olhar adora.
      Que de manhã ela seja saudada,
E que também consiga, enfatuada,
      Beijar somente o melhor dom da Flora,
      Maior aroma que já viu a Aurora,
      E nos seus lábios fazer a morada!
Somente a mim este bem é devido,
      Por tantos prantos e tempo perdido:
      Mas, quando o vir, tanto o festejarei,
Tanto usarei dos olhos o poder,
      Para maior vantagem receber,
      Que, em breve, grande conquista farei.

VII

On voit mourir toute chose animée,
    Lors que du corps l'ame sutile part:
    Je suis le corps, toy la meilleure part:
    Où es tu donq, o ame bien aymée?
Ne me laissez[2] par si longtemps pámée,
    Pour me sauver après viendrois trop tard.
    Las, ne mets point ton corps en ce hazart:
    Rens lui sa part et moitié estimée.
Mais fais, Ami, que ne soit dangereuse
    Cette rencontre et revuë amoureuse,
    L'accompagnant, non de severité,
Non de rigueur: mais de grace amiable,
    Qui doucement me rende ta beauté,
    Jadis cruelle, à present favorable.

VII

Vê-se morrer toda coisa animada,
      Quando do corpo a alma leve parte.
      Eu sou o corpo, e tu a melhor parte.
      Onde estás, pois, ó alma bem-amada?
Nunca me deixes tão sobressaltada,
      Para salvar-me após seria tarde.
      Ah, não coloques teu corpo em tal arte:
      Junta-lhe a parte e metade estimada.
Mas vem, Amigo, e sê bem cuidadoso
      Nesse reencontro e retorno amoroso,
      Acompanhando-o, nunca de dureza,
Nem de rigor: mas de graça amigável,
      Que docemente tem tua beleza,
      Antes cruel, agora favorável.

VIII

Je vis, je meurs: je me brule et me noye.
      J'ay chaut estreme en endurant froidure:
      La vie m'est et trop molle et trop dure.
      J'ay grans ennuis entremeslez de joye:
Tout à un coup je ris et je larmoye,
      Et en plaisir maint grief tourment j'endure:
      Mon bien s'en va, et à jamais il dure:
      Tout en un coup je seiche et je verdoye.
Ainsi Amour inconstamment me meine:
      Et quand je pense avoir plus de douleur,
      Sans y penser je me treuve hors de peine.
Puis quand je croy ma joye estre certeine,
      Et estre au haut de mon desiré heur,
      Il me remet en mon premier malheur.

VIII[3]

Eu vivo, eu morro: no fogo eu me afogo.
    No calor sinto o frio que me perfura:
    A vida é muito mole e muito dura.
    Sinto fastios e alegrias logo.
Jorrando as lágrimas, o riso eu jogo,
    E com prazer sofro muita amargura:
    Meu bem se vai, mas eterno perdura:
    Vicejo assim que me resseca o fogo.
Assim Amor volúvel faz comigo;
    E quando penso estar mais dolorida,
    Sem mais pensar me vejo sem castigo.
Se penso estar feliz e sem perigo,
    E estar bem no auge da sorte querida,
    Ele me faz novamente sofrida.

IX

Tout aussi tot que je commence à prendre
        Dens le mol lit le repos desiré,
        Mon triste esprit hors de moy retiré
        S'en va vers toy incontinent se rendre.
Lors m'est avis que dedens mon sein tendre
        Je tiens le bien, où j'ay tant aspiré,
        Et pour lequel j'ay si haut souspiré,
        Que de sanglots ay souvent cuidé fendre.
Ô dous sommeil, ô nuit à moy heureuse!
        Plaisant repos, plein de tranquilité,
        Continuez toutes les nuiz mon songe:
Et si jamais ma povre ame amoureuse
        Ne doit avoir de bien en verité,
        Faites au moins qu'elle en ait en mensonge.

IX

Tão logo sinto vir, ao me deitar,
    No leito mole o sono desejado,
    Meu triste espírito, de mim largado,
    Incontinente a ti vai se entregar.
E sinto o frágil peito a me avisar
    Que eu já possuo o bem tão aspirado,
    Pelo qual tanto tenho suspirado,
    Que de soluços pensei me rachar.
Ó doce sono, ó noite tão ditosa!
    Repouso calmo, com tranquilidade,
    Continuai meu sonho toda a vida:
E se minha alma tão pobre e amorosa
    Não possa ter seu bem na realidade,
    Deixai que o sinta, mesmo se iludida.

X

Quand j'aperçoy ton blond chef couronné
      D'un laurier verd, faire un lut si bien pleindre,
      Que tu pourrois à te suivre contreindre
      Arbres et rocs: quand je te vois orné,
Et de vertus dix mile environné,
      Au chef d'honneur plus haut que nul ateindre,
      Et des plus hauts les louenges esteindre:
      Lors dit mon coeur en soy passionné:
Tant de vertus qui te font estre aymé,
      Qui de chacun te font estre estimé,
      Ne te pourroient aussi bien faire aymer?
Et ajoutant à ta vertu louable
      Ce nom encor de m'estre pitoyable,
      De mon amour doucement t'enflamer?

X

Quando te vejo, o rosto louro ornado
    De um laurel verde, tocar o alaúde,
    E atrás de ti seguir em servitude
    Árvores, pedras: quando, coroado,
Te olho de dez mil virtudes cercado,
    Erguendo a honra à maior altitude,
    E entre os mais altos mostrar plenitude,
    Meu coração pergunta apaixonado:
Tantas te fazem ser tão amado,
    Tantas te fazem ser tão estimado,
    Não poderiam, pois, fazer-te amar?
E, em meio a tanta virtude louvável,
    Será que então o meu ser lamentável
    Com doce amor poderá te inflamar?

XI

Ô dous regars, ô yeus pleins de beauté,
    Petits jardins, pleins de fleurs amoureuses
    Où sont d'Amour les flesches dangereuses,
    Tant à vous voir mon oeil s'est arresté!
Ô coeur felon, ô rude cruauté,
    Tant tu me tiens de façons rigoureuses,
    Tant j'ay coulé de larmes langoureuses,
    Sentant l'ardeur de mon coeur tourmenté!
Donques, mes yeus, tant de plaisir avez,
    Tant de bons tours par ses yeus recevez:
    Mais toy, mon coeur, plus les vois s'y complaire,
Plus tu languiz, plus en as de soucis,
    Or devinez si je suis aise aussi,
    Sentant mon oeil estre à mon coeur contraire.

XI

Ó belos olhos, ó olhar sempre doce,
    Ricos jardins de flores amorosas,
    Onde Amor guarda as flechas perigosas,
    O meu olhar no teu paralisou-se!
Ó padecer que o coração me trouxe,
    Como me doem as penas rigorosas,
    Como chorei lágrimas langorosas,
    Sentindo o ardor que sobre mim queimou-se!
Os meus dois olhos têm tanto prazer
    Quanto os teus olhos possam conceder:
    Meu coração detesta esta afeição,
E se enfraquece quando os dois se veem.
    Pensa se posso ver e viver bem,
    Se tenho um olho contra o coração.

XII

Lut, compagnon de ma calamité,
    De mes soupirs témoin irreprochable,
    De mes ennuis controlleur veritable,
    Tu as souvent avec moy lamenté:
Et tant le pleur piteus t'a molesté,
    Que commençant quelque son delectable,
    Tu le rendois tout soudein lamentable,
    Feignant le ton que plein avoit chanté.
Et si te veus efforcer au contraire,
    Tu te destens et si me contreins taire:
    Mais me voyant tendrement soupirer,
Donnant faveur à ma tant triste pleinte:
    Em mes ennuis me plaire suis contreinte,
    Et d'un dous mal douce fin esperer.

XII

Meu alaúde, com que choro tanto,
    De meus suspiros o bom companheiro,
    De meus fastios o fiscal certeiro,
    Sempre contigo meus lamentos canto:
E tanto o aflige esse mal do meu pranto
    Que, ao simples toque de um som prazenteiro,
    Tu o transformas em triste ligeiro,
    Fingindo o tom maior em desencanto.
Se desse acorde queres discordar,
    Então te afrouxas, fazes-me calar:
    Mas ao me ver suspirando afinal,
Deixa que eu chore o que sinto doer,
    Que em meus fastios encontre prazer,
    Que um doce fim surja de um doce mal.

XIII

Oh si j'estois en ce beau sein ravie
  De celui là pour lequel vois mourant:
  Si avec lui vivre le demeurant
  De mes cours jours ne m'empeschoit envie:
Si m'acollant me disoit, chere Amie,
  Contentons nous l'un l'autre, s'asseurant
  Que jà tempeste, Euripe, ne Courant
  Ne nous pourra desjoindre em notre vie:
Si de mes bras le tenant acollé,
  Comme du Lierre est l'arbre encercelé,
  La mort venoit, de mon aise envieuse:
Lors que souef plus il me baiseroit,
  Et mon esprit sur ses levres fuiroit,
  Bien je mourrois, plus que vivante, heureuse.

XIII

Oh se eu no peito estivesse enlevada
    Daquele alguém por quem morro amante:
    Se junto a ele viver o restante
    Dos curtos dias meus tolhesse nada:
Se, ao me abraçar, ele dissesse, Amada,
    Sejamos sempre um ao outro o bastante,
    Nem tempestade, ou o Euripo possante[4]
    Nos poderá apartar dessa jornada:
Se eu o tivesse ao meu corpo abraçado,
    Como com Hera o tronco circundado,
    E a morte então invejasse o meu bem:
Assim que doce ele mais me beijasse,
    E dos seus lábios minha alma voasse,
    Eu morreria, mais que viva, bem.

XIV

Tant que mes yeux pourront larmes espandre,
    À l'heur passé avec toy regretter:
    Et qu'aus sanglots et soupirs resister
    Pourra ma voix, et un peu faire entendre:
Tant que ma main pourra les cordes tendre
    Du mignart Lut, pour tes graces chanter:
    Tant que l'esprit se voudra contenter
    De ne vouloir rien fors que toy comprendre:
Je ne souhaitte encore point mourir.
    Mais quand mes yeus je sentiray tarir,
    Ma voix cassée, et ma main impuissante.
Et mon esprit en ce mortel sejour
    Ne pouvant plus montrer signe d'amante:
    Prirey la Mort noircir mon plus cler jour.

XIV

Enquanto possam meus olhos chorar,
      E lamentar o passado que dista:
      E aos meus suspiros e prantos resista
      A minha voz, que se faça escutar:
Enquanto possa minha mão tocar
      Num Alaúde à tua alma benquista:
      E enquanto o espírito nunca desista
      De dentro dele só o teu abrigar:
Eu não terei vontade de morrer.
      Mas quando o pranto meu emurchecer,
      Faltar a voz, tremer a mão errante.
E o meu espírito em mortal morada
      Não possa mais mostrar sinal de amante:
      Rogo que a Morte escureça a alvorada.

XV

Pour le retour du Soleil honorer,
      Le Zephir, l'air serein lui apareille:
      Et du sommeil l'eau et la terre esveille,
      Qui les gardoit l'une de murmurer,
Em dous coulant, l'autre de se parer
      De mainte fleur de couleur nompareille.
      Jà les oiseaus es arbres font merveille,
      Et aus passans font l'ennui moderer:
Les Nynfes jà em mile jeus s'esbatent
      Au cler de Lune, et dansans l'herbe abatent:
      Veus tu Zephir de ton heur me donner.
Et que par toy toute me renouvelle?
      Fay mon Soleil devers moy retourner,
      Et tu verras s'il ne me rend plus belle.

XV

Para o retorno do Sol venerar,
    Um ar sereno o Zéfiro lhe estira:
    E a água e a terra do sono retira,
    Não permitindo a uma murmurar,
Em doce fluxo, e à outra se enfeitar
    De tantas flores quanto a cor inspira.
    No bosque o canto das aves admira,
    E assim consegue o tédio moderar.
Em jogos mil as Ninfas já se lançam
    E a grama cortam, quando à Lua dançam:
    Tu queres, Zéfiro, um bem me ofertar,
E renovar em mim a luz bem-vinda?
    Faze meu Sol para mim retornar,
    E verás que ele me torna mais linda.

XVI

Après qu'un tems la gresle et le tonnerre
      Ont le haut mont de Caucase batu,
      Le beau jour vient, de lueur revétu.
      Quand Phebus ha son cerne fait en terre,
Et l'Ocean il regaigne à grand erre:
      Sa seur se montre avec son chef pointu.
      Quand quelque tems le Parthe ha combatu,
      Il prent la fuite et son arc il desserre.
Un tems t'ay vù et consolé pleintif,
      Et defiant de mon feu peu hatif:
      Mais maintenant que tu m'as embrasée,
Et suis au point auquel tu me voulois:
      Tu as ta flame em quelque eau arrosée,
      Et es plus froit qu'estre je ne soulois.

XVI

Logo depois que o granizo e o trovão
    O grande monte Cáucaso atacaram,
    O tempo bom e o luar retornaram.
    E quando Febo[5] em torno à terra então
Reganha o Mar com veloz prontidão:
    Sua irmã[6] mostra os brilhos que encantaram.
    E quando as flechas de Parto acabaram[7],
    Ele fugiu, soltando o arco da mão.
Eu consolei o teu semblante lasso,
    E suspeitava de meu fogo escasso:
    Porém, agora que tu me abrasaste
E estou no ponto em que tu me querias,
    As tuas flamas em água banhaste,
    E estás mais frio do que eu suportaria.

XVII

Je fuis la vile, et temples, et tous lieus,
    Esquels prenant plaisir à t'ouir pleindre,
    Tu peus, et non sans force, me contreindre
    De te donner ce qu'estimois le mieus.
Masques, tournois, jeus me sont ennuieus,
    Et rien sans toy de beau ne me puis peindre:
    Tant que tachant à ce desir esteindre,
    Et un nouvel obget faire à mes yeus,
Et des pensers amoureus me distraire,
    Des bois espais sui le plus solitaire:
    Mais j'aperçoy, ayant erré maint tour,
Que si je veus de toy estre delivre,
    Il me convient hors de moymesme vivre,
    Ou fais encor que loin sois en sejour.

XVII

Eu deixo os templos, fujo da cidade
      Em que com gosto te ouço lamentar,
      Onde tu podes, assim, me forçar
      A te ofertar o que amo de verdade.
Largo os torneios, bailo sem vontade,
      E em nada além de ti logro pensar:
      Tanto que, para o desejo abrandar,
      E me trazer aos olhos novidade,
E dessas cismas de amor me esquecer,
      Nos densos bosques vou espairecer:
      Mas já percebo, tendo estado errada,
Que se de ti quiser livrar-me enfim,
      Vou precisar viver fora de mim,
      Ou que bem longe seja a tua estada.

XVIII

Baise m'encor, rebaise moy et baise:
    Donne m'en un de tes plus savoureus,
    Donne m'en un de tes plus amoureus:
    Je t'en rendray quatre plus chaus que braise.
Las, te pleins tu? çà que ce mal j'apaise,
    En t'en donnant dix autres doucereus.
    Ainsi meslans nos baisers tant heureus
    Jouissons nous l'un de l'autre à notre aise.
Lors double vie à chacun en suivra.
    Chacun en soy et son ami vivra.
    Permets m'Amour penser quelque folie:
Tousjours suis mal, vivant discrettement,
    Et ne me puis donner contentement,
    Si hors de moy ne fay quelque saillie.

XVIII

Beija-me ainda, rebeija-me e beija:
    Dá-me um daqueles teus mais saborosos,
    Dá-me um daqueles teus mais amorosos:
    Quatro eu darei em que a brasa viceja.
Reclamas? logo isso então se festeja
    Com mais dez beijos meus bem saborosos.
    E ao misturar os beijos fervorosos
    Os dois gozemos o que em nós chameja.
Cada um dupla vida assim terá.
    Cada um noutro e em si mesmo estará.
    Permite Amor que eu pense em tal loucura:
Sempre estou mal, pois vivo em desalento,
    E só consigo ter contentamento
    Fora de mim, ao buscar aventura.

XIX

Diane estant en l'espesseur d'un bois,
    Après avoir mainte beste assenée,
    Prenoit le frais, de Nynfes couronnée:
    J'allois resvant comme fay maintefois,
Sans y penser: quand j'ouy une vois,
    Qui m'apela, disant, Nynfe estonnée,
    Que ne t'es tu vers Diane tournée?
    Et me voyant sans arc et sans carquois,
Qu'as tu trouvé, ô compagne, em ta voye,
    Qui de ton arc et flesches ait fait proye?
    Je m'animay, respons je, à un passant,
Et lui getay en vain toutes mes flesches
    Et l'arc après: mais lui les ramassant
    Et les tirant me fit cent et cent bresches.

XIX

Diana encoberta na floresta escura,
    Após juntar muita fera caçada,
    Espairecia, de Ninfas cercada:
    Como sempre, eu sonhava com ternura,
Sem refletir: foi quando a certa altura,
    Ouvi uma voz dizer, Ninfa assustada,
    Por que estás tão longe de Diana amada?
    Sem arco e aljava vendo-me, e insegura,
Ó companheira, explica o que fizeram
    Do arco e das flechas mortais que te deram?
    Eu ataquei, lhe disse, um caminhante,
E lhe atirei em vão as minhas flechas
    E o arco após: juntando-as num instante
    Ele atirou e fez cem e cem brechas.

XX

Predit me fut, que devoit fermement
      Un jour aymer celui dont la figure
      Me fut descrite: et sans autre peinture
      Le reconnu quand vy premierement:
Puis le voyant aymer fatalement,
      Pitié je pris de sa triste aventure:
      Et tellement je forçay ma nature,
      Qu'autant que lui aymay ardentement.
Qui n'ust pensé qu'em faveur devoit croitre
      Ce que le Ciel et destins firent naitre?
      Mais quand je voy si nubileus aprets,
Vents si cruels et tant horrible orage:
      Je croy qu'estoient les infernaus arrets,
      Qui de si loin m'ourdissoient ce naufrage.

XX

Previram que eu um dia, firmemente,
    Iria amar alguém cuja figura
    Fora descrita: e, sem outra pintura,
    Reconheci-o bem à minha frente.
Depois, ao vê-lo amar tão fatalmente,
    Piedade tive da triste aventura:
    E por forçar demais minha ternura,
    Tal como ele, eu amava ardentemente.
Quem pensaria que iria crescer
    O que o destino e os Céus fazem nascer?
    Mas, vendo tão nebulosos sinais,
Ventos cruéis, tempestades no espaço:
    Eu creio que eram as leis infernais
    Que prepararam longe o meu fracasso.

XXI

Quelle grandeur rend l'homme venerable?
    Quelle grosseur? quel poil? quelle couleur?
    Qui est des yeus le plus emmieleur?
    Qui fait plus tot une playe incurable?
Quel chant est plus à l'homme convenable?
    Qui plus penetre en chantant sa douleur?
    Qui un dous lut fait encore meilleur?
    Quel naturel est le plus amiable?
Je ne voudrois le dire assurément,
    Ayant Amour forcé mon jugement:
    Mais je say bien et de tant je m'assure,
Que tout le beau que l'on pourroit choisir,
    Et que tout l'art qui ayde la Nature,
    Ne me sauroient acroitre mon desir.

XXI

Que metro torna o homem venerável?
    Que dimensão? que cabelo? que cor?
    Quem é dos olhos o mais sedutor?
    Quem faz mais cedo uma chaga incurável?
Que canto é mais ao homem favorável?
    Quem mais penetra ao cantar sua dor?
    Quem o alaúde toca bem melhor?
    Que força[8] o torna ainda mais amável?
Eu não queria dizê-lo de fato,
    Já que o Amor constrange o meu relato:
    Mas eu sei bem, e é tamanha a certeza,
Que todo o belo que escolhido almejo,
    Que a arte inteira em prol da Natureza,
    Não tornariam maior meu desejo.

XXII

Luisant Soleil, que tu es bien heureus,
    De voir tousjours de t'Amie la face:
    Et toy, sa seur, qu'Endimion embrasse,
    Tant te repais de miel amoureus.
Mars voit Venus: Mercure aventureus
    De Ciel em Ciel, de lieu em lieu se glasse:
    Et Jupiter remarque en mainte place
    Ses premiers ans plus gays et chaleureus.
Voilà du Ciel la puissante harmonie,
    Qui les esprits divins ensemble lie:
    Mais s'ils avoient ce qu'ils ayment lointein,
Leur harmonie et ordre irrevocable
    Se tourneroit en erreur variable,
    Et comme moy travailleroient en vain.

XXII

Sol luminoso, tu és venturoso
    Por ver de tua Amiga[9] o rosto e a graça:
    E tua irmã, que Endimião abraça,
    Também se farta do mel amoroso.
Marte vê Vênus: Mercúrio ditoso
    De Céu em Céu, de ponto em ponto passa:
    Júpiter vê que em tudo se entrelaça
    Seu tempo mais alegre e caloroso.
Vê-se no Céu a possante harmonia
    Que dos espíritos bons se irradia:
    Mas se bem longe estivesse a paixão,
Sua harmonia e ordem irrevogável
    Se tornariam um errar instável,
    E vagariam, tal como eu, em vão.

XXIII

Las! que me sert, que si parfaitement
      Louas jadis et ma tresse dorée,
      Et de mes yeus la beauté comparée
      À deus Soleils, dont Amour finement
Tira les trets causez de ton tourment?
      Où estes vous, pleurs de peu de durée?
      Et Mort par qui devoit estre honorée
      Ta ferme amour et iteré serment?
Donques c'estoit le but de ta malice
      De m'asservir sous ombre de service?
      Pardonne moy, Ami, à cette fois,
Estant outrée et de despit et d'ire:
      Mais je m'assure, quelque part que tu sois,
      Qu'autant que moy tu soufres de martire.

XXIII

Ah! de que serve se perfeitamente
    Louvaste já a minha trança dourada
    E de meus olhos a graça igualada
    À de dois Sóis, de onde Amor sabiamente
Lançou-te as flechas e te fez dolente?
    Onde ficaste, lágrima estancada?
    E a Morte à qual devia ser honrada
    Tua paixão, tua jura insistente?
Então foi fruto de malícia e engenho
    Me escravizar, fingindo que eu te tenho?
    Porém, Amigo, perdoa-me agora,
Que estou amarga de raiva e rancor:
    Mas estou certa: pelo mundo afora,
    Tal como eu sofro, sofres desta dor.

XXIV

Ne reprenez, Dames, si j'ay aymé:
    Si j'ay senti mile torches ardentes,
    Mile travaus, mile douleurs mordantes:
    Si en pleurant, j'ay mon tems consumé,
Las que mon nom n'en soit par vous blamé.
    Si j'ay failli, les peines sont presentes,
    N'aigrissez point leurs pointes violentes:
    Mais estimez qu'Amour, à point nommé,
Sans votre ardeur d'un Vulcan excuser,
    Sans la beauté d'Adonis acuser,
    Pourra, s'il veut, plus vous rendre amoureuses:
En ayant moins que moy d'ocasion,
    Et plus d'estrange et forte passion.
    Et gardez vous d'estre plus malheureuses.

FIN DES EUVRES
DE LOUÏZE LABÉ LIONNOIZE

XXIV

Não reclameis, Damas, se tenho amado:
    Ou se senti mil tochas abrasantes,
    Fadigas mil, mil dores penetrantes.
    Se por chorar vi meu tempo esgotado,
Ah! que meu nome não seja acusado.
    Se eu falhei, sofro as penas atuantes,
    Não aguceis agulhas irritantes:
    Pensai que Amor, quando tiver chegado,
Sem vosso ardor de um Vulcano escusar,
    Sem a beleza de Adônis mostrar,
    Vos tornará talvez mais amorosas[10],
Mesmo com bem menos do que eu então,
    E mais estranha e forte essa paixão.
    E não sejais portanto desditosas.

FIM DAS OBRAS
DE LOUISE LABÉ LIONESA

Notas

EPÍSTOLA DEDICATÓRIA

¹ Seguidas edições das obras de Louise Labé indicam que as iniciais abreviam Madamoiselle Clémence de Bourges Lionnoize. Clémence de Bourges (1530?-1562), pertencente a uma família nobre de Lyon, era ligada ao círculo de poetas da cidade e teria seria sido patrocinadora do livro da amiga Louise Labé, identificando-se com suas ideias feministas.

DEBATE DE LOUCURA E DE AMOR

¹ Alusão ao rapto de Proserpina por Plutão, deus dos Infernos.
² Alusão à serpente do bastão de Asclépio (Esculápio), cujo principal local de culto era Epidauro.
³ Referência ao episódio da infidelidade de Vênus, flagrada em companhia de Marte por seu marido, Vulcano, que tentou aprisioná-los em uma teia de aranha. Cf. *Odisseia*, canto VIII; e *Metamorfoses*, IV, v.167s.
⁴ Diante de Tróia, Vênus foi ferida por Diomedes, rei de Argos, e se vingou ao fazer infiel a sua esposa. O episódio está na *Eneida*, livro XI.
⁵ "Casa" entendida no sentido astrológico. Vênus não aceitava muitos dos amores de Apolo, segundo um dos diálogos de Luciano de Samósata.
⁶ Briareu é um dos três gigantes, com cem braços, graças ao qual Júpiter conseguiu abafar uma conspiração planejada por sua própria esposa, Juno. A presença do formidável gigante bastou para que a conspiração chegasse ao fim. Cf. Hesíodo, *Teogonia*, v.147-157; e Virgílio, *Eneida*, X, v.565.
⁷ Júpiter enterrou sob o Etna alguns Gigantes rebeldes, como Tifeu.
⁸ Castor e Pólux nasceram de um dos ovos postos por Leda, mas tinham pais diferentes. Somente Pólux, filho de Júpiter, era imortal. Castor seria filho de Tíndaro, marido de Leda. Os irmãos decidiram dividir, por amor, o privilégio da imortalidade, de tal modo que Pólux passou a ter metade da imortalidade, entregando a outra metade a Castor.
⁹ O episódio está em *I Samuel* XIX, 1-7.
¹⁰ Pítias e Dâmon eram dois filósofos pitagóricos que demonstraram impressionante solidariedade quando enfrentaram Dioniso, o Jovem, tirano de Siracusa.
¹¹ Alusão à lenda de Santo Aleixo, que, no dia das núpcias, abandonou sua esposa para se devotar a Deus.

[12] Sócrates.
[13] Alusão a Dido, fundadora e primeira rainha de Cartago, localizada na Tunísia atual.
[14] A tragédia amorosa, provocada pela paixão incestuosa e seguida de morte, atingiu cada uma das mulheres aqui citadas: Semíramis se apaixonou por seu filho Ninias; Biblis, por seu irmão gêmeo Cauno; Mirra, por seu pai, Ciniro (com o qual, seja lembrado, concebeu Adônis, de quem Vênus se apaixonou intensamente). Canace se apaixonou por seu irmão Macareu; e Fedra tentou seduzir Hipólito, o filho que seu marido, Teseu, havia tido com uma das rainhas das Amazonas.
[15] "Aqui em cima", ou seja, no monte Olimpo, onde se ergue o palácio de Júpiter.
[16] Júpiter impediu que o sol nascesse a fim de passar três noites seguidas com Alcmena, mulher de Anfitrião, rei de Tebas. Com o mesmo artifício, a cegueira de Amor poderia ser revertida.
[17] Guerreira e virgem, filha predileta de Júpiter, é a única deusa que não conheceu Amor.
[18] No capítulo VII do *Elogio da loucura*, Erasmo de Roterdam descreveu a Loucura como filha da ninfa Juventude e de Pluto, deus da Riqueza.
[19] Em alguns trechos de sua defesa, a começar por esse, Mercúrio fala como se fosse a própria Loucura, a fim de causar impacto.
[20] Crisipo de Soles, estóico, tornou-se famoso por ser um prolífico escritor de tratados filosóficos.
[21] O filósofo Empédocles teria se jogado no vulcão Etna. Imaginou que seu desaparecimento inexplicável o faria ser venerado como um deus. Mas o vulcão expeliu de volta os tamancos de bronze, expondo a fraude.
[22] Ou seja, os astrólogos.
[23] Lucius Licinius Lucullus (117aC-57aC), general romano, também famoso pela ostentação. Plutarco lhe dedica um capítulo em *Vidas dos homens ilustres*.
[24] Alusão ao juramento gravado por em uma maçã, que Cidipe leu em voz alta e não pôde desfazer: "Eu, Cidipe, juro só me casar com Acôntio". Foi Acôntio quem havia escrito o juramento e fez cair a maçã aos pés de Cidipe, superando assim todos os obstáculos que o afastavam de seu amor. Ovídio narra a história nas *Heróidas*, XIX e XX.
[25] Famoso episódio do canto V do Inferno, da *Divina comédia*, em que Dante relata, para ilustrar o pecado da luxúria, como Francesca de Rimini e seu cunhado Paolo de Malatesta se apaixonaram, quando liam juntos a história dos amores de Lancelot. Seu marido, Gianciotto Malatesta, a matou ao descobrir o adultério, bem como ao irmão, esfaqueando-os.

[26] Gnido ou Cnido é a cidade grega onde havia uma estátua de Vênus esculpida por Praxíteles. Em seus *Amores*, Luciano de Samósata conta a história de um jovem, Cáricles, que se apaixonou carnalmente pela "obra verdadeiramente afrodisíaca".

[27] Apeles de Cós (século IV a.C.), considerado o pintor grego mais importante da Antiguidade.

[28] Hércules ficou seduzido pela rainha da Lídia, Onfale. Abandonou seus projetos de guerra para se dedicar ao amor, submetendo-se à amante: enquanto ele fiava a lã, vestido de mulher, Onfale batia nele com uma clava, vestida com a pele do leão de Neméia, um dos troféus de Hércules. Mircea Eliade dedica um belo estudo sobre a androginia com fundamento nesse episódio, em *Méphistophélès et l'androgyne* (Paris: Gallimard, 1962), p. 157-159.

[29] Referência ao rei Salomão e suas 700 mulheres de linhagem real e 300 concubinas (*I Reis*, XI, v. 1-4).

[30] Alusão a uma aventura amorosa de Aníbal com uma concubina, ocorrida em Salápia, Itália.

[31] Filhos de Júpiter e de Antíope, Zeto e Anfíon tinham personalidades diferentes: o primeiro, guardador de rebanhos, desprezava a atividade de seu irmão, a música. Mas Anfíon reconquistou o amor fraterno ao derrubar as pedras com o som de sua lira. Assim foram construídas as muralhas de Tebas. A lenda simboliza a vitória do espírito sobre a matéria.

[32] Monstro de corpo triplo da cintura para cima e de três cabeças. Guardava o seu rebanho com a ajuda de um cão de três cabeças e de um dragão de sete. Foi morto por Hércules. Cf. *Metamorfoses*, IX, 184.

[33] Ao fim de sua defesa, Mercúrio lista os companheiros da Loucura: Gênio, deus latino que governa as sensações voluptuosas; a ninfa Juventude, mãe da Loucura; Baco, deus do vinho e da embriaguez; Sileno, deus agreste; e Príapo, deus da fecundidade, cuja estátua muitas vezes servia de espantalho nos jardins, de onde surgiu o epíteto de "gentil guardião", sem o caráter licencioso que comumente lhe está associado.

[34] Notar que o título da peça, aqui, traz os dois principais personagens na ordem inversa do título colocado na abertura, o que simbolizaria não só o fim do debate, mas, circularmente, o seu (re)começo.

ELEGIAS

[1] Febo ou Apolo, deus da Música e da Poesia, tem por árvore o loureiro no qual a ninfa Dafne foi por seu pai transformada para escapar do deus (em grego, *daphne* = loureiro).

² O amor cantado por Safo, poeta grega da ilha de Lesbos, por volta do século VI a.C. Note-se que, no texto original, *amour lesbienne* tem gênero feminino, o que era comum na língua francesa do século XVI.
³ Rainha assíria e legendária fundadora da cidade de Nineveh.
⁴ Ornamento fixado no alto do capacete; símbolo da guerra (marcial é relativo ao deus Marte).
⁵ *Les douceurs géniales* são as doçuras voluptuosas do deus Gênio. Semíramis, portanto, trocara os deuses de sua devoção, encontrando a morte não na guerra, mas na volúpia.
⁶ O Pó é o maior rio italiano e deságua no Adriático, ao sul de Veneza. Era comum, na literatura da época, haver referência figurativa a um acidente geográfico, no caso, ao delta do rio.
⁷ Essa imagem corresponde a dois retornos da lua cheia. Febe, filha de Urano e Gaia, está associada ao astro lunar.
⁸ Alusão à Espanha. Calpe é uma cidade espanhola na província de Alicante.
⁹ Alusão à Itália.
¹⁰ Aracne foi transformada em aranha por querer igualar-se a Palas Atenas na arte da tecelagem. Ovídio conta o episódio nas *Metamorfoses*, VI, 1-145.
¹¹ Bradamante e Marfisa são heroínas guerreiras do romance cavaleiresco *Orlando Furioso* (1516), de Ludovico Ariosto. Roger é amado por Bradamante.
¹² Enona, uma ninfa do monte Ida, que Páris abandonou, preferindo Helena. Medeia é trocada pela filha do rei Creonte.

SONETOS

¹ O "Astro claro", ou seja, o Sol (mas, também, o amante).
² No texto francês, uma discrepância entre os pronomes tu e vós, que Karine Berriot considera uma necessidade para a métrica, comum no século XVI. Preferi manter o tratamento pronominal único na tradução.
³ Soneto modelar do petrarquismo, feito de antíteses e de paradoxos. Em língua portuguesa, o mais célebre desses sonetos foi escrito por Luís de Camões: "Amor é um fogo que arde sem se ver" (soneto 81).
⁴ Estreito trecho de mar, atravessado por correntes violentas, que separa a ilha de Eubeia da costa continental grega, ou seja, da antiga Beócia. Louise Labé também cita o "fluxo e refluxo" do Euripo no "Debate de Loucura e de Amor", p. 153.
⁵ Febo ou Apolo, deus da Música e da Poesia. É sempre representado jovem, pois o Sol não o envelhece. No verso, Febo é o próprio Sol (um dos seus epítetos é, justamente, "brilhante").

[6] Diana (ou Ártemis), irmã gêmea de Febo, que simboliza a Lua.

[7] Referência ao Império dos partos, guerreiros que resistiam aos romanos, por volta de 220 a.C., no território em que atualmente se localiza o Irã. A sua habilidade em domar cavalos e em usar o arco e flecha era tal que se tornaram temidos, sendo proverbial a expressão "golpe dos partos", que consistia em ferir mortalmente, enquanto simulavam a retirada. Também existe a expressão "flecha de parto" para significar o argumento que acaba com a discussão.

[8] O significado implícito de *naturel* é "membro viril", expressão de força, potência e energia. A palavra ocorre antes, com o mesmo significado, no Discurso V do "Debate de Loucura e de Amor", p. 165.

[9] Trata-se de Selene, a Lua, que se apaixonou violentamente pelo pastor Endimião.

[10] Vulcano era um marido velho. Vênus o traiu com Marte. Já Adônis era um jovem por quem Vênus se apaixonou. O longo poema narrativo de William Shakespeare, "Venus and Adonis" (1593), explora as tentativas de sedução da deusa do Amor contra o jovem que preferia caçar.

Bibliografia

AASERØD, Amanda. "'Penser Quelque Folie': Réception, Auctorialité et Poétique de Louise Labé". [Dissertação de mestrado em Literatura Francesa]. Université d'Oslo, printemps 2020.
AGRIPPA, Cornelius. "De la Noblesse et Préexcelence du Sexe Féminin", in: *Archives d'anthropologie criminelle, de médecine légale et de psychologie normale et pathologique*, XXV, 1910, p. 118-145. [Tradução de Alexis Bertrand].
ALBISTUR, Maïté et ARMOGATHE, Daniel. *Histoire du féminisme français*, vol. I. Paris: Éditions des Femmes, 1977.
ARAGON, Louis. *Les yeux d'Elsa*. Paris: Seghers, 1967.
BAKER, Deborah Lesko. "Louise Labé's Conditional Imperatives: Subversion and Transcendance of the Petrarchan Tradition", in: *The sixteenth century journal*, vol. 21, winter 1990, p. 523-541.
_____. *The subject of desire: Petrarchan poetics and the female voice in Louise Labé*. Lafayette: Purdue University Press, 1996.
BALDRIDGE, Wilson. "La Présence de la Folie dans les Œuvres de Louise Labé", in: *Renaissance and Reformation / Renaissance et Réforme*, 13.4, automne 1989, p. 371-379.
_____. "Le Langage de la Séparation chez Louise Labé", in: *Études littéraires,* 20.2, automne 1987, p. 61-76.
BEAUVOIR, Simone de. *Le deuxième sexe*. 2 vol. Paris: Gallimard, 1949.
BENKOV, Edith Joyce. "The Re-Making of Love: Louise Labé's Débat de Folie et d'Amour", in: *Symposium*, summer 1992, vol. 46, n. 2, p. 94-104.

BERGSTRÖM, Matilda Amundsen. "Louïze Labé Lionnoize: the Making of an Early Modern Author", in: *Renaissance studies,* vol. 35, n. 4, 2021, p. 621-637.

BERRIOT, Karine. *Louise Labé – La Belle Rebelle et le François nouveau –* Suivi des *Oeuvres complètes.* Paris: Seuil, 1985.

_____. *Parlez-moi de Louise.* Paris: Seuil, 1980.

BUDINI, Paolo. "Le Sonnet Italien de Louise Labé", in: *Francofonia,* 20, printemps 1991, p. 47-59.

_____. "Un Verso Ambiguo di Louise Labé", in: *Francofonia,*18, printemps 1990, p. 83-92.

BURON, Emmanuel. "Claude de Taillemont et les Escriz de Divers Poëtes à la Louenge de Louïze Labé Lionnoize", in: *Les belles lettres*, 58, 2006/2, p. 38-46.

_____. "Le Réemploi dans les Escriz de Divers Poëtes à la Louenge de Louize Labé (Baïf, Tyard Et Scève)", in: *Bibliothèque d'humanisme et Renaissance*, t.67, n.3, 2005, p. 575-596.

CHANG, Leah L. "Louise Labé, Woman Writer?", in: *Exemplaria*, 28:1, 2006, p. 86-95.

CHAUVY, Gérard et BLANCHON, Serge-Alex. *Histoire des Lyonnais.* Paris: Fernand Nathan, 1981.

CLÉMENT, Michèle. "Nom d'Auteur et Identité Littéraire: Louise Labé Lyonnaise. Sous Quel Nom Être Publiée en France au XVIe Siècle?", in: *Réforme, humanisme, Renaissance*, n.70, 2010, p. 73-101.

DELON, Michel. "Louise la Scandaleuse", in: *Revue des deux mondes*, décembre 2021-janvier 2022, p. 163-165.

DIDIER, Béatrice. *L'Écriture-femme.* Paris: PUF, 1981.

FORTUNA, Felipe. "Criatura de Papel?", in: *Jornal do Brasil*, caderno *Ideias & Livros*, 12 de abril de 2008. [Republicado em *Esta poesia e mais outra* (Rio de Janeiro: Topbooks, 2010)].

_____. "Exemplo Distante", in: *Jornal do Brasil*, suplemento *Ideias*, 18.10.1986.

_____. *Louise Labé* – Amor e Loucura. São Paulo: Siciliano, 1995.

_____. "Louise Labé: o Verbo da Poesia Feminina", in: *Caderno Rioarte*, ano II, n.6, 1986, p. 54-57.

_____." Louise Labé – Uma Voz Feminina no Século XVI", in: *Leia livros*, ano VI, n. 62, 15.10 a 14.11.1983, p.8.

FOUCAULT, Michel. *Histoire de la folie à l'âge classique*. Paris: Gallimartd, 1972.

FRELICK, Nancy. "Gender, Transference, and the Reception of Early Modern Women: the Case of Louise Labé", in: *L'Esprit créateur*, vol. 60, n.1, Spring 2020, p. 9-22.

FUMAROLI, Marc. "Louise Labé, Une Géniale Imposture", in: *Le monde*, 11 mai 2006.

FRELICK, Nancy. "Gender, Transference and the Reception of Early Modern Women: the Case of Louise Labé", in: *L'Esprit créateur*, 60, n. 1, Spring 2020, p. 9-22.

GIRAULT, Yvonne. "L.L.L. ou la Belle Cordière", in: *Les pharaons*, 44, hiver 1972, p. 10-15.

GIUDICI, Enzo. *Louise Labé*. Paris: Nizet-Ed. dell'Ateneo, 1981.

_____. "Louise Labé dans la Littérature d'Imagination", in: *Littératures*, 910, printemps 1984, p. 51-59.

_____. "Note sur la Fortune Posthume de Louise Labé", in: *Bibliothèque d'humanisme et Renaissance*, t.41, n. 2, 1979, p. 349-350.

GUILLOT, Gérard. *Louise Labé*. Paris: Pierre Seghers, 1962.

HARDING, Esther. *Les mystères de la femme*. Paris: Payot, 1976.

HUCHON, Mireille. "Connivences Labéennes", in: *Cahiers du GADGES*, 2015, p. 231-252.

_____."Dé-Tournes-ment", in: *Seizième siècle*, n.10, 2014. p. 105-126.

_____. *Louise Labé* – Une Créature de Papier. Genève: Droz, 2006.

_____. *Le labérynthe*. Genève: Droz, 2019.

KELSO, Ruth. *Doctrine for the lady of the Renaissance* [1956]. Urbana: University of Illinois Press, 1978.

KING, Margaret L. *Women of the Renaisssance*. Chicago: The University of Chicago Press, 1991.

KURY, Mário da Gama. *Dicionário de mitologia grega e romana*. Rio de Janeiro: Zahar, 1990, 8ª edição.

LABÉ, Louise. *Oeuvres complètes*. Paris: Flammarion, 1986. [Edição de François Rigolot].

_____. *Oeuvres – Obra completa*. Barcelona: Bosch, 1976. [Tradução para o espanhol e introdução de Caridad Martínez].

_____. *Oeuvres complètes*. Paris: Gallimard, Bibliothèque de la Pléiade, 2021. [Edição de Mireille Huchon].

LA CLAVIÈRE, R. de Maulde. *Les femmes de la Renaissance*. Paris: Perrin, 1904.

LAFFAY, Claire. "Pétrarque et Louise Labé", in: *Le pharaons*, 44, hiver 1972, p. 22-28.

LARNAC, Jean. *Louise Labé – La Belle Cordière de Lyon*. Paris: Firmin Didot, 1934.

LEFEVRE, Maurice. *La femme à travers l'histoire*. Paris: Albert Fontemoing, 1902.

LEFRANC, Abel. *Grands écrivains français de la Renaissance*. Paris: Édouard Champion, 1914.

MARTIN, Daniel. "Bibliographie d'Agrégation 2004-2005 Louise Labé", in: *Nouvelle revue du XVIᵉ siècle*, vol. 22, N. 2, 2004, p. 127-142.

_____. "Louise Labé est-Elle 'Une Créature de Papier'?", in: *Réforme, humanisme, Renaissance*, n. 63, 2006, p. 7-37.

_____. *Signe(s) d'amante*. L'Agencement des Evvres de Louïze Labé Lionnoize. Paris: Champion, 1999.

MONTAIGNE, Michel de. *Essais*. 3 vol. Paris: Garnier, 1941.

MORUS, Thomas. *Utopia*. Lisboa: Europa-América, s/d. [Tradução de Maria Isabel Gonçalves Tomás].

NAVARRE, Marguerite de. *L'Heptaméron*. Paris: Garnier, 1950.

NEUVILLE, L. Lemercier. *Les courtisanes célèbres*. Paris: Arnauld de Vresse, 1851.

NOIROT, Corinne. "L'Œuvre de Louise Labé est-Elle Devenue Inauthentique? Et Alors?", in: *Noesis*, 22-23, 2014, p. 153-167.

O'CONNOR, Dorothy. *Louise Labé – Sa Vie, Ses Oeuvres*. Paris: Éditions F. Paillard, 1926.

ORTEGA Y GASSET, José. *Estudios sobre el amor*. Madrid: Revista de Occidente, 1954, novena edición.

PATER, Walter. *Plato and platonism*. New York: MacMillan and Co., 1893.

PÉDRON, François. *Louise Labé - La Femme d'Amour*. Paris: Fayard, 1984.

PIETTRE, Monique. *La condition féminine à travers les âges*. Paris: France-Empire, 1974.

POWER, Eileen. *Les femmes au Moyen Âge*. Paris: Aubier Montaigne, 1979.

RABELAIS, François. *Oeuvres complètes*. Paris: Gallimard, Bibliothèque de la Pléiade, 1951. [Edição estabelecida e anotada por Julien Benda].

RAJCHENBACH, Élise. "Louise Labé. *Oeuvres complètes*, ed. Mireille Huchon, 2021", in: *Cahiers de recherches médiévales et humanistes*, p. 1-4.

RIGOLOT, François. "Louise Labé et la Redécouverte de Sappho", in: *Nouvelle revue du XVIe siècle*, I, 1983, p. 19-31.

_____. "Signature et Signification: les Baisers de Louise Labé", in: *Romanic review*, LXXV, I, Jan. 1984, p. 10-24.

_____. "Quel Genre d'Amour pour Louise Labé?", in: *Poétique*, septembre 1983, n. 55, p. 303-317.

RILKE, Rainer Maria. *Die Sonette der Louïze Labé*. Frankfurt: Insel--Verlag, 1963.

_____. *Les cahiers de Malte Laurids Brigge*. Paris: Seuil, 1966. [Tradução de M. Betz].

ROBIN, Léon. *La théorie platonicienne de l'amour*. Paris: PUF, 1964.

ROGER-VASSELIN, Bruno. "La Parodie chez Louise Labé", in: *Seizième siècle*, n.2, 2006, p. 111-130.

_____. "Louise Labé et L'Écriture au Féminin", in: *Les belles lettres*, vol. 56, 2004/4, p.8-17.

ROLLEY, Thibaut Maus de. "Le labérynthe. Par Mireille Huchon. (Titre curant, 69). Genève: Droz, [2019], 300 pp., ill.", in: *French studies: a quaterly review*, 75, n. 2, April 2021, p. 260.

ROTERDAM, Erasmo de. *Elogio da loucura*. Rio e Janeiro: Edições de Ouro, s/d. [Tradução de Paulo M. Oliveira].

ROUSSELOT. *Histoire de l'éducation des femmes en France*, vol. I. Paris: Didier et Cie., 1883.

SABATIER, Robert. *La poésie du seizième siècle*. Paris: Albin Michel, 1975.

SAINTE-BEUVE. "Louise Labé", in: *Les grands écrivains français*. Paris: Garnier, 1926, p.161-129.

SAULNIER, V.-L. "Secrets de Louise Labé", in: *Les pharaons*, 44, hiver 1972, p.16-21.

SCHMIDT, A.-M. *Poètes du XVIe siècle*. Paris: Gallimard, Bibliothèque de la Pléiade, 1969.

SENGHOR, Léopold Sédar. *Anthologie des poètes du XVIe siècle*. Paris: Bibliothèque Mondiale, 1955.

SIBONA, Chiara. "Création-Imitation – Un Essai sur la Poétique de Louise Labé", in: *Annali*. Sezione Romanza, XXV, 2. Napoli: Istituto Universitario Orientali, luglio 1983, p.709-729.

SOLESMES, François. "Louise Labé, 'Créature de Papier'?", in: *Société internationale pour l'étude des femmes de l'Ancien Régime* (siefar. org), 2007, 10p.

VARILLE, Malthieu. *Les amours de Louise Labé, la Belle Cordière*. Paris: Pierre Masson, 1929.

VARRY, Dominique. "Sur Quelques Pages d'une Édition de Louise Labé (1555)", in: MOUNIER, Pascale. e NATIVEL, Colette (ed.). Paris: Honoré Champion, 2014, p. 453-466.

VIGNES, Jean. "Compte Rendu de l'Ouvrage de Mireille Huchon, *Louise Labé* – Une Créature de Papier (Genève, Droz, 2006)", in: *Bulletin d'humanisme et Renaissance*, 69, 2007-2, p. 540-548.

WEBER, Henri. "Louise Labé est-Elle 'Une Créature de Papier'?", in: *Réforme, humanisme, Renaissance*, n. 66, 2008. p. 7- 11.

WEINBERG, Florence. *Longs désirs* – Louise Labé, Lyonnaise. Lyon: Éditions Lyonnaises d'Art et d'Histoire, 2002.

WOOLF, Virginia. *Um teto todo seu*. Rio de Janeiro: Nova Fronteira, 1985. [Tradução de Vera Ribeiro].

YAGUELLO, Marina. *Les mots et les femmes*. Paris: Payot, 1978.

ZAMARON, Fernand. *Louise Labé* – Dame de Franchise. Paris: Nizet, 1968. [Contém uma edição das *Œuvres*].

Para saber mais sobre os títulos e autores
da Editora Topbooks, acesse o QR Code.

topbooks.com.br

Estamos também nas redes sociais